바람의 언덕에 서서 3

# 바람의 언덕에 서서 3

**1판 1쇄 발행** 2024년 05월 30일

**지은이** 이선율

**교정** 신선미　**편집** 김다인　**마케팅·지원** 김혜지

**펴낸곳** (주)하움출판사　**펴낸이** 문현광

**이메일** haum1000@naver.com　**홈페이지** haum.kr
**블로그** blog.naver.com/haum1000　**인스타그램** @haum1007

**ISBN** 979-11-6440-571-8(03810)

바람의
언덕에
서서 3

# 1부   또 다시 봄이 스며들다

## 2부  한여름 밤의 탱고

## 4부  대물림의 서곡

1부

또 다시
봄이 스며들다

## 가젤과 표범

—

"얌전하고 온순함."

어릴 적 나의 성적표엔 늘 위와 같은 담임 선생님의 평가가 담겨 있었다. 특출난 아이들을 빼고 선생님이 쓸 수 있는 가장 적절하고 온화한 표현일 것인데, 요즘 같으면 별 볼 일 없는 학생이었겠지만 부모님들은 이런 담임 선생님의 다소 전략적인 표현에 안심하셨을 것이다.

이런 순한 사람을 우리는 흔히 '양 같다'고 표현하는데 양 대신 가젤을 삽입한 소설 속의 대목이 있어 소개한다.

『매디슨 카운티의 다리』에 나오는 문장인데 소설 속의 프란체스카는 지구상의 마지막 카우보이 로버트 킨게이드를 아래와 같이 가젤의 온순함과 포식자로서의 강한 남성미를 지닌 표범으로 비유하여 눈길을 끈다.

어제부터 그녀는 이미 그 점을 알아차리고 있었다. 부분적으로는 그녀가 그에게 끌리는 점이기도 했다. 품위 있는 태도, 재빠른 눈 놀림, 팔뚝 근육의 움직임, 그가 몸을 움직이는 방법, 프란체스카가 아는 남자들은 킨케이드에 비하면 둔탁했다.

## There was a gazelle like quality (가젤 같은 온순함)

프란체스카는 그에게 유연한 강인함이 있다는 것을 알아차렸다. 사실 그에게는 가젤처럼 순한 기질이 있었다. 아니, 가젤이라기보다는 표범이었다. 그랬다, 표범, 그게 알맞은 표현이었다. 킨케이드는 먹이가 아니었다. 오히려 정반대였다. 그것을 프란체스카는 알았다.

여성이 바라는 남자가 바로 이런 '유연 속의 강인한' 따스하고 친절하면서도 표범같이 강인한 사람이던가?

한편, 위의 표범을 색다르게 표현한 한편의 서사시와 대문호의 글을 나열해 본다. 몇백 년 전 쓰인 단테의 『신곡』 첫 장에서는 표범을 음란함의 상징물로 여기고 있다.

"사치스러운 유혹과 육욕의 달콤함을 상징하는 표범은 단테의 앞길을 이리저리 가로막으면서 그를 되돌아가게 했다."

한편 나의 우상인 헤밍웨이는 『킬리만자로의 눈』의 첫 문장을 이리 장식했다. 조용필이 노래한 그 표범이다.

"킬리만자로는 19,710피트 높이의 눈 덮인 산으로, 아프리카의 가장 높은 산으로 알려져 있다. 그곳의 서쪽 봉우리는 마사이어로 신의 집을 뜻하는 은가예 은가이라고 불린다. 서쪽 정상 부근에는 말라 얼어붙은 표범의 사체 한 구가 있다."

헤밍웨이는 늘 습관을 고수하며 글에 헌신했고 먹이를 찾는 표범같이 여자에게 어슬렁거렸으며 정력적으로 식도락에 탐닉했고 낚시에 빠졌다. 그리고 조현병으로 더 이상 포효하지 못하고 펜을 들지 못하자 포식자의 위엄을 지키느라 고독히 자살했다. 마치 산 정상에 얼어붙은 표범처럼…. 헤밍웨이는 온 세상을 질주했으며 그렇게 정상에서 멈추었다 (사실 그는 죽을 고비를 숱하게 넘기면서도 생존했는데 가장 안타깝고 슬펐던 것이 부상당해 사랑을 못 나눈 것이라고 했다. 위대한 예술가는 탐닉하는 게 참으로 많다. 피카소가 그리했듯이…).

# 음악에서도 암표범이 있다. '아시아의 표범'이라 불리는 정경화의 연주로 바흐의 「파르티타 2번」을 들으며 연상 놀이의 끝을 맺는다.

매사추세츠(Massachusetts)      —

속된 말로 그들은 영어를 쌀라거렸다. 말하는 속도는 빨랐으며 혀가 꼬인 듯 발음은 불분명했다. 서부 지역의 느리고 또렷한 발음에 익숙했던 내가 적응하는 데 다소 시간이 필요했다. 그들이 말할 때 나는 나무를 보는 대신 숲을 보는 전략으로 무슨 말을 하는지 눈치채야 했다.

나는 긴장하였으며 내 말은 뒤죽박죽이었다.

지금 나는 내 일생에 기회의 땅이었던 미국에서 30년 전 일하던 시절을 이야기하고 있다. 눈보라치고 폭설이 가득한 지역을 운전하며 한니발이 코끼리로 알프스산맥을 정복했듯, 미국 동부의 뉴햄프셔에 입성하는 데 성공했다.

나는 한국을 대표했고 XX전자를 대신해서 왔으며 일본과 경쟁해야 했다. 그들은 멀리서 눈보라를 뚫고 온 나에게 감탄하며 나의 손을 들어주었다. 마침내 그들은 거래선을 일본의 Sony에서 한국의 XX전자로 바꾸었다.

그때의 뜨거운 열정과 일에 대한 끊임없는 도전은 신선했고 내 인생 최고의 열정을 바쳐 일하던 시기였으며, 아름다운 시절이었다. 우리는 다국적 회사 소속으로 함께 일했지만, 그 당시 한국은 심부름꾼 노릇을 하는 지사에 불과했고 한국의 기술력은 일본의 Sony보다 몇 수 아래였다.

작은 승리로 인해 우리는 동료로 같이 일을 시작했고 그들은 나를 따뜻하게 보살펴 주었다. 특히 Ellen은 일과가 끝나면 나를 포틀랜드(Portland)의 환한 바닷가 식당으로 데려가 쌍 랍스터(두 마리)와 보스턴

매사추세츠(Massachusetts)

의 사무엘 & 아담 맥주, 클램 차우더 등으로 허기진 내 배를 채워 주었다. 호텔로 돌아올 땐 늘 나를 따뜻하게 포옹해 주는 것도 잊지 않았다.

그리고 주말이면 호수와 산과 아웃렛으로 데려가 얼이 빠진 촌뜨기처럼 어리벙벙한 나를 친절하고 다정하게 안내해 주며 태평양 건너온 낯선 이방인을 달래주듯 편하게 해 주었다.

나는 지금 2주 후 미국 동부에 가는 여행 계획을 짜고 있다.
지금은 어떻게 변모했는지 알 수 없는, 마치 새로운 신세계를 탐험하는 기분으로 그곳을 살펴보고 있으며 잃어버린 고향을 찾는 듯한 설렘과 신비스러움에 빠져 있다.

그곳에 가면 옐로 페이지(전화번호부)라도 뒤적거리며 다정히 등을 두드려주던 엘렌 시로이스 아주머니를 찾고 싶다.
지금은 아마도 80살이 다 되었을 그분을 토닥거려 주며 그때의 따뜻한 격려와 친절을 잊을 수 없었고 고마웠다며 포옹해 주고 싶다.

엘렌과 그의 상관인 데이비드가 나란히 앉아 게걸스럽게 랍스터를 뜯고 있는 동양의 젊은이를 흐뭇하게 바라보던 그 해변의 해산물 식당. 그곳에서 나를 늘 포근하게 감싸주던 이국의 동료들을 생각하며 회상에 잠기고 싶은 것이다.
그렇다. 지나간 모든 것들은 다 아름다운지도 모르겠다.

# 그 친구들이 한국에 오면 부르던 비지스의 「매사추세츠」 들어 본다. 그곳은 바로 엘렌 아주머니의 고향이다.


## 골프 이야기       —


사방이 푸릇푸릇한 날 친구의 초대로 필드에 나섰다. 파란 하늘과 작은 나무 동산엔 싱그러움이 넘쳐 나고 잔디는 누런색 티를 벗어 초록으로 가득하니, 바야흐로 골퍼의 계절을 맞았다.

골프엔 무덤덤하며 그리 즐겨 하지 않는 나는 명랑 골프족이다.
게임에 심각하고 열중하는 동반자와 함께하는 날이면 성의 없이 보이기 십상이어서 매우 조심스럽다.

그래서 통하는 사람끼리, 부담 없는 끼리끼리의 그룹이 모여서 노는 스포츠가 바로 골프가 아닌가 싶은데 나이 들면 하나둘 멤버가 줄어드는 것 또한 자연 현상이다.

구력 28년을 자랑하는 백돌이 수준의 보기 플레이어인 내게 잘하는 것을 꼽으라면 단연코 "굿 샷!", "나이스 샷!", "OK!" 이 세 가지인데 돈

잃어 주기 또한 잊지 않고 잘해 준다.

(한편 상대방의 좋은 플레이에 묵묵부답하며 칭찬에 인색한 사람은 결코 매력 있는 사람은 아닐 것이다. 동서양을 막론하고 좋은 샷이 나오면 "Beautiful"이나 "好球(좋은 공)" 하며 격려하지 않는가?)

갤러리들 앞에서 여지없이 무너지거나 가끔 미스 샷이라도 나오면 중얼대며 욕도 해 보고 작달만 한 나의 체구를 원망도 하지만 땅콩 김미현 프로가 코웃음 칠 일이다.

그늘집에서 마시는 한 잔의 막걸리나 맥주는 피로를 달래 주며 라운딩 후 즐기는 근사한 관자 요리와 비주얼에 취하는 것은 백돌이만이 갖는 오롯한 즐거움이다.

그러나 요즘 못내 아쉬워하는 게 있다.

액티브한 시니어가 되려면 골프는 계속 쳐야될 거 같은데, 코로나 이후 젊은이들이 유행시켜 이제 만연해진 알록달록한 골프 패션 때문에 골프장에서의 멋을 좇는 힙스터는 못 되니 점점 얇아지는 내 지갑이 원망스럽다.

내 엉터리 영어로 끝을 맺는다.

G. Good 샷 외쳐라

O. OK 주어라

L. Lady에게 친절하라(캐디)

F. Finish를 기억하라


골프뿐만 아니라 모든 잘하는 것에 대한 아낌없는 칭찬에 늘 인색했던 나를 반성하며 짧은 글을 쓰다.


# 서정주 님의 시를 송창식이 노래한 「푸르른 날」 들어 본다.




로미오와 줄리엣 　　　　　　　　　　　　　　　　　　　　　　—


셰익스피어가 탄생시킨 불세출의 명작 『로미오와 줄리엣』에 독자분들은 진짜 스토리인지 아니면 꾸며 낸 이야기인지 긴가민가한 분들도 계셨을 것이다. 나도 어렸을 때는 셰익스피어를 깜빡하고 그만 슬픈 리얼 러브 스토리로 알았으니 말이다.

이 희곡은 후세의 예술가들에게 많은 영향을 끼치게 된다. 특히 구노의 오페라 「로미오와 줄리엣」으로 만들어지며 후대에 널리 알려지는데, 이 오페라는 구노 이전에 차이콥스키 등 많은 작곡가가 작품을 남겼지만 구노가 이 오페라를 발표 후 다 빛을 잃었다.

한편 이 오페라를 소설 속에 삽입하여 100년 전부터 현재에 이르기까지 연극과 영화와 뮤지컬로 탄생시키며 시대의 예술로 승화시키게 한 작품이 있었으니, 그 이름은 『오페라의 유령』이며 프랑스의 추리작가인 가스통 르루에 의해 쓰여졌다.

이 『오페라의 유령』은 전 세계에 몇억 장의 음반과 수십 년 동안 몇억 명이 관람하였으며 브로드웨이에서는 현재까지 37년째 공연 중이니 세기의 뮤지컬이라 할 수 있겠다.

한편 『로미오와 줄리엣』의 배경인 이탈리아의 베로나에서는 이 청춘 남녀를 이용한 교묘한 상술로 장삿속을 차리며 관광객들을 유혹하는데, 그곳이 바로 줄리엣 하우스이며 비극의 주인공들 이름이 널려 있는 식당 등이다.

내가 본 영화나 뮤지컬에서는 화려한 무대 의상과 소년 소녀처럼 뛰는 두 배우의 몸짓과 율동, 그리고 강렬한 두 가문의 결투 모습과 로미오가 줄리엣을 기다리는 발코니의 장면 등이 눈에 띄었고, 세상에 어떤 책과 드라마에서도 볼 수 없고 들을 수 없는 달콤하고 감미로운 사랑의 고백들, 흉내조차 낼 수 없는 젊은이들의 순결하고 고귀한 사랑의 언약은 관객들의 심금을 울리는 장면이었다.

· 중세 복장을 한 베로나의 상인

『오페라의 유령』을 읽던 중에 전술한 구노의 오페라 「로미오와 줄리엣」과 「파우스트」가 책에 나와 독자들을 위한 에피타이저로 이 짧은 글을 내놓는다.

＃「로미오와 줄리엣」 중 「꿈속에 살고 싶어라」를 조수미 음성으로 들어 본다.

# 프렌치 키스

—

'프렌치 키스'라는 이상야릇한 제목을 붙였으니 잔뜩 기대하신 분이 많을 텐데, 나도 실은 그게 무엇인지도 모른다.

어떤 종류의 키스인지도 모르겠고 그렇다고 사전에서 찾기도 싫었다.

단지 약 25년 전 책으로 발간된 것은 알고 있는데 읽지는 못했다.

그럼 왜 그리 너스레를 잔뜩 떨고 애피타이저 운운하다가 이제 와서 김빠진 소리를 하냐고 역정 내시는 분도 계실 텐데, 결론부터 이야기하면 프렌치 여인들의 키스와 눈물을 통해서 유령이 사라지고 저주로 인한 동토의 왕국은 마법이 풀리며 야수가 왕자로 변했다.

실제로 프랑스는 키스의 왕국인지도 모른다.

평상시의 인사가 서로 볼을 맞대고 부벼 대는 비쥬(Bisous)로 일상화된 나라인데, 하물며 가까이 지내는 사람들의 키스는 오죽하겠는가?

소설 『오페라의 유령』에서는 이 키스로 죽을 뻔했던 세 명의 선량한 청춘 남녀가 극적으로 살아난다.

오페라의 유령은 언제나 오페라 극장 2층의 5번 박스석을 차지하는 괴신사다. 그는 천상의 목소리를 타고났지만 태어날 때부터 흉측한 몰골을 지녀 사람들 앞에 모습을 드러내기도 힘들어지자, 가출하여 음악을 배우고 건축을 익혀 성공한 비운의 음악가이고 천재적이고 악마적인 건축가이기도 하다.

그는 오페라 극장에서 크리스틴이라는 프리마돈나에게 '음악의 천사'라는 유령으로 행세하며 성악 교습을 시키다 결국 사랑하게 되어 그녀를 납치하게 되는데, 크리스틴의 진심에 그녀와 그녀가 사랑하는 샤니 자작 일행을 풀어주게 된다는 이야기이다.

여기서 크리스틴의 진심은 무엇일까?
마음 깊은 곳에서 우러나와 유령 같은 악인과 함께 흘린 진정한 눈물이요 키스를 허락한 고결한 육체적 표현이다.

이 오페라의 유령과 아주 유사한 작품이 바로 엠마 왓슨이 주연한 전설적인 동화 원작의 영화 「미녀와 야수」이다. 가스통이라는 탐욕스러운 불한당 같은 사냥꾼의 손길에서 벗어나며 야수의 따뜻한 마음에 감동되어 진심을 보이고 사랑의 눈물로 마법의 저주를 풀어냈다.

사족이지만, 위의 엉터리 스토리 텔링엔 아래의 공통점이 있다.

뮤지컬과 뮤지컬 영화로 성공하였고 프랑스를 배경으로 만들어졌으며 상상 속의 작품이라는 공통 분모와 마지막엔 크리스틴과 벨이라는 프렌치 여인의 따뜻하고 진심 어린 눈물과 키스로 마법이 풀리며 세상의 삶은 안온해지고 평상으로 돌아온다는 것이다.

오페라를 좋아하시는 여성분은 2층의 5번 좌석은 정말 주의해야 하

프렌치 키스

겠다. 어느 괴신사가 나타나서 미인인 당신을 납치할 수 있으니 말이다.

#「The Phantom of the Opera」 OST 들어 본다.


## 우정의 법칙

—

친구가 건넨 두꺼운 책 표지엔 모나리자가 환하게 웃고 있었다. 책 제목 『The History of Art』는 거창했으며 그림과 해설로 가득했고 거침없었다. 거기엔 오랜 세월 미술을 공부한 노력과 흔적이 담겨 있었고 그에 따른 전문 지식과 미술을 사랑하는 취향과 숨결이 배어 있었다.

겉표지엔 내 이름도 들어가 있었다.
책에 친구의 이름을… 남기고 싶었던 것일까?
추측하건대 그는 나와의 우정을 그가 찍은 사진과 글을 담은 책에 공유하고 싶었던 것이다.

그와의 인연은 거의 40여 년 전의 시절로 거슬러 올라간다. 우리는 그해 봄이 시작될 즈음 ROTC 후보생으로 인연을 시작했다. 요즘처럼 신록이 우거진 푸릇푸릇한 계절을 거쳐 4학년 때는 공통된 사명감으로 후배들을 지도하였고, 그때 우리들의 열정은 용광로처럼 펄펄 끓어 올랐다.

그 혈기 왕성했던 시절 경영학도인 그와 공대생인 내게는 문학이라는 공통된 관심사가 있었다. 그는 전방으로 가기 전 'XXX 님 惠存(혜존)'이란 친필이 담긴 시집 한 권을 내게 선사하고 소대장의 길을 떠났다.

이 시집을 통해 우정의 맛을 느낀 나는 아직까지 그 시집을 간직하고 있었으며 작년에 내가 에세이집을 낼 때 '40년 된 친구'란 제목으로 글을 담은 적이 있다.

그 후 장교 시절을 마치고 우리는 회사는 다르지만 비슷한 업종에 근무하며 서로의 관계를 유지했고, 40년이 지난 지금은 예술에 관심과 호기심을 가진 친구로서 신비로운 친밀감을 유지하는지도 모르겠다.

특히 40년 산전수전 다 겪은 튼튼한 우정과 따뜻한 배려를 바탕으로 골프장에서의 각종 와인과 이름 모를 음식들에 취하곤 했고, 원하는 시간에 골프를 즐길 수 있는 호강을 누렸다.

그렇다. 이 책을 받으며 우정과 사랑은 주고받음이라는 것을 느꼈다. 술잔을 교환하고 러브샷을 들이키듯….

사람들은 주는 것이 아름답다고 하지만 어쩌면 이 세상의 모든 것은 주고받아야 아름다운 것인지도 모른다.

고인이 된 허수경 시인과 신경숙 소설가의 우정에 대한 글을 옮기며 맺는다.

허수경의 세 번째 시집
『내 영혼은 오래되었으나』에 수록된 신경숙의 발문에는 이런 대목이 나온다.

"일상이란 때때로 그녀 표현대로 병까지 정들게 할 정도로 누추한 데가 있으므로 서로 꾹꾹 견뎌 보다가 잘 안되면 만나서 인왕산 밑의 활터에도 가고 밤거리의 은행나무 밑을 한도 끝도 없이 걸었으며 골목길에서 하수구로 흘러가는 물소리에 귀 기울이다가 웃음을 터뜨렸으며 독립문 교도소 자리의 사형장을 어슬렁거렸으며 지금은 기억조차 나지 않는 일로 다시는 안 볼 사람처럼 진탕 싸우기도 했다."

신경숙은 늘 허수경이 먼저 사과하러 왔음은 물론 허수경의 작고 앙증맞은 손으로 차려 온 밥상을 더러 받았다고 회상한다.
광화문 어디쯤에서 헤어져 집에 돌아와서도 서로를 못 잊어 긴 전화 통화를 하거나 새벽에도 불쑥 전화를 걸어 그날 쓴 만큼의 작품을 읽어 주기도 했으니, 두 사람의 우정은 애정에 가깝다 할 것이다.
하지만 둘의 우정은 서로의 얼굴을 마주할 수 없는 부재의 시간 속에서 더욱 깊어진다.

# 우정이란 단어에 헌정이 연상된다. 베토벤의 후원자인 발트슈타인

백작에게 헌정된 피아노 소나타 「발트슈타인」 들어 본다. 「열정」 소나타처럼 웅장하고 장대하다.


장미와 여인                                                    —


5월의 장미가 곳곳에 샤방샤방 피어 있다.

아파트 담벼락에도 한 아름 피어나고 화단 안쪽과 강변 오솔길 입구에도 돌보아 주는 사람 없이도 잘도 피었다.

튤립이 시들거리니 장미가 고개를 치켜들었다. 10월 말이 지나서도 진득이 피어 있을 것이다. 장미는 색으로 유혹을 하고 아카시아는 향으로 세뇌한다. 도도하기 짝이 없어 가까이 다가가야만 냄새를 맛볼 수 있다.

여인들의 립스틱 색깔처럼 빨강, 주황, 엘비스 프레슬리가 좋아하던 핑크 로즈와 하얀 장미도 수줍은 듯 자태를 보인다. 핑크색의 캐딜락을 아들에게서 선물 받은 엘비스 엄마의 기분은 어땠을까?

해외의 공항에서 꽃을 들고 누군가를 기다리는 사람이나 길거리 꽃집에서 꽃을 한 다발 사서 성급히 어디론가 향하는 노신사를 보고 부러

워한 적이 있다. 꽃다발을 본 노신사의 아내는 기쁨의 키스를 퍼부을 것이다.

제임스 조이스는 『율리시스』에서 "꽃의 언어, 아무도 들을 수 없기 때문에 여자들은 꽃을 좋아한다."고 했는데 나는 꽃 선물을 해본 적이 거의 없다.

형형색색 장미 모습에 몇 주 전 호퍼 전시회에서 덤으로 본 영원한 나르시시스트 천경자의 「여인의 시」라는 장미를 가슴에 품고 떠오르고 있는 그림을 떠올린다.

장미는 천경자의 삶에서 과거부터 현재까지 작품에 함께 존재해 왔다. 장미처럼 자신을 방어하는 가시를 예술에 비유했고 가시에서 핀 장미를 안고 살아야 하는 자신의 운명을 담아 화려하고 향기 그윽한 작품을 만들고자 했다. 현실을 넘어서 고독과 한을 승화시킨 작품이다( 해설 집에서 발췌).

또 하나는 철없던 시절 나를 반겨주던 '색싯집' 여인의 빨간 입술을 생각게 하는데 몇 살 때였는지는 일급비밀이다.

마포의 모 여대 건너편 언덕에 있던 그 집을 우리는 '색싯집'이라 불렀다. 작은 방에 한 색시를 두고 새파란 두 청년이 마주 앉았다. 한복으로 단장한 여성이 비싸 보이는 주전자에 약주를 따라 주면 우리는 수줍은 듯 소리도 못 내고 조용히 마셨다. 노래도 없었고 별말도 못 나누며 홀짝홀짝 마셔만 댔다.

맑은 약주의 달착지근함에 맛 들였는지, 여인의 섬섬옥수에 반했는지, 아니면 그 선명한 장밋빛 입술에 녹았는지 한동안 단짝 친구와 어울려 다녔다. 난 그 친구와 붙어 다니며 빈대처럼 친구의 등골을 빼먹었는데, 용돈이 궁해지자 종로의 허름한 식당의 오징어튀김에 막걸리로 바뀌었다.

돈이 웬수인 시절이었다. 어디 술값뿐이었겠는가?
5월의 이맘때 많은 젊은이가 파트너를 옆에 끼고 흥에 겨워 축제를 즐길 무렵 난 지지리 여자 복도 없었다. 대학 1학년 시절이었으니 내 상실감은 무척 컸을 것이다.

축제의 마지막 날이던가? 옷이 궁해 친구의 재킷을 빌려 입었는데 소개팅녀와 함께한 자리에 양복 안에 새겨진 친구의 이름이 들통난 적도 있어, 그때의 창피함과 당황함은 이루 말할 수가 없었다.
한창 겨울에는 바바리코트가 신기하고 탐나서 친구 것을 겨울 내내 빌려 입고 거리를 활보했다.

그 단짝 친구의 별명은 '낙타'였다. 친구의 별명에 무슨 동물 이름을 붙였냐고 한다면 글쎄… 똥파리, 똥배, 고구마 등도 있었으니 뭐 커다란 흠은 아니다. 얼굴 모습이 낙타와 비슷하게 생겼고 온순했지만 배짱 하나는 두둔했다. 인정 많고 의리 있던 그 친구를 요즘은 내가 조금씩 신경 써 줄 수 있어서 그나마 다행이다.

이전 페이지에 이야기한 '우정의 법칙'을 새삼 느끼게 하는 친구다.

아주 오래전 친구와 말없이 약주 한잔을 받아들던 색싯집 자리엔 지금 온갖 빌딩이 즐비하게 서 있다. 내가 친구의 덕으로 호기를 부리던 그 시절 뽀얗게 화장하고 진한 로즈색 립스틱으로 입술을 장식했던 먼 기억 속의 색시를 떠올리며 장미의 계절 5월에 쓰다.

\# '어여쁜 장미야 참 아름답다'가 나오는 브람스의 「대학 축전 서곡」 들어 본다.


## 율리시스(Ulysses) —


율리시스는 오디세우스 왕의 라틴어 표현이다.
생각지도 않았던 주제를 갖고 쓴다는 것은 꽤 재미있고 흥미로운 일이다. 이 책을 이십 년간 보관만 했다는 독자분도 계시던데, 난 책의 내용이 아닌 단어로만 읽었고 1/3만 이해할 수 있었으니 그저 책장만 넘겼다

해도 과언이 아니다. 제임스 조이스의 책을 읽는다는 것은 어렵고 난해하기 그지없다. 많은 사람이 포기한 책을 들여다보는 것은 도전 정신과 인내가 필요하다. 『젊은 예술가의 초상』을 읽을 때도 마찬가지였다. 그 책의 주인공인 스티븐 디덜러스는 이 책에도 세 명의 주인공 중 한 명으로 나온다.

　20세기 현대 문학의 이정표라는 이 책은 물경 950p의 두께를 자랑한다. 책을 읽으면서 뒤에 주석을 번갈아 봐야지 무슨 내용인지 겨우 감잡을 수 있으며, 완전히 이해하는 것은 턱도 없다. 그야말로 귀신 씻나락 까먹는 이야기들이다(본문은 640p에 달하고 주석만 250p이다). 아침 8시 면도하는 장면부터 시작해 새벽 2시에 잠자리에 이르기까지 하루의 일과를 『오디세이』의 텔레마코스(오디세우스 아들)부터 페넬로페(부인)까지를 표제로 사용해 전개했다.

　하지만 재미있는 표현들도 곳곳에 보인다. 아일랜드인답게 술을 '생의 불로선약(不老仙藥)'이라 표현하였으며 금수저 출신을 '은제 나이프를 들고 태어났'고도 했다. 그들의 불로선약은 단연코 기네스 흑맥주와 제임슨 위스키였으며 책의 곳곳에 등장한다.

　셰익스피어의 『햄릿』을 비롯한 비극 작품들, 세르반테스의 돈키호테와 산초 판사, 그리고 로빈슨 크루소, 그리스 로마 신화와 카이사르, 괴테 자서전에 등장하는 나와 전혀 상관없고 생소한 수많은 작품들의 내용과 주인공을 책 속에 열거하며 비유하고 풍자한다. 특히 셰익스피어의 사생활을 비롯한 그의 인생과 4대 비극을 자세히 모른다면 정말 단어를 나열한 책을 읽는 정도로 난해하니 금방 책을 덮을 수밖에 없다(차라리 본문보다는 주석을 읽는 것이 팔자 편할지도 모르겠다).

한때는 외설물이라고 해서 출판이 금지되었다고 하는데 내가 보기에 특별히 불경스러울 만한 장면은 없으니 날카로운 상상력만 증대시킨다.

사실 나는 이 책의 주제라고 하는 '사랑'과 셰익스피어 작품을 통한 '화해'를 보기보다는 하루의 일과를 640p 걸쳐 나누어 쓴 주인공의 행적과 걷던 길, 먹던 돼지 창자, 가금류 콩팥, 그들이 마셨던 흑맥주와 제임슨 위스키, 그리고 전반적인 사회 문화와 그 당시의 환경이 궁금했다. 화장실에서 큰일을 본 후 소설책의 중간 부분을 찢어 밑부분을 처리한다는 내용엔 어릴 적 신문지를 이용해야 했던 우리네의 생활 습관과 별다른 바가 없었고, 가금류에 치즈와 소금을 뿌려 구워 먹는 그네들과 우리의 참새구이와 비슷하니 정겨움조차 느낀다.

그렇다… 온갖 풍자 속에 파묻혀 페이지를 넘길 수 없어 진도도 못 나가는 책이지만 가끔 정겨움을 주는 곳곳의 문장에서 내가 꼭 다시 한번 가고 싶은 도시의 유혹을 강하게 느낀다. 6년 전에 이 책을 읽고 더블린을 가 보았더라면 책 속 주인공의 흔적들을 좀 더 많이 느꼈을걸…. 그놈의 후회가 담긴 껄껄껄….

낯선 이방인에 대해 경계심을 풀고 인정과 친절을 베풀었던 불로 선약 덕분에 코가 빨개진 더블린 사람들 그들의 순박함과 느린 삶에 빠지며 다시 한번 농담을 주고받고 싶다. 그리고 책에 나오는 화덕과 페치카의 따뜻함이 넘쳐흐르는 pub과 두 명의 주인공이 오전과 저녁 늦게 들른 샌디마운트 해변을 둘러보고 싶은 것이다.

전 세계에서 제일 유명한 록밴드 중 하나인 아일랜드의 U2와 파바로티의 공연 실황 들어본다. 클래식의 대중화에 노력한 파바로티가 U2의 보노에게 작곡을 부탁하며, 공연을 요청하고 그를 섭외하기 위해 보노의 가정부를 포섭한 일화는 영화 「파바로티」에 나올 정도로 유명하다.

## 댕댕이 심바의 일기 —

주인을 만난 지 2년이 넘었다. 지금 내 나이는 사람으로 치면 유년기를 갓 넘긴 무서운 10대 청소년인 셈이다.

파양 당한 경험이 있는 나는 엄마도 잃고 작은 철장 속에서 다른 친구들과 갇혀 있었다. 그러던 2월의 어느 날, 눈이 부리부리하게 생긴 어떤 분과 그 가족을 만나 품에 덥석 안겨 자유를 찾으며 그 가족의 막내가 되었다. 아빠는 나를 라이온킹인 '심바'라 이름 지으셨는데 별명이라이온킹인 '이동국'을 좋아해서인지 아니면 사자처럼 용감하고 씩씩하게 자라라고 그리 붙인 건지, 진짜 속마음은 신과 아빠만 알 것이다. 아무튼 귀염둥이로 불리며 따뜻한 보살핌 속에 크고 있는 중이다.

사랑스런 내 친구

· 지금 나의 모습

어느새 나는 아빠의 일과 속에서 중요한 시간을 차지하며 때론 충복처럼, 어떤 때는 아빠의 믿음직한 보초가 되어 주며 나를 통해 안도하고 기쁨과 사랑마저 느끼게 한다. 식구들을 보면 원인도 모르게 저절로 꼬리가 살랑거려지고 반가움에 자연히 짖어 대 아래층 노부부께 폐가 될까 봐 조심스럽기도 하다. 하지만 짖는 것은 나의 언어이자 반가움과 때론 배고픔의 의사 표시로 내 주인이 나의 안위를 판단하는 주요한 신호인데, 억지로 막을 수 없는 자연의 섭리인 것이다.

말 못 하는 동물의 애환과 나의 충성심을 그 누가 알까?

아빠는 형이나 누나는 물론 엄마한테도 안 해준 '사랑해요'의 하트 시그녈을 뽐뽐 뽐어대며 나를 안아 주는데, 나는 다 알아듣고도 못 들은 체 지그시 눈을 감는다.

아빠는 강아지와 대화를 나누었다는 쇼펜하우어를 흉내 내며 가끔씩 내뱉는 혼잣말과 "착하지", "예쁘다"를 반복하며 산책하는 것이 일상의 리추얼(Ritual)이 되었는데, 내게 들리는 아빠의 대화라고 하는 것들이 고작해야 "아이, 무거워라 우리 돼지." 하며 짧고 일방적이다. 그리고 어떨 때는 나의 킁킁거리며 탐색하는 것들을 배우는 양 가끔 관찰자의 모습으로 서 계시는 듯하다.

그렇게 산책을 하다 보면 주변 곳곳에서 내 친구들이 넘쳐 나며 활보하는 모습들이 많이 보인다. 방송에서 우리를 다루는 정규 프로그램과 우후죽순 늘어나는 동물병원들을 보면 바야흐로 우리 강아지들과 반려동물의 전성시대가 도래했음을 보여 준다.

엄마 친구는 시어머니 돌아가셔도 눈물 안 흘리더니 아끼던 내 친구가 무지개다리 건너자 며칠을 펑펑 울었다고도 한다. 또 어떤 분은 강아지를 너무도 사랑하나 알레르기 때문에 못 키워도 만지고 싶어 알레르기약을 갖고 다니는 분도 계시다.

그나저나 지면에 소개된 31년 된 나의 동료를 보고 아빠가 "우리 심바 조금 먹여야지."라고 했을 때 속이 무척 상했다. 먹는 즐거움이 사라진 후 홀쭉해진 나의 모습이 어떨까 상상해 보라!!

그럼 역사 속 우리 조상은 언제부터 존재할까?

그들은 약 3만 2천 년 전부터 흔적이 발견되었으며 고대 이집트인들은 삶과 영혼을 우리 선조들에게 믿고 맡기며 삶의 동반자로 여기며 수호신으로도 섬겼다.

3천 년 전 호메로스가 쓴 『오디세이』에서는 오디세우스와 충직한 아르고스의 슬프고도 감동적인 이야기도 나온다.

천신만고 끝에 20년 만에 거지꼴로 변장을 하고 돌아온 옛 주인 오디세우스왕을 아무도 알아보지 못할 때 그를 알아보는 유일한 존재가 늙은 아르고스였다.

"아르고스는 오디세우스가 온 사실을 알고 꼬리치며 두 귀를 내렸으나 주인에게 가까이 갈 힘이 없었다. 오디세우스는 자신이 사랑하는 개였던 아르고스를 알아보고 에우마이오스에게 들키지 않으려고 고개를 돌려 눈물을 닦았다."

왜 개만도 못한 자식, 개×× 하며 우리 동료들을 들먹거리고 있는가?

인간들이 우리를 긍휼히 여겨 돌봐주는 건 좋지만, 우리 이름을 들먹이며 욕지거리하는 건 싫다.

마지막으로 나로 인해 아빠와 누나, 형 그리고 엄마가 행복해지면 좋겠다. 그 대신 내가 배고프다고 신호 보내면 내가 좋아하는 연어 뼈다귀 많이 주길 부탁드린다. 이것이 아빠가 말하는 주고받는 "우정의 법칙" 아니겠는가?

# 50년 전 최고의 히트 영화 「벤지」 주제가 「I Feel Love」 들어 본다.


## 세상에 모든 통속적인 것       —


율리시스의 책장을 계속 넘기니 뒤로 갈수록 주인공들의 통속적인 장면이 묘사되며 지난 장면보다 사뭇 선정적인 풍자가 넘친다.

우리는 보통 통속적이라면 일상에서 일어나는 일반적이고 하찮으며 욕심내는 일들… 예를 들면 똥 꿈 꾸면 당첨되지 않을 걸 뻔히 알면서도 요행을 바라며 복권을 산다든지 이런 것들을 이야기하는데, 나란 인간은 다분히 본능적인 것들에 대한 관심이나 에로틱한 것을 떠올리게 되니 그야말로 통속적인 얼간이임이 틀림없다.
즉, 속물이다.

박인희는 「목마와 숙녀」에서 아래와 같이 낭송하며 젊은 날 우리들의 감성과 낭만을 부추겼다.

　　우리는 한 잔의 술을 먹고 버지니아 울프와 목마를 타고
　　…중략…
　　인생은 외롭지도 않고
　　거저 잡지의 표지처럼 통속하거늘

　　나는 이 "잡지의 표지처럼 통속하거늘"의 구절이 나오면 한때 유행한 모 주간지와 그 주간지에 수영복으로 표지를 꽉 채운 이름 없는 핫바리 모델들을 떠올리며 '명동백작'이라 불렸던 박인환 시인을 욕되게 한다.

　　또한 에로틱 영화 「뽕」을 보다가 고인이 된 가련하고 순수한 시인 기형도를 떠올리고 "그도 보통 사람처럼 통속적이었구나."라며 나를 셀프 위안하기도 한다.

　　내게 통속적인 것을 말하라면….

　　남들은 소설 『H마트에서 울다』를 읽으며 눈물이 줄줄 흐른다는데 눈물 많은 내가 눈물은커녕 빨간 표지를 보고 레드북을 상상하는 어처구니없는 통속함과 플레이보이 잡지 책 꺼내놓고 킥킥거리던 친구들 곁을 기웃거리는 고등학교 시절이나, 젊었던 시절 유럽에서 가슴을 훤하게 내놓는 프랑스 TV나 Pay TV 틀어 놓고 자유롭게 보았던 천박하기

짝이 없는 생각들을 하게 되니(몇 번 보니 그것도 지겨웠지만… 드라마에서 이순재가 야동 보면 웃으시던데 내 고백에도 미소 지으시면 감사하겠다)….

나는 이런 본능이 뒤섞인 것들을 통속적이라 생각하는데 그것은 천박함이나 '저질'이 맞는 표현 아닌가??

한 권의 책을 읽으며 여러 가지를 생각하는 주말, 통속의 사전적 정의를 바꾸어야겠다. 나의 통속에 대한 정의는 아래와 같다.
"남녀 간의 그렇고 그런 사랑이나 엉큼한 것들을 떠올리게 하는 생각이나 행동."

작년 가을에 예술의 전당에서 열린 세계 무용 축제에서는 남녀노소 구분 없이 관객들이 좌석을 가득 메웠다. 6명의 남녀 누드 무용수 앞에 숨죽인 관객들 그들은 과연 통속적인가, 아니면 예술적인가?

## 내 이름은 조르바

글쓰기 밴드에서 내 닉네임은 '조르바'다.

전 세계 독자들이 『조르바』에 대해서 열광하고 있음을 아주 잘 안다.

찬란한 조르바의 이름을 도둑질하여 창피한 줄 모르며 자랑스럽게 사용하고 있다. 나는 사실 조르바라고 폼만 잡았지 아무것도 그에 대해서 아는 바가 없다. 그를 따라 할 수 있는 것은 고작해야 영화의 마지막 장면에 장단 맞추어 춤추는 것이요, 산투리(Santur)의 멜로디 따라 흥얼거리는 정도일 것이다.

남들은 그러한 나를 모르고 "왜 닉을 조르바로 하셨나요?"라고 하거나, 혹자는 "저도 조르바 읽었는데 너무 좋아해요." 한다. 그 책을 좋아하는지 나를 좋아하는 건지? 알 수 없지만 물을 수도 없다. 왜냐하면 니체의 초인 사상을 알지도 못하며 베르그송의 철학을 물어본다면 나는 말문이 막히며 그만 "쉿" 할지도 모르기 때문이다.

그렇다고 남들이 쉽게 유튜브를 통해서 배우는 그 사상을 익히는 것은 내겐 맞지 않는다. 그것은 어리석은 꼰대의 고집인데 책장을 넘기면서 생각하는 기쁨, 그것을 소중히 생각하기 때문이다.

맨 처음 영어 버전을 몇 번 읽었고 이해가 안 돼서 e북으로 읽었다.

읽은 횟수를 자랑하는 게 아니라 책 속에 무엇이 담겨 있나 정독하다

보니 계속 끌리고 끌렸다. 그렇게 책 내용에, 조르바에 그리고 작가에 끌려서 간 곳이 크레타섬이다.

이 책의 저자인 그리스의 영웅 카잔차키스가 "세상에서 가장 행복한 일은 잔잔한 에게해의 물과 공기, 바람을 항해하는 것이다."라고 말한 그 낭만적인 달콤함에 빠져서 말이다.

크레타섬에 혼자 나흘간 머물면서 미련 없이 척후병처럼 조르바를 탐색하였다. 태양은 가득했고 물은 파랗게 넘쳐 났다. 그곳에서 그리스인들의 슬픔을 느꼈고 그들의 인생관을 알았으며 나보고 수줍어 고개 돌리는 농촌의 아낙네도 보았다. 그리고 가족과 자손들을 위해서 올리브 나무를 심는 그들의 따뜻함도 느꼈다.

크레타는 조르바가 보스인 화자를 비가 억수로 오는 날 만난 여정의 목적지이다. 또한 하루키가 『상실의 시대』의 일부분을 집필하며 고대 그리스 병사를 흉내 내듯 땀을 흘리고 마라톤을 하던 곳이기도 하다.

영국의 고고학자 에반스가 땅을 매입하고 고대 도시 크노소스 궁전을 발굴하여 더욱 유명해졌다. 하지만 무엇보다도 카잔차키스의 숨결이 담겨 있고 안식처가 있는 곳이다.

사람들이 그토록 동경하는 조르바의 자유와 사랑을 잉태케 한 배경과 진짜 조르바 그리고 안소니 퀸에 대한 일화는 다음 장에 알아보겠다.

많은 사람이 조르바를 잘 알고 있지만 조르바가 실존 인물이었던 것을 아는 분들은 그리 많지 않을 것이다. Yorgis Zorba는 1865년 부유한 축산업자의 아들로 태어나 카잔차키스와 공동으로 광산을 운영하였으며 약 1년간 가까운 친구로 지냈으니 실제 교제 기간은 그리 길지는 않았다. 카잔차키스는 그가 생계에 굶주리고 재정 상태가 최악이었을 때 친구인 Zorba를 모델로 『그리스인 조르바』를 쓰기 시작하여 45일 만에 초안을 만들고 2년 만에 최종본을 완성하였다. 호메로스, 니체, 베르그송 그리고 Zorba가 카잔차키스의 일생에 지대한 영향을 미쳤다고 직접 서문에서 밝히고 있다.

그럼 조르바의 자유는 무엇인가?
그는 산투리 악기를 자유로 빗대었다.

"내 마음이 내키면 치겠소. 당신이 원하는 만큼 일은 하겠소. 나는 당신의 노예니까 말이요. 하지만 내 악기 산투르는 내가 치고 싶을 때 치겠소. 그 악기는 야수예요. 자유란 말이요." 그는 계속했다.

"암탉이 삶아지고 있소. 그것은 시간이 지나면 펄프처럼 흐물거릴 것이요. 무슨 말인지 알겠어요? 몸에도 영혼이 있소이다. 불쌍히 여기시고, 먹을 것을 주시오. 우리 인간은 당나귀입니다. 당나귀에게 먹이를 주지 않으면 목적지까지 가는 도중에 당신을 버릴 것이오."

위의 조르바 말을 증명하듯 내가 만난 그리스 사람들은 내게 이런 말을 남겼다.

"돈과 생선이 신선할 때 먹어라."

"독일인들은 일하기 위해서 사는데 그리스인들은 살기 위해서 일한다." (과거 독일이 그리스를 점령하여 독일을 빗대어 이야기함)

그들은 카잔차키스 예찬론자였고 조르바의 후예 같았으니 이것이 바로 조르바的 삶과 자유 아니겠는가? 그것은 바로 한숨과 걱정이 가득한 일상에서 탈출하여 돈, 명예, 죽음의 두려움에 대한 걱정으로부터 해탈한 우리가 열광하는 조르바의 삶과 자유일지도 모른다.

카잔차키스는 소설 속의 조르바를 춤꾼, 향연꾼, 바람둥이와 대지의 남자로 묘사하며 "삶을 사랑하는 법과 죽음을 두려워하지 않는 방법을 일깨워 준 영적인 인도자"로 우리들에게 고백하고 있는 것이다.

꼭 이맘때였나? 5월의 어느 날 절망 속에 꽃이 핀다더니 광산이 폐허가 되자 찾아왔던 깨달음의 기쁨과 조르바와 화자가 함께 추었던 Zeibekiko 춤, 남들이 금기시하는 것과 도발을 즐기며 와인, 빵과 고기 등 세속적인 것과 함께하며 그의 영혼을 조롱했던 조르바를 화자는 성인(Saint, 聖人)으로도 표현했다.

카잔차키스는 아이가 없었다. 『그리스인 조르바』를 쓰며 마치 아이를 잉태한 기분을 느꼈다고 했다.

"드디어 책을 완성하는 날, 그것은 마치 진통 중인 여인이 갓 낳은 아기를 품에 안은 것처럼 무거운 짐에서 벗어났다. 그런데 해가 진 후 어린 소녀가 꼭대기 방으로 올라왔다. 마을에서 내 편지를 가져다주는 통통하고 맨발에 생기가 넘치는 소녀. 그녀는 나에게 편지를 남기고 달아났다."

"아, 나 같은 사람은 천 년을 살아야 되는데."
이 말을 편지에 남기며 조르바는 숨졌다.

난 이 책 후기의 마지막 부분을 읽을 때마다 격정에 사로잡히곤 하는데 이 대목이 시사하는 바가 매우 크다. "인생은 그저 반짝 플래시를 터트리는 순간 같은 것"이니 아웅다웅하지 말고 그 순간순간을 즐기라는 것이다.

즉, 'Carpe Diem'이요 'Seize the Day'이다.

그것이 바로 실존 인물 Yorgis Zorba가 살았던 생이요, 그리스인 조르바의 삶이었다.

사랑하는 친구에게 편지를 전달하며 마지막 작별을 고한 진짜 조르바… 이 걸작 조르바에게 천 년의 긴 세월도 너무나 짧게 느껴지는데,

그의 친구 카잔차키스는 "세상의 영적 창공에 빛나는 글자로 ZORBA 라는 이름을 새겨 불멸의 선물을 그에게 주었다."

'카잔차키스의 묘비'에는 이리 쓰여 있다.
"나는 아무것도 바라지 않는다."
"나는 아무것도 두려워하지 않는다."
"나는 자유다."

나는 세기의 걸작을 남긴 그의 묘비 앞에서 잠시 묵념하였다.

# 그리스의 여신 마리아 칼라스가 부르는 「Casta Diva(정결한 여신)」 들어 본다. 벨리니의 오페라 「노르마」에 나오는 아리아이다.

추신: 대부분의 사람들은 영화에 나오는 조르바 역의 안소니 퀸을 그리스 사람으로 알고 있지만 안쏘니 퀸은 멕시코 사람이다. 그만큼 연기에 혼신을 다해 빠져든 것이다. 아래의 유명한 일화가 있다.

1970년 어느 날 밤, 뉴욕의 센트럴 파크 공원을 걷고 있던 안소니 퀸에게 뒤에서 강도가 총부리를 겨누며 "꼼짝 마!"라고 소리쳤다. 안소니 퀸은 공포에 질렸으나 잠시 후 얼굴을 뒤로 돌리자 "조르바 씨, 죄송합니다."라며 강도는 꽁무니를 뺐다.

마로 된 천의 옷을 입고 다니는 계절이 돌아왔다.

마는 비교적 고급 소재인 데 반해 쉽게 구겨진다. 구겨질까 봐 운전하면서도 꽤 조심스럽다.

상체가 큰 내 땅딸보의 모습을 교묘히 감춰 주는 데는 더플 재킷이 제격이라 즐겨 입는데, 비즈니스 캐주얼이 사라지고 티셔츠 차림의 캐주얼한 복장의 미팅이 자연스러운 요즘은 입고 갈 데가 별로 없다.

장교 후보생 때는 바지가 구겨지지 않게 버스나 전철에 앉지도 않았고 바지는 매일 다려 윤이 날 정도였다.

나이 드신 엄마는 그 바지를 늘 정성껏 다리셨다.

"엄마 칼같이 다려야 해…. 안 그러면 나 혼나."

"칼같이?"

"음, 몇 번 계속 힘 주어서."

난 가끔 엄마를 놀리느라

"엄마, ROTC가 뭔지 알아?"

"누굴 등신으로 아나? 아로티씨지."

우리 모자는 그러면서 웃었다.

돌아가시기 전 병원에 계실 때 누나는 미국에 있었다.

전화를 연결시켜 드리며 "엄마 누구야? 목소리 알아듣겠어?" 했더니, "누굴 등신으로 아니?"

그 어머니는 늘 옷이 날개임을 강조하셨다.

집안 형편이 어려운 가운데서도 옷만큼은 늘 신경을 쓰셨다.

"늙어서 흉하게 이리 밝은 옷을 입어서 어떡한다니." 하시면서도 이탈리아에서 사다 드린 연두색 캐시미어 스웨터에 환한 웃음을 지으셨다.

젊은 시절엔 갈 곳은 많은데 돈이 궁해 입을 만한 옷이 없더니, 형편이 피니까 더플 재킷 입고 갈 곳이 없음을 한탄한다. 좀 더 솔직히 말하면 나이 들면서 떡하니 차려입고 갈 곳이 점점 줄어든다는 뜻이다.

다음번 음악회 갈 때는 땀을 흘리더라도 장롱 속에 모셔 둔 금장 더플 재킷 입어야 되겠다. 초승달이 모습을 드러낸 어젯밤, 엄마의 "등신" 소리가 그리워 밤새 뒤척이며 눈물 흘리다 옆에 있는 나의 심복 심바를 껴안았다.

# 드보르자크의 「어머니가 가르쳐 주신 노래」 조수미의 음성으로 들어본다.

· 제주에서 두 분의 단란한 모습

빨간색 유감 그리고 Yes

꽤 오랫동안 일 때문에 중국을 다녀서 그런지 중국 특유의 붉은색으로
세워진 건물이나 불그죽죽한 식당의 장식에 별 거부감이 없었다.

　며칠 전 이웃 나라의 주석이 세력 과시를 하느라 꼬붕 같은 몇 개국
의 수장들을 모아 놓고 당나라 시대의 황궁인 西安(시안)에서 벌어진 황

제 의전 장면에 내 시선은 자연스럽게 그곳으로 향했는데, 눈에 익은 장소이기도 했지만 너무도 선명한 빨간색에 초점이 맞춰졌다.

미녀 수십 명이 진한 빨간색의 용무늬 호롱을 들고 맞으니 주변국 정상들은 눈이 휘둥그레지며 미인계에 녹아났을 것이고, 얼씨구나 좋다고 이어지는 만찬장의 주지육림 파티는 가관이었을 것이다.

중국인들의 빨간색 사랑이 유별난 것은 알지만 이번에 등장한 진한 빨간색은 왠지 모르게 거부감이 든다. 빨간색은 3만 5천 년 동안 인류의 역사와 함께한 정열과 자신감의 발로였는데 이번에 그들과 어울린 세력과 러시아의 태도를 보니 폭력, 전쟁, 파괴를 나타내는 표식과도 같아서인지 고개가 설레설레 저어진다. 더군다나 그들의 횡포는 갈수록 노골적이어서 우리를 깔보는 거만한 태도가 점점 못마땅하다.

내가 코로나 전에 비즈니스 차 방문한 시안은 정말 광활하고 웅대했으며 호텔의 규모도 엄청났다. 당나라의 수도라서 그런지 이렇게 휘황찬란한 호텔은 처음 보았다. 규모와 장식에 기가 죽고 압도당했다.

낮에 시간이 남아 그 커다란 황궁을 오랫동안 걸었다. 성 위에서 내려다보니 득의양양해지는 게 천하 모든 사람이 다 내 밑으로 보였으니 예전의 황제들은 기고만장했을 것이요, 온 천하가 자기 것처럼 우습게 보였을 것이다.

내가 중국 베이징에 처음 간 것은 1995년 다국적 회사에서 중국 시장을 조사하기 위해서였다.

30년 전 내 눈에 비친 그곳은 커다란 대륙만 있었다.

도로는 엉망이며 차량은 역주행이 보통이었고 길가에서는 두꺼비와 구렁이를 술에 담가 팔고 있었다. 점심시간이 되니 리어카에 커다란 밥솥을 싣고 와서 파리가 낀 하얀 쌀밥과 단무지를 공장 정문 앞에서 한국 돈 300원에 팔고 있었다.

그리고 질겁했던 것은 볼일 보는 것을 자랑스럽게 여기는 듯, 화장실은 문도 없이 커튼 같은 것으로 가려 있었고 옆엔 칸막이도 없는데 아무렇지도 않은 표정으로 몇 명이 앉아서 용변을 보고 있는 모습에 혼비백산하여 시장조사고 뭐고 다 때려치고 줄행랑치고 싶었다.

저녁 시간엔 삶은 물방개와 이름 모를 음식들 그리고 먹지 못할 향신료 고수 맛에 "여기 정말 다시 못 올 동네"라고 흉보았지만 커다랗고 넓적한 칼로 얇게 슬라이스를 썰어 난생처음 맛본 오리지널 베이징덕 하나만은 일품이었다. '전취덕'이었나?

펄 벅의 소설 『대지』에서 주인공 왕룽은 첫아들을 낳고 계란 몇 판을 빨갛게 물들여 아들의 탄생을 축복하며 동네 사람에게 나누어 주었는데, 그 순박한 붉은색이 이제는 욕심과 만용의 색으로 변하고 있다.

황제 의전으로 거슬러 올라가면 트럼프가 이런 대접을 받고 Yes 했다는데, 이들 다섯 명 또한 무조건 Yes 했을 것이다. Yes로 끝나는 『율리시스』의 마지막 문장같이 말이다.

　# 빨간 미니스커트와 하이힐 차림으로 연주하여 늘 화제를 몰고 다니는 중국인 피아니스트 유자왕의 연주로 그리그의 「피아노 협주곡 1번」 들어 본다. 가슴 벅찬 희열과 감동을 주는 대작인데 첫 도입 부분은 참으로 웅장하다.


## 잠시 뉴요커로                                                    ＿


인천 공항 청사 안에 우두커니 앉아 비 내리는 모습을 보며 뉴욕이라는 복잡한 대도시와 신기하게 바라보았던 거대한 자유의 여신상, 그리고 한낮의 내리쬐는 태양 광선과 뉴요커들의 바쁜 발걸음을 떠올렸다.

　연휴를 맞아서 공항은 관광객들로 붐비었고 육중한 A380 기체의 좌석은 보복 여행의 심리 탓인지 꽉꽉 들어찬 만석이었으며 승무원들은 쉴 새 없이 움직였다.

　내 우측 통로에 앉은 여성분은 노트에 펜으로 무엇인가 빼곡하게 써 대고 있었다. 작가인지 작가 지망생인지 막힘없이 빠른 속도로 펜을 움직이는 것이 마냥 부럽기만 했다. 핸드폰 갖고 쩔쩔매는 나하고는 비교도 안 된다.

평소 혼자 길 떠나는 게 미안해 이번에는 아내와 뉴욕으로 향했다.

나 혼자만의 움직임과 자유로움을 구속당하는 동반의 귀찮음과 챙겨주고 돌보아 줘야 한다는 의무감도 있지만, 젊었을 때 있었던 약간의 감미로움을 잠시 생각해 보고 나이 들어서 각방을 쓰며 약간은 소원해져 데면데면해진 간극을 조금이나마 줄이며 나란히 앉아 우리들의 미래와 자식들에 대한 걱정을 잠시 조그만 목소리로 소리 죽여 이야기하는 것, 그리고 일상에서 벗어나 뉴욕 치즈케이크나 스테이크 등을 맛보며 한가함과 여유로움을 느끼는 것, 뭐 이런 것일 테다.

가끔가다 낯선 것과 생경한 것에 대한 아내의 어리벙벙함에 답답함도 느껴지겠지만 5초만 내가 참아 준다면 여행 후 한 일주일은 편하게 지내지 않겠는가?

그렇다, 언제나 항시 짧았다. 발품 팔이 하며 공들여 득템한 명품의 선물도 고작해야 일주일이고 가끔 두둑함이 느껴지는 돈봉투 선물에 "웬 떡이람" 하고 넙죽 받으며 생글생글 웃어도 딱 거기까지였다. 망할 놈의 일주일 같으니라고!!!

이번 여행은 그냥 편하게 뉴요커들의 삶을 잠시 관찰하고 오래전 내 꿈을 펼치고 땀 흘리며 일했을 때 나에게 따뜻함을 선사해 준 메인주의 포틀랜드를 다시 보는 즐거움을 느끼고 싶다!!

지루한 입국장의 줄서기를 거쳐 우버 택시를 타고 맨해튼으로 향했다. 오랜만에 느끼는 뉴욕의 햇살은 밝고 환했다.

# 영화 「뉴욕 뉴욕」의 주제가를 들어 본다. 프랭크 시나트라가 불러 유명해졌다.


아메리칸드림            —


JF Kennedy 공항에서 우리 부부를 태운 우버 택시는 맨해튼 중심가로 향했다.
JFK··· 전 세계의 공항 중 제일 멋지고 맘에 드는 이름이다. 불운했던 케네디家였지만, 명문 가문이 보여 준 삶의 철학은 굵고 짧으며 단호했다.

맨해튼에 가려면 퀸스(Queens)를 거쳐야 하는데, 이 퀸스는 이민진의 소설 『백만장자를 위한 공짜 음식』에 나오던 그 '코리안 디아스포라'의 동네이다. 그러나 사실 뉴욕은 한국뿐만 아니라 세계의 수많은 이민자가 아주 오래전부터 아메리칸드림을 꿈꾸어 온 동경의 도시이다.

180년 전 감자 기근에 허덕이던 아일랜드부터 시작해 이민자의 아들로 크라이슬러를 재건한 이탈리아의 리 아이아코카와 케네디의 영부인이었던 재클린까지… 모두 디아스포라들이다. 그중 재클린은 프랑스 귀족 집안의 딸이었지만.

아메리칸드림을 실현하기 위한 삶의 애환은 현실 속에서도 이민진의 소설 속에서도 존재한다. 내 후배도, 독자분들의 동료와 친지들도 『백만장자를 위한 공짜 음식』에서 케이시의 뺨을 후려갈겼던 케이시 아버지처럼 세탁소를 하고 있을지도 모른다. 내 고등학교 동기도 여기 주변 어디에선가 고기를 썰고 있을 것이며 그들의 삶의 행진은 이 순간에도 계속되고 있는 것이다.

허드슨강은 광활했고 변함없이 푸르렀으며 멀리 보이는 즐비한 이름 모를 맨해튼의 스카이라인은 수직과 수평의 대비를 이루며 여전히 아름다웠는데, 잊어버린 '마천루'란 오래된 단어를 떠올리게 했다.

호텔 근처로 오자 요즘 주식 시장에 광풍을 몰고 온 배터리와 같은 이름의 배터리 공원(Battery Park)이 눈에 들어온다. 여기서 배터리는 군대의 포대(砲隊)를 의미하며 영국의 침략을 막아 낸 수비대를 기념한 공원이다.

주말을 맞아 행락객은 붐볐고 형형색색의 노점상들이 눈길을 끌며 유명한 뉴욕 핫도그와 햄버거 그리고 아이스크림을 팔고 있었다. 6월

여름이 오기 전 도망가는 봄을 즐겨 보자는 뉴요커들. 지구촌의 풍습은 같은 것이며 지구는 둥글다는 걸 보여 주는 것, 아닌가?

짐을 풀었는데 숙박료가 너무 비싸 엄두도 안 났지만 곧 이해되었다. 값비싼 뉴욕의 높고 큰 빌딩 안에 세 들어 사는 이 호텔의 숙박료에 고개를 끄덕이지 않으면 안 되었던 것이다.

하루도 안 되어 그리워진 우리 심바 생각에 서둘러 브로드웨이의 뮤지컬 「라이온 킹」 예약을 마치니 피곤이 엄습하며 그리 첫날이 지나갔다.

＃ 영화 「라이온 킹」의 「사자는 오늘 밤 잠을 잘 것이네」 들어 본다.
내 오른팔 그 녀석도 나를 그리워하겠지?

## 169년 된 노포 맥줏집

적당한 인내와 양보, 그것은 동반자와의 여행 시 필요한 절대 불가결의 규칙이었고 지난 몇십 년간 여행에서 터득한 보이지 않는 약속이었다. 이번에도 예외는 아니었다.
맨 처음은 티격태격하더니 시간이 흐를수록 서로 잠잠해졌다. 세월의 흐름을 통해 얻은 깨달음이자 지혜다.

예전의 뉴욕은 나이아가라 폭포를 가기 위함이나 보스턴 투어의 전초기지로 활용되어 사실 별로 특이한 기억이 없었고, 센트럴 파크를 걸었거나 월 스트리트를 배회하고 타임스퀘어를 가 보는 정도의 윈도우 쇼핑 같은 것이었다.

지난번에 못 간 미술관, 브루클린 다리를 걷는 것, 169년 된 맥줏집을 가는 것이 나의 희망 사항이었고, 어두침침한 Bar나 시끄러운 음악 나오는 데 가지 않고 뉴욕은 위험하니 일찍 귀가하자는 것이 내 동반자의 강력한 요구 사항이었다. 희망과 요구가 적절히 맞아떨어져야 별 뒤탈이 없다.

걷는 것은 공통된 어젠다였기에 우리는 하염없이 걸었다.
걷기 좋은 날씨였다. 적당한 바람이 불었고 날씨는 쾌청했다. 이곳에서도 우리의 현충일 같은 Memorial day 연휴를 즐기려는 탓에 거리는 붐볐다.

200년 전 영국으로부터 침략을 막아 낸 시민들과 이민자들의 입구였던 이곳을 기념하기 위해 세워진 Battery 공원을 걸었다. 저쪽 멀리 리버티섬에는 뉴욕을 지키는 듯한 자유의 여신상이 보였다. 여기에 세워진 한국 전쟁 참전 기념비에서는 한국을 위해 목숨을 바친 각 나라의 호국 영령께 잠시 묵념하였다.

월스트리트에 서 있는 황소 앞에선 거대한 황소의 거시기를 만지려는 사람들로 북적였다. 부를 갖게 해 준다는 미신 아닌 신념으로 황소의 상징은 특히 욕심 많은 여성분들이 비비고 주물럭거려 반들반들 빛나고 있었다.

"부의 신이시여, 나에게 재물을 주소서."

그리고 남모르게 이런 기도도 할 것이다.

"우리 남편에게 황소 같은 힘도 함께…."


한참을 걸어 역사가 흐르는 노포에 갔다. 지면에 소개되어 우연히 알게 된 곳이다.


미국 뉴욕엔 18~19세기부터 영업해 온 노포 술집이 여러 곳 있다. 그중 아주 오래된 곳 중 하나로 꼽히는 곳이 맨해튼 이스트빌리지의 169년 된 아이리시 펍 '맥솔리스(McSorley's) 올드 에일 하우스'란 곳이다.

맥솔리스는 뉴욕의 역사와 문화를 고스란히 보존한 박물관 같은 맥줏집이다. 조 바이든 대통령의 조상이 그랬듯 19세기 아일랜드 감자 대기근 때 미국으로 이민한 아일랜드계 존 맥솔리가 1854년 세웠다.

1860년 에이브러햄 링컨 대통령이 길 건너 쿠퍼 유니언 대학에서 노예제 폐지를 주장한 첫 대중 연설을 한 뒤 찾아 목을 축인 집으로 유명하다. 링컨이 앉았다는 투박한 나무 테이블이 오래된 석탄 난로 옆에서 매일 무심하게 손님을 받는다.

169년 된 노포 맥줏집

· 멈춰진 시계를 비롯한 169년의 흔적들

부두에서 쏟아져 나온 흰색 제복을 입은 해군 장교들이 손에는 흑맥주를 쥔 채 홀 안에 가득했고 그들은 오랜만에 맛보는 육지의 냄새와 자유를 만끽하고 있었다.

한편에는 MZ의 젊은 세대들이 그들의 꿈과 낭만을, 홀 중앙에는 미국을 지키는 군인들이, 반대편에는 80 넘어 보이는 노부부의 다정함과 옛것에 대한 그리움과 향수를 에일 맥주로 달래고 있었으며 동양에서 온 부부는 그들과 어우러져 이국 노포의 맛을 즐기고 있었다.

뉴욕에서 본 노포의 의미는 내게 이렇게 다가왔다.
세대와 시대가 공존하는 곳!!!

을지로 노포에 가 봐야겠다. 빈대떡집도 함께 말이다.

돌아오는 길, 한때 베스트셀러로 등극했던 『H마트에서 울다』의 배경인 그 마트를 발견했다.

# 드보르자크의 「신세계 교향곡 4악장」 들어 본다.
신세계는 미국을 뜻하며 뉴욕 카네기 홀에서 초연되었다.

## 한은형 작가님께 드리는 글 ___

저는 오랫동안 작가님 글을 읽어 온 열렬한 팬입니다.
작가님이 쓰신 『영롱보다 몽롱』과 『작가가 사랑한 여행』 등의 에세이와 주말에 기고하시는 칼럼 등을 접하게 된 후로 원인 모를 두근거림이 지속되었습니다.

그 울렁임은 아마도 작가님의 글에 기인한 것이니 어쭙잖은 꼰대의 주책으로 생각 마시고 편안한 마음으로 읽어 주시면 감사하겠습니다.

"웬 듣도 보도 못한 잡것 같은 얼간이가 내 글을 좋아하나?"며 트집

을 잡으신다면

첫 번째는 "글 잘 쓰시는 소설가로 존경하기 때문이요"

두 번째는 "저의 우상인 헤밍웨이를 작가님은 마치 앞에 살아 있는 사람을 대하듯 극존칭을 쓰시며 대문호에 바치는 위대한 존경심에 경외감을 느끼기 때문입니다."

마지막으로는 주도(酒道)는 다자이 오사무처럼 마시라며 "술을 기꺼이 사 주고 싶은 사람이 되자는 생각, 사 준 사람의 마음에 경배하여 마시며 그 마음을 잊지 않을 것, 무엇보다 술병을 힘껏 끌어안을 것."

그 문장과 술에 대한 철학에 홀딱 반했기 때문입니다.

그 영향을 받아서인지 헤밍웨이를 추앙하다 못해 지난 1월에는 그분이 살았던 키웨스트에 혼자 여행을 가서 그분이 매일 들락거리던 단골 카페에서 모히토와 다이키리에 탐닉하였고, 그분이 살던 저택에서 여섯 개의 발가락을 가진 고양이 '백설공주'도 만났으며 밤늦도록 술집에 앉아 그분의 뜨거운 열정과 불타는 투지를 부러워하곤 했습니다.

또한 작가님이 소개해 준 식전주 아페리티프와 사랑에 빠져 헤밍웨이가 즐겨 찾았던 백 년 넘은 파리의 몽파르나스에 있는 카페 'Le Select'에서 비 오는 날 감흥에 빠지며 낭만도 느껴 보았지요.

오늘 이리 편지를 쓰는 것은 지난주 작가님의 칼럼에서 블러드 메리의 레시피를 소개하면서 "에어플레인식 블러드 메리는 과연 어떤 맛일까?"라며 의문을 품으셨는데 제가 감히 마셔 본 소감을 말씀드리기 위함입니다.

제가 맛본 비행기 내에서의 블러드 메리는 "상큼한 맛과 신맛도 없는 약간 쌉쌀한 맛만 있는 마치 앙꼬 없는 찐빵" 같았는데, 곰곰이 생각해 보니 쉐이킹이 없었고 꼭 들어가야 할 라임이 빠졌다는 것이지요.

그러다 생각난 게 칵테일 전문가인 내 후배 신연식을 작가님께 소개해 드리는 것이었습니다. 그분은 싱글몰트 전문가이자 바텐더이기도 한데, 체구는 약간 통통해 보이지만 부드러움이 돋보이는 최고의 매력남입니다.

특히 그분이 심혈을 기울여 제조하는 캄파리 칵테일엔 비주얼과 재료의 산뜻함과 신선함이 녹아 있고 온갖 정성과 함께 남자의 섬세한 디테일이 가득 배어 있답니다.

언젠가 이루어질 칵테일 파티에 함께하시면서 최고의 칵테일과 하이볼을 마시며 한강의 아름다운 일몰과 강바람의 살랑거림을 느껴 보시길 바랍니다.

그리고 마지막엔 이렇게 건배사를 해 주시길 부탁드립니다.
작가님이 "'칵테일로' 하면, 우리들은 '죽여버릴 거야!!!'"

# 쇼팽의 「발라드 1번」이 칵테일과 어울릴 듯하여 같이 들어 봅니다.

한은형 작가님께 드리는 글

"예술의 가장 중요한 목적은 우리 영혼에 묻은 일상의 먼지를 털어내는 것이다."

서울에서 출발하기 전 구입한 『예술이 필요한 시간』이라는 책의 저자인 이세영 전시 디자이너의 맨 앞장은 이렇게 시작되었다.

한편 이동규 교수는 일간지의 '두 줄 칼럼'에서 이렇게 기고했다.
"하수는 베끼고(copy), 고수는 훔친다(steal)." 피카소의 말이다.
피카소의 말은 그의 그림처럼 유명하여 많은 사람이 인용하는데, 늘 베끼기만 하는 난 죄책감이 많이 든다.

뉴욕에는 일렬횡대로 조성된 미술관들이 있다. 센트럴 파크를 중심으로 서쪽에는 뉴욕현대미술관(MoMA)이, 동쪽으로는 뮤지엄 마일(Museum Mile)로 불리는 구겐하임 미술관과 메트로폴리탄 미술관 등 세 미술관이 위치하고 있어 미술관 투어를 계획하시는 분들께는 이동이 편하고 연결이 용이한 동선을 제공한다.

그저께 그 미술관 두 곳으로 향했다. MoMA와 구겐하임인데, 특히 두 달 사이에 베니스와 뉴욕의 페기 구겐하임 미술관을 찾은 것은 나에게 커다란 행운이자 즐거움이며 위의 작가의 글을 그대로 빌리자면 "일상의 먼지를 털어 내는 것"인지도 모른다.

MoMA는 SFMoMA(샌프란시스코 현대 미술관)와 공간과 그림의 배치 등에서 서로 비슷한 느낌을 받았고 뉴욕 구겐하임 미술관의 모습은 다음의 사진처럼 아주 특색이 있었다. 베니스의 미로 같은 골목길로 이어지는 구겐하임 기념관하고는 천지 차이다.

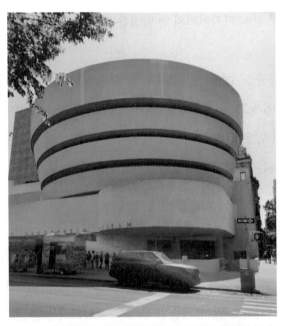

· 16년에 걸쳐 지어진 구겐하임 미술관의 특이한 모습
내부는 나선형으로 내려오는 수평면이 없는 바닥이라
아내는 어지럽다고 계단으로 내려왔다.

그림을 잘 모르는 나는 요즘 느끼는 바가 있다. 하나는 책에서 보았던 일정한 크기의 그림보다 실제 그림의 크기는 엄청나게 다르다는 것이다. 마네, 마티스, 피카소와 렘브란트, 그리고 여성의 몸을 그린 쿠르베의 「세상의 기원」 등은 엄청난 크기로 우리를 압도한다. 그렇다면 작은 그림들은 없는가? 「진주 귀걸이를 한 소녀」는 우리 얼굴보다 훨씬 작고, 앤디 워홀의 「마릴린 먼로」는 작은 탁상시계만 하다.

그리고 실제 그림을 보면 볼수록 화가 특유의 화풍을 체감하게 된다. 「타히티의 여인들」이나 여인들의 굵은 팔과 울퉁불퉁함을 보면 "이건 고갱이야? 아, 피카소구나." 하듯이 말이다.

예를 들면, 세관원이었던 앙리 루소는 40살이 넘어 그림을 그리기 시작했다. 그가 죽던 해에 그렸던 「꿈」을 보면 꿈속에 있는 것 같은 환상적인 느낌을 주는데 천경자의 그림과 공통점이 있다. 자연과 벌거벗은 여인과 동물 등 독특한 주제와 색을 구사하며 원시적이고 이국적인 모습을 발견할 수 있다.

· 세관원 앙리 루소의 「꿈」, 뉴욕 현대 미술관

눈에 띄는 것은 클림트나 코코슈카의 그림이 비엔나의 레오폴드 박물관이나 벨베데레궁에 있지 않고 MoMA에 있어서 다소 의외였다.

미술관에 소장된 그림 중 내게 시사하는 바가 큰 그림이 눈에 띄어 아래와 같이 소개하며 글을 맺는다

· 양팔을 사용해 기어 다니는 여성의 앞으로 나아가는 정신세계와
자유를 표현한 그림 앤드루 와이어스, 「크리스티나의 세계」

## 울프강 스테이크와 라이온 킹

뉴욕에 왔으니 평소에 구경도 못 하는 스테이크 하우스에 갔다.

어쩌다 한 번, 그것도 호텔 결혼식장에서나 먹는 스테이크인데 "다음

달 카드 청구서는 걱정 말자!" 하며 눈 딱 감았다.

이왕이면 다홍치마라고 서울에도 입점한 울프강이란 곳을 찾았다.

스테이크집 상호가 옛날 가깝게 지낸 독일의 보스 이름이라 친밀감이 들었다.

뉴욕의 3대 스테이크집이라 동양인을 대하는 종업원들의 기고만장한 태도가 뻔할 듯해서 재킷도 걸쳤다(식후 계획된 「라이온 킹」 뮤지컬 때문이기도 하다).

등심과 안심을 다 맛볼 수 있는 포터하우스(T 본 스테이크)를 주문했는데, 한쪽은 미디엄을 또 한쪽은 미디엄 웰던으로 부탁했다. 이런 주문은 처음이라는 듯 웨이터는 고개를 갸우뚱하더니 OK 한다. 그도 그럴 것이 대부분 사람들, 특히 젊은이들은 죄다 미디엄 레어를 시키는데 우리는 적당히 익힌 것과 좀 더 익힌 것을 시켰으니 참으로 가관이요, 촌티나는 부부이다. 그래도 빨간 핏물의 날것 느낌이 나는 것은 거부감이 있으니 어쩔 수 없다.

"아들딸들아, 이런 것들을 세대 차이로 치부하지 말자.
얼어 죽어도 겨울에 아이스 아메리카노 찾는 너희들 세대와 뜨거운 것을 좋아하는 아빠 세대의 '기호 차이'라 불러 다오."

타임스퀘어는 휘황찬란했고 '시카고' 등을 공연하는 뮤지컬 극장들이 붙어 있었으며 브로드웨이의 화려함을 자랑하고 있었다. 공연장은 남녀노소로 가득했고 그들은 뮤지컬 배우들의 연기에 열광했고 환호했다.

브로드웨이가 열기와 함성으로 가득 찬 날, 쥐방울만 한 우리 심바는 의젓함과 위풍당당함이 가득한 밀림의 왕으로 변해 있었다.
라이온 킹 심바!!! 내가 이름 하나는 멋지게 지었다.

# 울프강 아마데우스 모차르트의 「클라리넷 협주곡」 들어 본다.
영화 「아웃 오프 아프리카」의 OST이다.

울프강 스테이크와 라이온 킹

브루클린(Brooklyn)의 식당에서 영화 「해바라기」의 주인공 소피아 로렌이 입술을 반쯤 벌리며 매혹적인 모습으로 누군가를 응시하고 있었고 마르첼로 마스트로얀니는 여인의 관심에 무표정한 듯 신문만 보고 있었다. 식당 벽에는 우리가 어린 시절 은막을 휩쓴 주인공들의 모습이 가득했고 오래된 감미롭고 주옥같은 팝송이 흘러나오고 있었다. 맨해튼은 시끌벅적하였으나 브루클린은 유럽풍의 분위기가 가득했다.

그제 숙소를 맨해튼에서 브루클린으로 옮겼다.
내게 이 지역은 늘 호기심을 유발하던 도시였기 때문에 이곳의 느낌을 직접 피부로 체험하고 싶었기 때문이다.

브루클린은 한국에도 팬을 많이 확보한 기욤 뮈소의 소설 배경에 어김없이 등장하는 지역이며, 이민진 작가는 무엇 때문인지 "브루클린 사람은 잘난 척하는 사람들"이라 표현하기도 했다.
그리고 무엇보다도 우리에게 슬픔과 아름다운 선율로 사랑받는 「Love Idea」가 바로 영화 「브루클린의 마지막 비상구」의 OST이며 이 영화에도 한국 전쟁이 등장한다.

특히 기욤 뮈소의 「종이여자」, 「파리의 아파트」, 「브루클린의 소녀」에서는 정례화된 듯 한국 여인이 꼭 등장하며 때론 이름과 대학까지 구체적으로 나열되고 있었다(예를 들면 '유진'이라는 이름과 '이화여대' 등). 그리고 뉴욕의 맨해튼과 센트럴 파크 및 브루클린 등이 어김없이 배경으로 나오며 클래식과 재즈도 반드시 곁들여진다(기욤 뮈소의 '기욤'은 영어식 표현으로는 윌리엄이다).

영화의 제목인 마지막 비상구를 찾아 그리 걷고 싶었던 '브루클린 다리'를 걸었다. 150년 전에 15년에 걸쳐 만들어진 세계 최초의 현수교라니, 오래된 다리의 견고함에 감탄했다.

그런데 암만 찾아봐도 마지막 비상구란 표시는 보이지 않고 다만 출구라는 Exit 이정표만 있었으니 그 비상구는 영화 속에서 현실의 암울한 세계에 대한 탈출구였을지도 모르겠다.

브루클린으로 가는 마지막 비상구

다리를 걷는 사람들의 표정은 밝고 환했으며 야외수업 나온 아이들의 조잘거림과 인솔한 교사의 바쁜 발걸음에서 영화의 암울함은 없었고 밝은 미래만 보였다.

여행 기간 중 매일 아침 식사 시간마다 감자가 메뉴로 나왔다. 2백 년 전 아일랜드의 감자 기근 때문에 굶어 죽은 사람이 수도 없이 많았다.

난 골프채의 고구마(Hybrid)를 진짜 이름이 고구마인 줄 알고 Sweet Potato라고 부르며 골프 샵에서 가격을 물었더니 어안이 벙벙해진 상점 주인도 있었다.

감자는 가난함의 상징이었고 고구마는 취미의 상징이었다.

오늘 브루클린 다리를 걸으며 아메리칸드림을 찾은 사람들과 나를 비교했다. 그들과 나에겐 꿈과 희망을 좇아 일에 매달렸다는 공통점이 있었다. 대한민국 모든 사람이 다 그랬듯이 말이다!!!!

그리고 난 결심했다. 어릴 적 가난했던 이야기를 더 이상 쓰지 않기로⋯. 그동안 독자한테 과거의 빈곤함을 무기로 감성팔이를 했는지도 모르겠다. 지난 일들은 브루클린 다리와 함께 잊혀졌다.

# 영화의 OST인 「A Love Idea」 들어 본다.

금요일 4시 이후에 입장권을 무료로 준다는 잘못된 정보에 공짜의 즐거움을 맛보려던 계획은 수포로 돌아갔다. 대신 근처에 있는 센트럴 파크에서 많은 시간을 보냈으니 뭐, 그리 잘못된 것은 아니다. 세상에 공기와 바람 그리고 햇빛 말고 거저 얻는 것이 어디 있겠는가??

한편으로는 그리 달갑지 않은 비가 조금씩 내리기 시작하니 비 오는 날 미술관의 풍경은 제법 근사한 여행의 즐거움이라 생각하며 공짜에 미련 없이 전시장을 향해 걸음을 재촉했다.

메트로폴리탄 미술관(MET)은 광활하고 거대했다. 150년 전에 세워져 루브르 박물관 다음으로 역사가 깊다. 특히 고대 이집트의 각종 유물과 파라오 그리고 이 박물관 팀들이 이집트에서 직접 발굴한 유적들이 즐비하니 놀랍기 그지없다. 미국은 선진국이라기보다 강대국이라고 생각했던 내게 또 다른 인상을 심어 주었다.

마침 네덜란드의 렘브란트를 중심으로 한 특별 전시회가 열리고 있어서 그의 유명한 작품들과 암스테르담에서 표가 매진되어 못 보았던 페르메이르의 그림들을 여기서 보게 된 것은 커다란 행운이었다(페르메이르의 작품들이 최근에 고흐보다 더 유명세를 탄 느낌이다).

· 페르메이르의 「물 주전자를 든 젊은 여인」

열린 창가에 서 있는 한 여성이 드레스와 머리를 보호하는 리넨 덮개를 씌운 채 금은으로 된 물병과 대야로 목욕을 하며 하루를 시작한다. 페르메이르가 미국 컬렉션에 처음으로 참여한 이 그림은 여성이 세상에 공개되기 전의 사생활을 거의 관음증적으로 엿볼 수 있도록 한다(전시장 해설).

헤이그에서 가까운 델프트가 페르메이르의 고향이다. 델프트블루의 산실인 그곳은 스페인과의 식민지 항쟁으로도 유명한데 페르메이르가 11명의 자녀를 두었다니 축구 선수를 키웠어도 될 법했다.

다음 페이지의 쿠르베 그림들이 눈앞에 가득했다. 어안이 벙벙해진 내 모습에 눈총을 주는 내 동반자는 관람의 즐거움을 앗아간다.

· 「파도와 여인」, 1868, 뉴욕 메트로폴리탄 미술관

　피사로, 세잔, 르누아르, 로트레크, 피카소, 고흐, 고갱 등 수많은 작품이 있었지만 내가 직접 가 본 아를과 보바리 부인의 도시 루앙, 그리고 모파상의 고향인 에트르타의 코끼리 바위의 그림들을 본 것은 또 다른 감흥이었다. 파도와 푸르른 바닷가가 주는 자유와 빛의 움직임에 따라 달라지는 바위의 모습을 붓으로 터치하는 미술가의 즐거움 그리고 때론 고통을 그 누가 상상했겠는가?

　루앙은 『보바리 부인』의 저자 플로베르의 고향이다. 몇 년 전 찾아간 그곳의 루앙 대성당은 여러 화가의 작품 속에 등장한다. 모네는 빛이 변함으로 달라지는 성당의 모습을 30장 이상 그렸다.

올해로 세기의 디바 '마리아 칼라스' 탄생 백 주년을 맞아 그녀의 흔적이라도 찾아볼 겸 카네기 홀과 메트로폴리탄 오페라 극장에 잠깐 들렀다. '마리아 칼라스 위에 마리아 칼라스 없다'는 신화를 증명이나 하듯 "생생하게 살아있다"는 광고가 눈길을 끌며 전설적 성악가의 생전 모습을 보는 듯하다.

뉴욕서 출생한 칼라스가 이곳 오페라 홀에서 오디션에 붙고 떨어지는 경험을 반복하다 이탈리아 베로나에 가서 세기의 디바로 발돋움하게 된다. 그녀의 삶은 「토스카」의 아리아처럼 '노래에 살고 사랑에 살았지만' 성공하지 못한 사랑만을 남긴 채 파리에서 쓸쓸히 생을 마감한다.

오페라 극장에서 「돈 조반니」 공연을 패스한 아쉬움을 남기고 센트럴 파크로 걸음을 옮겼다. 센트럴 파크가 이리 광활한지 정말 몰랐다. 거의 5km가 다 되다니…. 한적한 분위기에 종류도 알 수 없는 많은 강아지들이 주인과 함께 주변을 탐색하고 있고, 웃통 벗고 조깅하는 남자들이 눈에 띈다.

몇몇 사람들은 아무렇게나 흩어져서 잔디에 드러누워 책을 읽거나 맨살을 드러낸 채 일광욕하며 자유를 구가하고 있었다. 공원 중앙에 다가서자 노래하는 젊은 길거리 가수가 흥을 돋운다. "Killing me softly with his song"이라며. 과연 어떤 보이스를 지닌 남자길래 노래로 그녀를 죽인다는 말인가??

우리는 벤치에 앉아 지나가는 사람들을 호기심 많은 눈초리로 구경하는 즐거움을 느끼며 걷다 쉬기를 반복했다.

'웃음을 탄생시키는 우리 벤치에서 잠깐 쉬세요'라는 어느 가족이 기증한 의자의 표식이 눈에 띈다. 그 가족은 작은 기부를 통해 이름을 남겼다.

초대 카이스트 총장을 지내고 뉴욕에 거주하는 한국인 가족들과 우연히 만나 잠시 담소했다. 박정희 대통령이 미국에 거주하는 유능한 과학자들을 불러들였을 때 조국의 부름에 응답해 한국에 돌아가 조국의 발전에 기여한 자랑스러운 코리안 디아스포라이다.

계속 걷다 보니 셰익스피어와 월터 스콧의 동상이 보였고 길거리 밴드들의 모습도 보인다.

이곳 야외무대에서 수많은 젊은 남녀 뉴요커들을 운집시키며 흥분의 도가니에 몰아넣은 비틀즈나 사이먼 & 가펑클, 그리고 「피아노 맨」의 빌리 조엘이 떠올랐다.

존 레넌이 살던 아파트가 이 근처에 있다고 해서 지난번 왔을 때 기웃거렸던 기억이 있다. 왜 존 레넌의 살인범은 저격 후 도망가지도 않고 경찰이 오기를 기다리며 『호밀밭의 파수꾼』을 읽고 있었을까?

센트럴 파크에서

금요일 오후가 되자 주말을 즐기려는 듯 사람들이 하나둘씩 모여들며 센트럴 파크는 사람들을 맞이하고 있었다. 그곳은 자유와 시끄러움과 조용함이 공존하는 도시 속의 휴식처이자 관광 명소였다.

# 푸치니의 오페라 「토스카」 중 「사랑에 살고 노래에 살고」를 마리아 칼라스의 노래로 듣는다.


## 세월은 변했어도 랍스터 맛은 그대로 ___

포틀랜드의 공항에서 와일드한 야생의 기운을 느꼈다.
야생동물이 뛰어놀고 있을 만큼 산과 바다 공기와 호수가 수려한, 자연의 숲을 갖춘 도시라는 말이다.
저 박제된 동물들의 모습에 TV에서 즐겨 봤던 「동물의 왕국」 속 폭설이 덮인 야생 국립공원에서 먹이를 찾던 엘크의 외로움과 생존 경쟁이 떠올랐다.

이곳은 미국의 가장 북동쪽에 위치한 지역이다. 우리 부산이나 동해안의 해안 길을 따라 위쪽으로 쭉 올라가면 보이는 고성이나 그 어디의 조용하고 한적한 어촌의 마을을 연상하면 되겠다. 겨울엔 폭설이 자주 내리고 인적이 드물며 평화롭고 한적한 시골 어느 마을과 같다.

호텔 로비에는 '포틀랜드에서의 즐거움을 이곳에서 찾으시오'라며 가지각색의 색깔로 투숙객들에게 먹거리와 구경거리를 안내한다.

오늘 아침 이곳 메인의 날씨는 야생의 숲같이 거칠었고 늦가을처럼 황량했다. 바다 때문인지 바람이 거세게 불고 비가 내렸다.

Peaks Island라는 섬으로 보트 타고 영화 「파리로 가는 길」 같은 근사한 피크닉의 계획은 물거품이 되었고, 분위기를 내려고 준비한 세 가지 색의 와인도 무용지물이 되었다.

아내가 춥다고 난리 피우니 나가지도 못한 채 오전 내내 방콕하였다. 나 혼자라면 벌써 뛰쳐나가 시내의 골목길을 돌아다니고 있을 텐데…. 동반자로 인한 불편함에 혼자 여행의 즐거움이 그리워지는 순간들이다.

오후가 되자 소꿉장난 같은 방콕 파티로 여행의 종반부를 망치고 있는 동반자를 채근하며 클램 차우더(Clam chowder)가 우리를 기다리고 있는 그 해산물 식당으로 향했다.

바람처럼 세월은 날았고 나는 변했어도 변함없는 Twin Lobster 메뉴와 대서양의 작은 항구를 장식한 하얀 보트들과 사방에 널린 랍스터 통발들이 나를 반겨 주었다. 이번 여행의 최고의 기쁨을 느끼는 순간이었다.

2시가 넘자 식당은 가족과 함께 일요일 한낮의 여유를 즐기러 온 사람들로 가득했고 친절이 몸에 밴 종업원들의 즐겁게 일하는 모습이 눈에 들어왔다. 유일한 동양인인 우리 둘은 그들과 가끔 눈인사를 주고받았다.

유서 깊은 항구의 식당에서 랍스터의 커다란 집게발이 위용을 자랑하고 있는 사이, 짓궂은 날씨와 방콕 때문에 생긴 우울함은 소리도 없이 사라졌다. 로시니가 이야기한 "먹고 사랑하고 노래하고 소화하라"를 떠올리던 날이었다.

# '우정의 노래' 또는 '축배의 노래'로 우리에게 친숙한 「스테인 송」은 이곳 메인 대학교의 노래라고 한다. 그 노래 들어 본다.

## 2부

한여름 밤의
행고

여행의 마지막 날이다. 내일이면 뉴욕으로 되돌아가 집으로 가는 비행기를 탄다. 추억 여행이라 이름 지을 수 있는 열하루 동안 내가 못 가 본 새로운 곳도 있었으며 변한 것도 있고 장소는 그냥 그대로인데 내가 새롭게 느끼는 것도 있다.

여행 중에도 내 자신의 생각을 몇 줄이나마 언어로 표현한 일상에 대해 소중히 생각했고 기록을 남기며 신나고 즐거워했지만, 내 글은 점점 시시해지고 독자들도 줄어드는 느낌이다.

모파상은 독자들의 기대를 이리 표현했다. 우리 독자분들의 기대도 똑같은 것이지 않겠는가?

"나를 즐겁게 해 달라
나를 슬프게 해 달라
나를 감동시켜 달라
나에게 공상을 일으켜 달라
나를 포복절도케 하여 달라
나를 전율케 하여 달라
나를 사색하게 하여 달라
나를 위로해 달라"

마지막 날 이 지방의 명소인 230년 된 Portland 등대에 갔다(지금은 공원과 작은 등대 박물관으로 변했다). 이곳 사람들은 등대를 영어로 Headlight라고 표현하는데 헤드라이트는 오직 자동차에만 쓰이는 고유한 단어로만 알고 있는 나의 케케묵고 빛바랜 영어는 나의 악센트처럼 엉터리다.

이곳의 풍광은 등대지기의 외로움보다 낭만을 떠올리게 한다. 정원이 곁들은 집과 머리카락을 휘날리게 하는 바람과 바위를 철썩철썩 때리는 파도, 그리고 울퉁불퉁한 해안의 바위와 틈틈이 피어 있는 해당화에서 등대지기의 고독은 찾을 수 없다.

난 그 바람의 언덕에 오랫동안 서 있으며 우리가 어렸을 때 부른 동요 「바닷가에서」를 떠올렸다. 바람이 부는 그 언덕엔 헨리 워즈워스 롱펠로가 가끔 이곳에 와서 시에 대한 영감을 얻었다는 표석도 있었다.

'해당화가 곱게 핀 바닷가에서 나 혼자 걷노라면, 수평선 멀리'
등대지기의 노고를 아는 김동건 아나운서의 멘트는 참으로 소박하고 겸손했기에 아래와 같이 옮겨 보았다.

"나의 60년은 그저 열 마디로 설명될 만큼 단순했다."
"절해의 고도에 갇혀 일하는 등대지기가 몇백 배 훌륭하지요. 양식을 실어다 주는 배가 와야 밥을 해 먹을 수 있고, 유일한 낙이라고는 라디오 듣는 게 전부이나, 그가 매일 밤 밝히는 등대를 보고 수많은 배들이

뱃길을 찾아다니지 않았겠어요? 박수를 받을 사람은 내가 아니라 그런
분들이지요.”

"한적한 시골 공항에 무슨 사람이 많을까" 하는 내 추측은 빗나갔다. 뉴욕행 비행기를 놓칠까 봐 좌불안석이었다. 공항에 가기로 한 버스가 이륙 한 시간을 남기고도 오지 않자 안절부절못했다. 버스를 예약한 시간보다 일찍 나왔지만 도착한 버스는 만석이어서 그냥 횡 떠나고 또 다른 버스를 기다렸다.

초로의 중년 부부가 먼저 도착해 의자에 앉아 버스를 기다리고 있었다. 특별히 줄 서는 것이 없었고 그 부부는 앉아 있던 터라 기다리던 나는 버스가 오자 먼저 온 사람을 배려하지 않고 조급한 마음에 무심코 버스 뒤 트렁크에 짐을 실었다.

그러나 공항으로 가는 10분 동안 뒤통수가 따가웠다. 그 두 부부가 생각하기를 아시아에서 온 쪼그만 놈이 젠틀하지 않다고 할 것 아닌가? 전형적인 어글리 코리안으로 보일까 봐 얼굴이 화끈거렸다.

버스의 드라이버는 나이를 가늠할 수 없는 육 척 거구의 남자 목소리를 내는 여성이었다. 그 드라이버는 예상보다 많은 승객 때문에 늦어서 미안하다고 했다.

막 이른 아침의 태양이 뜨기 시작했고 라디오에는 음악이 흘러나왔으며 운전대를 잡은 여성은 휘파람을 기막히게 불어 댔다.

난생처음 들어 본 여성의 휘파람 소리는 아름답고 매끄러웠으며 경쾌했다. 좌석에 앉은 사람이 칭찬하자 이곳에서 고등학교 때 휘파람을 배웠는데 그만둔 지 오래되었다고 한다.

그 10분은 미안함과 유쾌함이 공존한 짧은 시간이었다.

공항에 도착하자 그 초로의 부부와 우연히 같은 항공사 라인에서 수속하며 줄을 서게 되었다. 나는 잘되었다 싶어 순서를 양보하였다. "Sorry, I was not gentle."이라며… 그들은 미소로 화답하였다.

집으로 돌아오는 길에 얻은 게 있다.

버스 안에서 승객들을 위해 눈치 안 보고 불어 대는 유쾌한 휘파람 소리. 그것은 미국의 자유였고 나는 기다릴 줄 아는 젠틀맨십을 잃었다.

맨날 신사의 품격 운운하더니 다급한 현실에 닥치자 쩨쩨해진 것이다. 줄을 서지 않았으니 새치기는 아니었다 해도 그 둘 부부도 다급한 마음은 있었을 것인데….

그 젠틀은 온 사방에 널려 있었다.

우연히 본 호텔 욕실에 걸려 있는 샴푸 통에도 Squeeze Gently.

센트럴 공원을 산책하는 강아지 주인의 명령어도 Gentle이었다.

몇 년째 아침나절 반려견과 함께 들르는 곳이 있다. 그 야외 공간에서 발걸음을 멈추고 잠깐의 기분 좋은 바람을 맞으면서 이렇게 주입식 교육을 실시하곤 한다.

"심바야! 여기가 우리들의 휴식 장소야. 그럴 일은 없겠지만 만약에 길을 잃거든 여기 이 벤치를 기억하고 이곳으로 오렴."
이 벤치는 말 못 하는 심바와 나의 무언의 약속 장소다.

그 벤치엔 가끔은 새똥의 흔적이, 캔맥주와 먹다 남은 오징어 땅콩과 빵부스러기 등의 흔적이 있다. 이곳은 노인들 혼자 우두커니 앉아 있는 모습들이 보이는 외로운 곳이기도 하며 저녁때가 되면 한적하고 으슥한 곳을 찾는 젊은이들이 손을 잡고 사랑의 밀어를 속삭이는 낭만의 장소이기도 하다.

한편 시내 한복판의 공원 벤치 어느 곳에서는 독거노인이나 알 수 없는 노년의 외로움과 가끔가다 솟아오르는 욕망을 잠재워 줄 박카스 아줌마가 수작을 벌이고 있을지도 모른다.

이렇듯 벤치는 우리 삶의 단편을 이어 주는 휴식처이자 작은 공간이기도 한데, 그 벤치에서 때로는 생존의 지혜와 영감을 얻기도 한다.

대표적인 것이 운동선수들의 땀과 눈물 그리고 간절함이 담겨 있는 축구, 배구 등 스포츠의 벤치이다. 대한민국의 간판스타 손흥민과 김연경도 벤치에 앉아 감독의 호명을 기다리며 기회의 순간만을 엿보던 때와 그 순간을 위해 남몰래 노력하던 무명 시절의 고단함과 설움 그리고 울분을 벤치에서 토해 냈을 것이다.

노르웨이 제2의 도시 베르겐에 있는 그리그의 생가 트롤하우겐(숲속의 요정)의 숲과 호수의 자연에 둘러싸인 벤치에서는 그리그가 「페르 귄트 모음곡」의 영감을 받은 곳이기도 할 것이며….

· 그리그 생가 트롤하우겐의 벤치

영화 「포레스트 검프」에서는 다리가 불편한 톰 행크스가 버스 정류장의 벤치에서 인생 이야기로 영화가 시작되는 장면과 "인생은 초콜릿

상자와 같은 거야. 네가 무엇을 고를지 아무도 모른다."라는 영화 속 명대사에서 인생을 어떻게 선택하느냐에 따라 결과도 달라질 수 있다는 삶의 진리를 이야기하고 있다.

이렇듯 벤치는 우리 주변에 널려 있으면서 삶의 공간에 때로는 촘촘한 여유를 주기도 하는데 우리 독자님들도 가끔 근처 공원이나 한강 변에 있는 벤치에 앉아 보시라. 가끔 새똥의 흔적이 있는 곳이기도 하지만 거기엔 바람의 선선함과 또는 대화를 나눌 동무가 생길지도 모를 일이다.

\# 그리그의 「페르 귄트 모음곡」 중 「아침 정경(Morning Mood)」 들어본다.


## 중국의 대항마 인도 　　　　　　　　　　　　　　　—

나는 오늘 중국 대사의 돼먹지 못한 쌀라거림에, 그것도 아름다운 우리나라 말을 어눌한 발음으로 내뱉은 내정 간섭과 망상에 젖은 중국몽(夢)에 기분이 상해 이 글을 쓴다. 더군다나 우리의 핵심 반도체 기술 등을 통째로 빼내며 지금 이 순간에도 두뇌 사냥을 집요하게 계속하는 저들이지 않은가!!!

아시아에서 어느 나라든 중국의 대항마가 필요했다. 대적할 곳은 바로 인도였고 두 달 전에 인구 순위에서 이미 중국을 앞서 나갔다. 지금 세계는 탈중국(脫中國)이라는 공급망 재편의 회오리바람을 피하기 위해 많은 기업들이 인도로, 인도로 향하고 있다.

뉴욕 한복판에 인도 사람들이 가득했다. 길거리 노점에서도, 공원에서도, 호텔의 리셉션과 식당의 웨이터나 매니저도…. 물 반 고기 반이라면 지나친 표현일까? 공항의 안내하는 직원까지도 말이다.

하기야 IT 기업들의 수장에 인도인이 꽤 있으니 별로 놀랄 만한 일도 아니다. 지난번에 본 베네치아와 피렌체의 노점상들도 거의 다 인도인이었는데 머지않아 그들의 세상이 도래할 것이다.
사실 그들의 약진에 놀라움을 금치 못한다. 하다못해 수원에 있는 S전자에도 점심시간이면 인도 사람들 모습이 가장 눈에 띈다.

그들의 급속한 경제 발전에 몇 년 전 나를 위해 길거리에서 포즈를 취해 준 염소를 모는 선량하고 순박한 노인의 모습은 이제 찾아볼 수도 없을 것이며, 20년 전에 류시화 시인이 쓴 『하늘 호수로 떠난 여행』에서 언급한 '순진한 인도 사람들'도 더 이상 존재하지 않을 것이다.

서점가에도 벵갈 출신 인도계 미국인 2세의 활동이 볼 만하다.

『축복받은 집』에서 두각을 나타낸 줌파 라히리는 몇 년 전 『저지대』에서도 맨부커상을 수상하며 특히 미국에서 일어나는 인도인의 생활과 삶을 책 전반에 그대로 나타내고 있다.

기실 인도 문화가 벌써 깊숙이 우리 곁에 함께하고 있다. 젊은이들을 위한 인도 음식에서부터 IPA(India Pale Ale, 인디아 페일 에일)까지!!! 사족이지만 우리가 가끔 버팔로윙을 매콤한 소스에 찍어 먹으며 즐겨 마시는 IPA 맥주 특유의 씁쓸한 맛이 인도산이라는 것을 우리는 모른다.

그들이 영국 식민지 영향을 받은 흔적은 곳곳에 나타난다. 위스키를 좋아해서 공업용 알코올을 마시고 사망한 뉴스를 가끔 접한다.
그리고 생활 속에는 오래된 영국 이발소의 흔적도 있다.
호텔 내 장식용 책장에는 『오셀로』, 『두 도시 이야기』 등 영국의 고전으로 넘쳐나고 있다.

인도인들의 억양이 조금 이상한 것은 사실이고 비즈니스 시 언더 테이블 머니가 관례라는 그들이지만, 하루빨리 퀀텀 점프해서 중국의 기고만장함을 납작하게 눌러 줬으면 좋겠다(사실 지난번 인도와 중국의 국경 지대에서의 충돌 시에도 나는 인도를 응원했다).

더 바라는 것은 세계 12대 경제 대국이라는 우리가 외세에 흔들리지 않는 주권 강대국이 되었으면 하는 바람이다.

# 케텔비의 「페르시아 시장에서」 들어 본다.
이 음악을 들으면 인도 시장의 거리를 걷고 있는 느낌이다.

추신: IPA는 영국에서 만들어져 인도로 전해졌으며 어원은 영국의 특정한 맥주를 가리키는 '에일'에 '인디아'와 '페일'을 붙여 '인디아 페일 에일'이 되었다.


## 포옹이 부족한 시대

　　　　　　　　　　　　　　　　　　　　　　　　—

뉴욕에 있는 고층 빌딩이 하도 오래되어 보이고 외관의 멋스러움에 반해서 건물 안에 구경 갔다가 아래와 같은 관리 목표를 발견하고 늘 대하는 글이지만 영어의 간단명료함이 신선해 담아 보았다.

내용을 요약하자면,

"목표를 높게 잡고 너의 꿈을 따라라
매일을 소중하게 너 자신에 충실하라
포용하라
마음이 흐르는 대로 행하라

새로운 경로를 탐색하라

계속 공부하라

내일은 더 나을 것이라는 걸 믿어라

너 자신을 믿어라

용감하라

인생을 즐겨라"

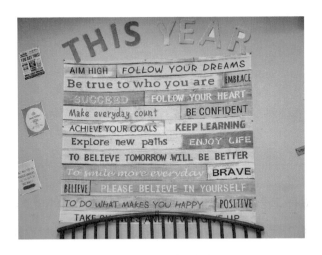

그중에서도 가장 눈에 들어온 게 'Embrace'이다.

여기서 Embrace는 두 팔을 벌려서 안는 포옹이 아니라 받아들이라는 의미의 '수용하라'나 '포용하라'의 뜻으로 쓰였다.

그러나 나에겐 다른 의미가 있다. Hug와 비슷한 껴안는 Embrace를 생각했다. 아이들을 코흘리개 시절부터 제대로 한번 안아 주지 못했다. 안고는 다녔지만 위로하고 다독거려 주는 따뜻한 마음을 전달하지 못했다.

늘 공감 능력과 따뜻함에 굶주린 warm hunger(내가 지금 생각해 낸 엉터리 영어다)가 되지 않을까 전전긍긍했다.

지난주 열흘 넘게 포옹이 넘쳐나는 사회에서 지냈다.

공항과 공원과 식당에서나 그들은 친근감과 위로와 사랑의 표시를 포옹으로 주고받으며 따뜻함을 교환했다.

토닥여 주는 것이 일상이 된 그들이 한없이 부러웠다.


엊그제 아들 내외와 주말 골프를 치며 딸한테는 "쉿" 비밀로 했다. 딸 생각이 많이 났다. 아래의 멋진 사진을 딸에게 전달해 주고 싶었으나 그만두었다.

딸이 많이 맘에 걸렸다. Embrace를 못 해준 까닭이다.

지금이라도 포옹해 주어야 하는데 딸에게는 어려움이 있다.

다가서다 늘 주춤한다. 토닥여 줘야 하는데 강아지만 토닥거린다.


올해 78세의 이해인 수녀는 "이제 안아만 주기에도 인생이 모자라는 것 같다."고 했다.


나는 어떡해야 하는가???

독자분들은 위의 목표 중 가장 하고 싶거나 바라는 거 있으신가요?


# 영화 「마녀 배달부 키키」 중 「엄마의 빗자루」 들어 본다.



## 쨍하고 해 뜰 날                                         —



일전에 말했지만 나는 박진배 교수가 조간신문에 연재하는 「공간과 스타일」이라는 글을 즐겨 읽는다. 그 지면에는 세계 각국의 생활 풍습과 그들의 음식, 건축 및 인물 등 문화 전반에 대한 느낌을 촘촘하면서도 간략히 엮어 독자들의 호기심을 끌어낸다.

그런데 가끔은 내가 가 본 곳들에 대해 남긴 글들과 유사한 표현의 글을 박 교수 같은 전문가가 기고한 것을 보면 "우리네 사람들의 생각이 다 고만고만하구나." 하는 동질감을 느낀다. 동시에 왠지 모를 기분 좋은 반가움과 내가 먼저 썼다는 우쭐함에 빠지는 것도 사실이다.

예를 들면 며칠 전 기고된 '아일랜드의 펍과 문학'이란 칼럼에서 박 교수는 내가 가끔 이야기한 감자 기근을 시작으로 서두를 꺼냈으며, 비가 오면서 동시에 햇살이 빛나는 장면도 묘사했는데 나는 정말 무지개를 보는 행운도 얻었다. 비가 오면서 쨍하고 해가 뜨면서 말이다.

그리고 그는 내가 썼던 것처럼 Pub이 사랑방 같다는 느낌과 기네스 맥주와 율리시스도 빠지지 않고 집어넣었다. 이런 동질감의 비슷한 표현은 누구나 다 공감할 수 있기에 공통적으로 갖게 되는 만인들의 어젠다일지도 모른다. 그러나 디테일이 없는 내가 먼저 썼다며 너스레를 떠는 나는 아마추어임을 잘 안다.

각설하고 박 교수의 글을 읽으니 더블린 교외의 펍에서 만난 낯선 이방인을 반갑게 맞아주던 코가 빨간 그들의 친절한 마음씨와 따뜻한 페치카가 떠오르며 다시 더블린에 가고 싶은 욕망을 부추긴다.

독자님께서는 지금 나를 "그 잘나 빠진 글을 자랑입네 하고 거들먹거리네." 하고 비웃을지 모르겠지만, 언젠가는 쨍하고 해 뜰 날 있을 것이다. 디테일한 매의 눈을 키워서 말이다.

그럼 박진배 교수의 글을 아래와 같이 소개한다.

# 「오 솔레미오(오 나의 태양)」를 빅 쓰리 3대 테너의 음성으로 들어본다.

아일랜드의 펍과 문학

1845년에 닥친 감자 기근은 아일랜드의 삶을 힘들게 했다. 인구는 많고 먹을 건 없어 많은 사람이 미국으로 이민을 떠났다. 이런 상황이 지속되던 아일랜드에는 빈곤과 절망밖에 보이지 않았다. 그런데 그 혼란과 가난 속에 문학이 꽃을 피웠고, 이는 세계에 신선한 충격과 힘을 주었다.

한적한 시골에 조금씩 다른 녹색이 카펫처럼 펼쳐진 아일랜드의 초원은 흔히 '50가지 그린(Fifty Shades of Green)'으로 표현된다. 비가 오면서 동시에 햇살이 빛나는 장면도 자주 보인다. 지극히 조용하고 아무 일도 일어나지 않으므로 심심해서 자연을 자세히 관찰하게 된다. 이렇게 사색하고 음미하면 꿈꾸게 되고, 창작하게 된다. 시적 상상력이 발현된다. 이것이 스토리가 만들어지는 배경이다. 그렇게 시작된 전통과 역사로 아일랜드는 오늘날 사뮈엘 베케트, 제임스 조이스, 오스카 와일드의 작품 세계를 찾아 여행하는 목적지가 되었다.

여기서 꽤 큰 역할을 하는 장소가 펍(pub)이다. 펍에서 사람들은 이야기를 만들고 나누는 걸 좋아한다. 공식어는 영어지만 가끔은 전통어로도 대화를 나눈다. 맥주와 대화는 밖으로 가지고 나갈 수 있다. 펍 앞에 늘 사람들이 모여 있는 풍경이 낯설지 않은 이유다. 6월 16일은 아일랜드의 문학이 탄생시킨 축제일 '블룸스데이(Bloomsday)'다. 전 세계의 방문객들이 수도 더블린으로 모여 20세기 초의 패션으로 옷을 입고 제임스 조이스의 소설 '율리시스'의 주인공 블룸이 들렀던 펍을 찾아다닐 것이다.

## 첫사랑

—

남들은 이 도시 '스카보로'를 영국의 북요크셔에 있는 바닷가 마을에 있다고 했지만, 나는 지난번 미국의 동부지방 여행 시 포틀랜드 근처에 똑같은 이름의 마을이 있다는 것을 우연히 발견했다. 그리고 SG워너비의 우상인 사이먼 & 가펑클의 「스카보로의 추억」을 떠올렸다. 이 불후의 명작을 혹자는 反戰(반전) 노래라고 의미를 부여하지만 난 괘념치 않고 나 나름대로 다르게 소화한다.
왜냐하면 이 노래를 들으면 늘 첫사랑이 생각났고 노래 가사대로 내 사랑 그녀는 나의 진실한 사랑이었기 때문이다.

Scarborough Fair(스카보로의 추억)

"혹시 스카보로 장터에 가시나요?

파슬리, 세이지, 로즈마리와 타임이 있는 그곳에

그곳에 사는 어떤 이에게 날 기억해 달라 전해 줘요.

그녀는 한때 나의 진실한 사랑이었죠."

영국에 가면 꼭 들러야 할 곳이 있다. 바로 영화 「노팅힐」에서 세기의 배우 줄리아 로버츠와 잘생긴 휴 그랜트가 처음 만나 사랑이 싹트던 노팅힐의 서점이다.

난 이 영화의 OST가 나오면 여지없이 또 그 첫사랑이 생각나며 자동적으로 아래 가사를 떠올린다.

"그녀는 미녀 또는 야수일 수 있어요."

"그녀는 굶주림이거나 만찬일 수가 있어요."

왜 여자는 극과 극이 되며 가끔 야수로 돌변하는가?

9월이 되면 내 원인 모를 향수의 근원지인 그 야수를 찾아 가출할지도 모른다.

그리고 언젠가는 지나간 첫사랑에 대한 단편 소설을 쓰고 싶다.

그것이 투르게네프적 순수한 사랑이라고 불리든 말든, 픽션이든 논픽션이든…. 옛날이야기니 뭐 어떻겠는가?

추신: 투르게네프는 『첫사랑』에서 옆집에 사는 몰락한 공작부인의 딸을 사랑하는 주인공과 그 딸은 주인공의 아버지를 사랑하는 순수하고 아름다운 첫사랑을 그려 냈다.

소설 내용 중 뇌출혈로 죽는 아버지가 주인공에게 말한 "내 아들아, 여자의 사랑을 두려워해라. 그 황홀한 행복… 서서히 퍼지는 독을 두려워해라."라는 구절은 명문장으로 손꼽힌다.

한편 투르게네프는 실제로 상트페테르부르크에 공연 온 4명의 자녀를 둔 오페라 가수에 반해 그 가수의 남편을 포함한 가족들과 정신적 사랑으로 친교를 맺으며 평생을 독신으로 살았고 전 재산을 그녀에게 상속했다. 정말 순수한 사랑이지만 젊은 부호였던 투르게네프가 참으로 미련한 짓을 했는지도 모르겠다.

## 세이노의 가르침

10주 연속 1위를 차지하고 있는 베스트셀러의 내용이 도대체 무엇인지 갑갑증이 치밀어 온라인으로 책을 받아 보았다. '세이노(Say No, 노라고 대답하라)'는 저자의 필명이다.

이 책은 소설 형식을 빌린 여러 에피소드를 통해 부자의 사고방식과 삶의 태도를 알려 주는 자기계발서인데, 몇 장을 읽고 나니 괜히 산 듯 후회막급해 책을 덮었다. 결혼 안 한 젊은이나 40살 안 된 MZ 세대가 읽어야 할 책이다. 뭐 샀으니 대충 훑어봐야지 탐독할 책은 아니라는 뜻이다.

저자는 아마도 나와 엇비슷한 나이대의 돈을 아주 많이 번 듯보잡인데, 문장은 무조건 명령조에 거칠고 메마른 스타일의 표현을 드러내었다. 인생 밑바닥에서 자살 시도했다가 잡동사니를 취급하며 돈을 엄청나게 벌어 뒤집기에 성공한, 뭐 좋게 말하면 운수 대통해 돈 번 갑부인데 '나는 돈을 이렇게 벌었네'라든지 '사람들 관리하는 법' 이런 것들을 나열하며 경제가 모든 가치를 좌지우지하는 세상임을 강조하였다.

독자께서는 조르바 왜 그러지? 돈 많은 사람 질투하나? 하실지 모르겠는데, 사실 그같이 돈 버는 것은 몇몇 사람의 신화에 불과한 것이기 때문이다(절대로 폄훼하는 건 아니다. 돈을 벌기 위해 노력한 그의 흔적들을 너무 쉽게만 이야기하고 있었다). 단지 우리 아들이 읽으면 직장 생활하는 데 도움이 될 거 같았다. "억울하면 출세하라, 돈 벌어라!" 하는 게 그의 주장이니 말이다.

그렇지만 책 안의 내용에는 도덕적 모럴이 한참 부족하고 가난에 천추의 한이 맺힌 것처럼 감성팔이를 해 댔다. 독설을 퍼붓고 육두문자와 욕지거리가 난무했으며 따뜻한 감성이라곤 눈뜨고 찾을 수 없는 황량한 책이었지만 그나마 몇 가지 느낀 게 있다.

그중 하나는 디테일이다. "악마는 디테일에 있다."는 어느 건축가의 말을 인용하며 디테일을 이루기 위해서는 "공부하는 시간과 노력이 필요하다."는 점을 힘주어 이야기하였다.

얻은 게 또 하나 있다. 욕에 대한 그의 기술이었다. 욕을 하려면 사전에 계획적으로 치밀하게 연구하여 욕을 아주 더럽게 퍼부어 상대방을 꼼짝 못 하게 하라고 했다. 남녀의 생식기를 포함한 아주 걸진 마구잡이 욕으로 멋지게 말이다.

물론 나도 욕지거리를 한다. 영화에서 배우들이 아무렇지도 않게 밥 먹듯이 하듯, 자연스럽게 말이다. 스트레스받을 때나 가끔 열 받을 때 상대방한텐 못 하지만 나 스스로 이렇게 씨부리면 가끔 시원하다.
'씨이발.'

내가 존경하는 작가분이 책 속에 이렇게 쓴 것을 본 적도 있으니 나 같은 조무래기들이 가끔 한 번씩 써볼 만은 하지 않은가?
때 이른 무더위가 기승을 부리는 며칠 동안 세이노에게 배운 것은 디테일이 부족한 나를 발견한 것도 있지만 무엇보다도 욕의 기술이었다.

7,200원을 주고 득템한 쌍욕의 기술. 그런데 어디다 근사하게 써먹는단 말인가!!!

# 누구에게 권하라고 한다면 'Say No'라고 할 책인데 부자로 사는 그

가 마냥 부럽기만 하다. 라포엠의 「눈부신 밤」 들어 본다.


스토너                                    —


비 갠 후의 햇살은 찬란하고 6월의 녹음은 한창 푸르르다.

어제 오후는 비 때문인지 아니면 잔잔한 소설을 읽은 탓인지 표현할 수 없는 무언가가 밀물처럼 마음속 깊이 밀려왔다.

그건 감흥도 아니요, 외로움도 슬픔도 아닌 설명키 어려운 그 무엇이었다.

원인 모를 뒤섞인 애잔함이라 할까? 이런 마음을 눈치챘는지 댕댕이도 심란한 듯 내 눈치만 슬슬 살폈다.

『스토너』는 홍진경이 과연 자신의 '인생 책'으로 소개할 만했다.

난 위스키 샘플을 찾았다. 글렌모렌지 1병으론 부족해 '원숭이 어깨'도 합세시켰다. 무슨 위스키 이름이 몽키 쇼울더인지….

오래된 오징어 다리도 꽤 씹을 만했다.

어지간해서는 혼술을 안 하는데 오늘은 그님이 오신 날인가 보다.

아내가 웬일이냐며, "오늘은 불러 주는 사람이 없는 모양이지?"
잘못 짚었다. 상대는 많은데 누군가를 골라야 할지가 문제였다.

한 모금 들이켜니 뱃속이 짜르르하다. 스토너 교수를 괴롭힌 그의 와이프, 동료 교수 그리고 못돼먹은 학생이 떠올라 증오심이 불타며 그들을 땅바닥에 패대기치고 싶었다. 그렇게 아끼는 딸과 사랑하는 여인과의 이루지 못한 해피엔딩에 한탄했다.

그리고 나한테 이런 다짐을 했다.

"그래, 만약 소설을 쓰려면 이 정도 되게 쓰는 거야."

50년 전에 쓰인 책은 작가가 세상을 떠난 지 30년이 지난 요즘에서야 베스트셀러 반열에 들게 되었다.

스토너는 농부의 아들로 태어나 영문학 교수가 되어 좀 더 높은 직위와 성공에 상관없이 오직 자기 일과 문학에 대한 애정만으로 교수로서의 길에 충실했다. 허구이지만 가짜스러움은 없는 진짜 이야기였다.

시골 농촌의 아들이 대학에 다니기 위해 친척의 농장에서 달걀을 담고, 소젖을 짜고 가축의 먹이를 주며 장작을 패는 허드렛일과 대학에선 셰익스피어의 소네트(14행 시)에 반해 학생의 신분에 충실하며 교수가 되는 길을 택했다.

1, 2차 대전의 징집 이야기도 나오는 핸드폰과 인터넷은 없는 미래를 보고 사는 시대의 이야기였다. 톰 행크스는 이 소설을 읽고 그냥 '대학 교수가 되는 이야기'라고 했지만, 거기에는 한 남자의 삶의 이야기가 고스란히 담겨 있었다.

마치 영화 「가을의 전설」 같은 잔잔함이랄까?
자원입대의 고민, 결혼, 부인과 감정의 대립 및 메마른 결혼 생활, 교수로서의 직업에 대한 열정, 동료와 학생들과의 우정과 괴롭힘, 뜻하지 않게 찾아온 사랑 그리고 생의 마감까지를 포함한 진솔한 남자의 일대기였다.

거기엔 스토너가 여제자와의 사랑을 통해 '첫사랑이 곧 마지막 사랑이 아니라는 것', '사랑은 종착역이 아니라 서로를 알아 가는 과정'이라는 사랑의 아름다움과 고난의 아픔도 터득하게 된다.

주인공이 죽음으로써 끝을 맺는 소설은 많지만 스토너의 죽음은 마치 헤밍웨이의 『킬리만자로의 눈』과 같은 마지막 부분을 연상케 한다.

이 책의 역자는 번역을 마치며 이런 글을 남겼다.

그는 죽음을 앞둔 병상에서 같은 질문을 몇 번이나 되뇐다.

"넌 무엇을 기대했나?"

스토너의 삶이 애잔하지만 그를 섣불리 실패자로 낙인찍을 수 없는 것은 바로 이 질문 때문이다. 그는 삶을 관조하는 자였다. 오랜 세월이 흐른 뒤 거울 앞에 선 누이처럼, 그가 자신의 실수 또는 남의 잘못으로 인해 겪는 고난은 누구나 살면서 몇 번이나 겪게 마련인 고난의 사례일 뿐이다.

또한 작가인 존 윌리엄스의 인터뷰를 이리 인용했다.

"나는 그가 진짜 영웅이라고 생각합니다. 이 소설을 읽은 많은 사람이 스토너의 삶을 슬프고 불행한 것으로 봅니다. 하지만 내가 보기에 그의 삶은 아주 훌륭한 것이었습니다.

그가 대부분의 사람보다 나은 삶을 살았던 것은 분명합니다. 자신이 하고 싶은 일을 하면서 그 일에 어느 정도 애정을 갖고 있었고, 그 일에 의미가 있다는 생각도 했으니까요."

"몇 주 전 어느 날 오후에 내 원고를 타자기로 쳐 주고 있는 학생에게 다가갔더니, 15장의 타이핑을 마무리하면서 눈물을 줄줄 흘리고 있었습니다. 그 아이를 영원히 사랑해 줘야겠습니다."

물론 커다란 눈물점이 있는 나도 예외는 아니었다. 그렇다고 그렇게 펑펑 울지는 않았다.

인생이란 하고 싶은 일에 열정을 바치는 것, 스토너처럼 요란하지 않고 잔잔하게!!!

# 차이콥스키의 「교향곡 6번 비창 2악장」들어 본다. 생애 마지막 작품이고 초연된 지 9일 만에 사망하게 된다.


## 누가 어린 왕자를 죽였는가??          —


독자분들은 이 책을 꼭 장바구니에 담지 마시길 바란다!!!
그러나 생텍쥐페리와 『어린 왕자』의 숨겨진 비밀과 내면의 모습을 알고 싶다면 얼른 주문하시라.

이 세상에서 가장 많이 팔린 책은 성경이고 그다음이 『어린 왕자』이다. 전 세계 1억 7천만 부가 팔렸고 프랑스에서는 매년 수십만 부가 팔리는 불멸의 스테디셀러다. 번역본만 434개이다.
그러니 여기 계신 회원님들 대다수는 『어린 왕자』를 거의 다 읽으셨을 것이다.

이 책을 읽으면서 그전에 내가 게시한 글들을 옮기지 않을 수 없다.

누구나 좋아하는 『어린 왕자』 때문에 생텍쥐페리를 좋아하게 되었는지 아니면 그가 기욤 아폴리네르나 헤밍웨이같이 장교 출신이어서 그런지는 모르겠지만 조종사로서 실제 행동에 근거해 남긴 시적 감수성이 풍부한 소설들이 늘 감동을 주었다. 마치 아름다운 국어 교과서 같이.

그는 44세의 나이에 정찰 비행하다 독일 전투기에 의해 격추되어 지중해에서 실종되었다. 고단함과 위태로움이 남긴 외로운 전투의 대가였는지 모른다.

- 이전 글의 문장 중에서

이 책을 토대로 한다면 내가 옮긴 '고단함과 위태로움이 남긴 외로운 전투의 대가'는 허구였다···. 그는 죽지 않았다. 그의 시신도 찾지 못한 채 어떻게 그가 격추됐다고 넘겨짚을 수 있겠는가?

게다가 생텍쥐페리의 어머니는 아들이 실종되고 일 년 뒤 아들에게서 편지를 받았으며 아들의 죽음을 절대 믿지 않았다.

어린 왕자는 내 질문에 대답하지 않았지만 이렇게 말했다.
"나도 오늘 집으로 돌아가··· 내가 가야 할 길은 훨씬 멀고··· 훨씬 힘들어."
나는 뭔가 심상치 않은 일이 일어나고 있다는 걸 분명히 깨달았다.
"꼬마 친구, 그 뱀이니 약속 장소니 하는 이야기는 전부 나쁜 꿈이라고 말해 줘···."

하지만 그는 내 애원에 답하지 않았다. 대신 이렇게 말할 뿐이었다.

"중요한 건 눈에 보이지 않는 법이야...."

- 어린 왕자 중에서

나는 노란 뱀과 위 대목만 나오면 책을 덮는다. 너무 눈물이 나서다.
"중요한 건 눈에 보이지 않는 법"이란 말은 내 폐부를 더 깊숙이 찌른다. 늘 떠벌리고 드러내 놓길 좋아하는 날 두고 하는 말 같아서다.

- 이전 게시글 중

어린 왕자의 마지막 장면이다.

"나는 어린 왕자가 자신의 행성으로 무사히 돌아갔다고 확신한다. 다음 날이 밝았을 때, 그의 몸을 어디에서도 찾아볼 수 없었기 때문이다. 어린 왕자의 몸은 그리 무겁지 않았으리라."

확실한 단서다. 생텍스(생텍쥐페리)의 몸도 어디에서도 찾아볼 수 없고, 발견된 거라곤 쇠 껍데기. 그의 비행기뿐이었다. 하지만 『어린 왕자』가 주는 메시지대로라면, 생텍스의 몸 흔적이 어디에도 없다는 건 곧, 생텍스가 자신의 행성으로 무사히 돌아갔다는 거다…. 그러니까 안심해도 되는 거다! 그는 죽지 않았다!

생텍스는 '발견된 비행기 잔해로만' 죽음을 확인시켰다.

누가 어린 왕자를 죽였는가??

왜 그는 발견되지 않았을까?

독자분들을 위해 몇 가지만 적어 본다.

1. 생텍스는 드골 정부를 불신했고 뉴욕에 망명하여 엠파이어 스테이트 빌딩 27층에 2년 동안 세를 살면서 『어린 왕자』를 집필했다. 원고는 그의 부인 콘수엘로도 아닌 러시아 출신 情婦에게 건네졌다.

2. 생텍스는 멋진 외모보다 지성있는 여자를 선호했으며 그는 구애한 여자들을 대기실(??)이라 불렀다. 한편 생텍스를 알고 있는 또 다른 사람들은 그가 지상 최고의 미인들만 애인으로 삼았다고도 했다.

3. 체 게바라와 제임스 딘 등 반항아의 아이콘들은 『어린 왕자』의 열렬한 팬이었다. 물론 마이클 잭슨도 말이다.

"생텍쥐페리가 『어린 왕자』를 쓰고 그런 뒤에 스스로 사라지는 상황을 연출하려고 어떻게 했을까요? 자기를 희생한 거예요. 사라지면서 자신의 결핍, 부재, 스스로 남긴 공백, 사건들을 만들고 미화하는 과정을 거쳐 만들어진 전설을 통해 어린 왕자를 탄생시킨 거예요. 종이 안에 또 하나의 자신을 만들어낸 거지요! 자신이 줄어드는 만큼 어린 왕자는 자라는 방식으로요. 이런 의미로 보면, 생텍쥐페리를 죽인 범인은 어린 왕자인 거죠. 더 정확히 말하자면, 어린 왕자가 살아있게 하려고 생텍쥐페리가 스스로 자취를 감춘 거죠."

- 본문 중에서

어디로 자취를 감춘 건지? 더 이상 말하면 스포일러다. 아니면 앞으로 30년 후를 기다리면 알 수 있다. 생텍스의 情婦는 생텍스의 모든 것이 담겨 있는 자료를 2053년에 공개한다는 조건으로 파리 국립도서관에 기증했다.

그걸 보면 진실을 알 수 있을 텐데….
세월은 빠르게 흐르기만 한다!!!

# 에디트 피아프의 「장밋빛 인생」 들어 본다.

## 『잃어버린 시간을 찾아서』: 갇힌 여인     —

이전 글에서 '여자는 집착하면 도망간다'는 제목으로 글을 게시한 적이 있다. 작곡가 구스타프 말러의 부인인 '비엔나의 꽃'이라 불리었던 알바 말러의 이야기였다. 그는 말러에 이어 바우하우스 창시자인 그로피스, 그리고 화가인 코코슈가와 사랑에 빠졌다가 늘 도망치는 Hit & Run의 대가였는데 원인은 남자의 집착이었다(선천적인 바람기도 당연히 있었겠지만…).

제임스 조이스와 함께 모더니즘 문학의 선구자라고 불리는 마르셀 프루스트의 『잃어버린 시간을 찾아서』에서는 이와 비슷한 집착에 관한 이야기가 나온다. 위대한 책을 읽고 글을 올린다는 것은 작가와 책에 대한 모독일 수 있지만, 일곱 편 중 한 편에 대해서만 올리고자 하는데 「갇힌 여인」이란 편이다. 처음에는 이해 못 하다가 계속 읽으면 고소한 맛을 발견하게 된다.

소설 속의 주인공은 여자 친구 알베르틴을 늘 옆에 두려 하고 알베르틴이 아리따운 여성과 친분 있게 지내면 질투하며 동성애자가 아닌가 의심을 하여 그녀의 행동을 통제하고 구속하며 집착한다.

결국 알베르틴은 주인공을 떠나 사라진다. 추후 주인공이 수소문하여 알베르틴이 말에 떨어져서 죽게 되었다는 것을 알게 되는데, 이 편을 「사라진 알베르틴」 또는 「도망자(La Fugitive)」라고도 소개한다.

사후에 발간된 책이지만 우리가 영화에서 또는 TV에서 즐겨 보았던 Fugitive, 그 도망자와 스펠링이 똑같은데 사실은 '탈출'이라고 불러야 여성분들은 마음이 후련할 것이다.

한편 마르셀 프루스트는 제1편에서는 홍차에 마들렌을 적셨을 때 과거의 기억들이 떠오른다고 하더니 이 편에서는 마들렌을 여성의 몸으로 표현한 걸로 보아 참으로 마르셀의 상상력은 다양하며 기발하다.

아이러니하게도 프루스트는 실제 동성애자로 남창들이 우글거리는 곳을 출입하며 건강을 해치게 되는데, 이 책에서도 동성애를 (소돔과) 고모라적 취향이라며 직설적인 표현을 삼갔다.

그런데 읽는 도중 아래와 같은 글이 나와 나의 첫사랑을 만나게 될지도 모른다는 막연한 희망을 산산조각 내 버렸다.

"과거에 만났던 여인이 갑자기 다시 보고 싶어지고, 그러나 만나 보면 이미 늙어 있는? 우리가 욕망하는 젊은 여인이란 연극의 배역과도 같은 것인가? 처음 특정 배우를 위해 만들어졌던 역이 그 역을 맡았던 여배우가 시들면 새로운 인기 여배우에게로 넘어가는? 하지만 그때 그녀는 더 이상 같은 사람이 아니다."

그러다 슬픔이 엄습했다. 이처럼 우리의 수면에는 르네상스 시대의 '피에타'와 같은 수많은 '연민(Pitié)'이 깃들어 있지만, 그 연민은 대리석에 조각된 것과 달리 견고하지 못하다."

영화 「쉘부르의 우산」과 「덩케르크」가 한 문장에 나오다니 100년 전에 이 영화들을 예견한 것일까?

# 일 디보의 「My Way」 들어 본다.

추신: 피에타(pieta)는 이탈리아어로 '연민' 또는 '자비'를 뜻하며, 더 나

아가 아들을 잃은 성모 마리아의 슬픔을 그림이나 조각으로 표현한 작품을 가리킨다. 여기서 '연민'이라고 옮긴 '피티에(pitié)'는 이런 피에타의 프랑스어 표현이다(책 중 해설에서).

## 한여름 밤의 파티 그리고 탱고

이 세상에서 춤을 제일 즐기는 민족은 어디일까?
가만히 생각해 보았다. 부에노스아이레스에서 탱고를 즐기는 부둣가의 노동자와 길거리의 보통 사람도 있겠지만 비엔나 사람들도 만만치 않을 것이다.

그들의 주말은 춤에서 시작하여 춤으로 끝난다 해도 과언이 아닐 것인데, 안무가 안은미의 말처럼 그들은 몸에 자유를 허하고 있었다.

이름하여 '파티 모임'이었다. 매년 같은 시각, 같은 장소에서 Private Party를 즐기는 것이다. 드레스 코드를 흰색으로 통일한 개인들, 연인들의 사교 모임이었다. 우리나라와 다른 것은 공공장소에서 버젓이 자랑스럽게 드러내 놓고 몇백 명이 춤을 즐기고 있는 것이다.

33년 전의 행동들을 다 기억하지 못하겠지만, 내가 비엔나에 처음 왔을 때 보았던 모습들과 거의 비슷했다. 흰옷을 입은 선남선녀 파티족들의 모임이었을 것이며 분명한 것은… 흰옷, 그것이었다.

나는 방관자로 그렇게 한참 그들만의 리그를 구경하고 있었으며 그들은 코로나 이후의 온갖 자유를 마음껏 향유하고 있었다.

시니어의 자유. 춤바람이 아닌 신명 난 자유로운 춤으로 파티의 기쁨을 즐기고 있었다. 탱고를 즐기는 시니어의 동작에서 그들이 살아 있음을 느꼈다. 시들어 가는 나에게 용기를 준 깊이 있는 몸짓이었다.

#「스케이트 왈츠」들어 본다.

한여름 밤의 파티 그리고 탱고

베토벤 박물관이 있는 하일리겐슈타트를 향해 길을 나섰다.
몇 년 전에 이곳에 왔을 때는 비지땀을 뻘뻘 흘리며 휠체어를 밀었으니
이번만큼은 가벼움을 기대했다. 그러나 이번에도 예외는 아니었다. 그
때도 여름이었지만 지금은 꼭 계절만을 탓할 수 없는 그 무언가 마음속
의 허허로움이 있는지 모른다.

우연히 만난 축구를 좋아하는 초등학생들과 목적지 근방을 함께 걸
으며 잠깐 나눈 이야기는 미래에 대한 희망이었다. 얼마 안 남은 은퇴
후에 어린아이들에게 무엇을 가르쳐 줄 수 있는지 잠깐 생각했다.

베토벤이 유서를 쓴 곳으로 더욱 유명해진 하일리겐슈타트는 몇 년
전에 비해 달라진 것은 없었다. 다만 그전에 내가 못 본 박물관엔 몇 명
밖에 없는 관람객들과 악성치고는 작게 꾸며진 규모에서 모차르트나
바르샤바의 쇼팽 박물관보다는 초라한 듯했다. 독일 본 출신이라서 차
별하는 것일까?

　식당으로 변한 베토벤 하우스엔 휴일의 따스함을 간직하려는지 가족 단위의 식구들의 모습과 마리아 테레사 왕비처럼 차려입은 귀부인 같은 모습도 보였다. 휠체어 합창단과 왔을 때의 왁자지껄했던 모습을 떠올리며 맥주 한 잔을 시켰다.

　오후가 되니 바람이 가득해지며 남국의 장미와 이름 모를 꽃향기에 취했다.

　이 주변엔 200년 전 베토벤이 거닐며 「전원」을 작곡한 그 자연이 있고 지금은 아이들이 그네를 타며 베토벤의 후예처럼 전원을 즐기고 있었다.

다시 찾은 하일리겐슈타트가 '바람의 언덕이었다'는 것을 깨달은 하루였다.




## 화려한 시니어

하일리겐슈타트를 뒤로하고 발길이 닿는 대로 정처 없이 걷다가 우연히 발견한 곳이 「2023년 비엔나 음악 영화제」였다.

셀 수 없을 정도의 많은 사람이 모였고 캄파리 칵테일 광고도 눈에 띄었다.

빨간 스트라이프 셔츠에 빨간색 바지를 입은 열정의 심볼 같은 멋쟁이 노신사가 눈에 띄어, 나는 주저하지 않고 다가가서 정중히 물었다. (아래 사진을 보니 정말 내가 짜리몽땅하다.)

"옆에 앉아도 되나요?"
"Please."

그렇게 78세 시니어와 동석하며 즐겁게 떠들며 웃고 마셨다. 공부하느라 시간을 뺏기고 자식도 없는 오스트리아의 신사였다.

"너무 멋진 스트라이프 셔츠예요."
"이게 말이야… Made in Italy야."

노년에 이르러서는 가끔은 빨간 것 등의 화려한 색으로 변화를 즐기는 용기가 필요하다고 귀띔을 주신다. 젊었을 때는 공부하느라 시간을 너무 허비했다며….

본격적인 시니어로 접어드는 나에게 시니어의 색다른 멋과 변화를 강조하시며 생을 즐기라는 팁을 남기셨다. 내 경험에 따르면 프랑스 파리지앵은 스타일 면에서는 은은함으로 멋을 뿜어내는 특징이 있는 데 비해, 비엔나 시니어는 화려함으로 자신감을 나타내며 열정을 발휘하고 있었다.

그런데 말이다… 가만히 보니 이곳 비엔나는 빨간색의 왕국이다.
소풍 나온 아이들의 모자와 선생님의 옷에서도, 자유롭게 흔들리는 야외 크래들과 쇤브룬 궁전의 꽃조차 알록달록한 색으로 치장하고 그들의 화려함을 한껏 뽐내고 있었다.

이 시니어와 아이들과 오스트리아 왕궁에서 배운 것은?
시니어는 가끔 화려함이나 은은함으로 변화를 추구하며 용기를 내보는 것….

올해 코로나의 족쇄에서 벗어나 천방지축 날뛰듯 돌아다니다 이제 싫증 나고 지쳐 메마르기 시작한 요즘, 한 방울의 올리브기름을 부어 주며 용기라는 선물을 주신 그 시니어분께 감사의 말씀을 드리며 오랫동안 건강하게 삶을 즐기셨으면 좋겠다.

#「보기 대령의 행진곡」들으며 활기차게 걸어 본다.

학생 시절 소시지나 햄을 도시락 반찬으로 싸 온 친구들은 많지 않았지만, 그 친구들은 늘 부러움의 대상이었다.

그런 연유인지 소시지의 천국 비엔나에서 이 소시지를 먹지 않으면 무언가 허전한 듯하여 머스타드 소스를 잔뜩 찍어 배불리 먹고 늘어진 베들레헴을 줄이러 쇤브룬 궁전으로 향했다.

호텔에서 걸어서 8분 거리에 위치한 쇤브룬 궁전은 늘 그렇지만 관광객으로 넘쳐났다. 여기를 못 와서 아쉽던 시절이 있었다.

비엔나가 내 '나와바리'라고 으스대던 4년 전, 그때 함께했던 합창단원들은 내 허풍에 속아 비엔나 단체 여행의 꿈을 갖게 되어 회비를 걷고 비행기 표를 사며 맛집을 알아보고 호텔을 예약하는 등 일사천리로 진행되었다.

난 비엔나 가는 도중 잠깐 들러 우리가 머무를 호텔이 괜찮은지 사전 답사까지 하였는데 코로나로 인하여 완전히 아수라장이 되고 파투가 났다. 비행깃값은 환불되었고 호텔은 취소되었다. 생전 처음 가 보는 비엔나의 장밋빛 꿈이 산산조각 난 그분들의 심정은 무어라 표현할 수 없을 것이다.

그 후로 딱 4년이 지났다. 예나 지금이나 쇤브룬 궁전의 까마귀 떼는 정원을 돌아다녔고 오스트리아 황제와 그 가족들이 식사했던 왕궁은 빛나고 있었다.

아카시아꽃은 마지막 향기를 뽐내고 있었고 뉴욕의 센트럴 공원이 그렇듯 쇤브룬 공원의 벤치에는 엄마에 대한 감사와 사랑의 언약이 담긴 글들이 새겨져 있었다.

Für die beste Mama der Welt
세상에서 가장 좋은 엄마를 위해

L'Amour Toujours
사랑은 영원히

유치하지만 사랑하는 당사자들은 이 짧은 글이 참으로 소중할 것이다.

누군가 말하기를 혼자 여행을 즐기면 100을 볼 수 있고 둘이 보면 50을 볼 수 있다고 했는데, 나는 합창단을 뛰쳐나와 100을 즐기는 천하에 못된 놈이 되었다. ㅜㅜ

#「천둥과 번개 폴카」들어 본다.

눕기만 하면 금방 쿨쿨 잠이 쏟아지는 내가 『잃어버린 시간을 찾아서』
를 펼쳐 들었다가 시력이 나쁜 사람을 서술한 프루스트의 다음과 같은
대목에서 생각나는 음악가가 있었으니 바로 슈베르트와 그의 생가에서
본 안경이었다. 눈이 지독히 나빠 아주 도수 높은 안경을 쓴 근시였던
슈베르트.
슈베르트의 생가 앞에서 한참 망설였다. 들어가야 할지 말지….
차라리 추운 겨울에나 올 것을…. 하기야 으리으리하고 대궐만 한 집에
서 태어난 예술가는 멘델스존 같은 귀족 집안 빼고는 별로 없지만, 슈베
르트의 외롭고 쓸쓸하고 가난한 말년이 생각났기 때문이다.

　그런데 이 집을 보고 나서야 슈베르트에 대한 나의 지식이 잘못된 것
임을 알았다. 워낙 가난에 쪼들리고 비참한 생활을 했기 때문에 빈곤한
집안 태생인 줄 알았지만 그는 부유한 집에서 태어났다.
　박물관 앞에는 이리 적혀 있었다.
　"슈베르트의 아파트는 아마도 가장 크고 비싼 아파트 중 하나였을 것
이다. 그의 14명의 형제자매들 중, 오직 4명만이 어른이 될 때까지 살아
남았다.
　이 집은 항상 활기가 넘쳤다. 가족은 음악을 연주했고 슈베르트의 아
버지는 1층에서 학교를 운영했다. 학교에 더 많은 공간이 필요했기 때
문에 그는 근처의 다른 집을 구입했고, 가족들은 그곳으로 이사했다. 프

란츠 슈베르트만이 작은 아이라 불리면서 이 집에 살았다."

　그러고 보니 위대한 예술가들의 아버지는 선생이 많았나 보다.
　피카소의 아버지도 화가 겸 미술 선생이었고 베토벤이나 모차르트의
부친도 음악가로서 엄격히 아들을 가르쳤으니 말이다.

　수많은 사람이 슈베르트가 친구를 잘못 만나 사창가를 드나들어 매
독으로 일찍 사망했다고 하는데 믿고 싶지도, 듣고 싶지도 않다.

　다만 수줍음이 많아 친구들 앞에서만 연주했다는 친구들의 모임인
슈베르티아데(schebertiade)에서 열정을 바쳐 연주했을 슈베르트의 모습
과 10대 때 눈 내리는 날, 유리창 안에 보이는 여인을 보고 떠나가며 흘
린 눈물이 얼음이 되었다는 슈베르트의 슬픈 연가 「겨울 나그네」를 함
께 상상해 보았다. 그의 일생 같은 초라한 박물관엔 그가 말년에 겨우
구입한 피아노만이 빛나고 있었다.

　"나의 음악은 나의 재능과 불행이 낳은 것이다.
　내가 가장 가난하고 괴로울 때 만든 작품을
　세상은 가장 좋아할 것이다."

- 슈베르트

# 「보리수」 들어 본다.

「아비뇽의 처녀들」　　　　　　　　　　　　　　—

"나는 한참을 머물며 이 가면들을 탐구하기 시작했다. 이 가면은 신성한 마법이 깃들어 인간과 초자연의 중간자 역할이 가능해지길 간절히 기원했을 것이다. 아름다움을 추구하는 행위가 아니다. 일종의 신성한 마법이며 중간자 역할로 인간과 거친 우주를 연결하는 매개체다. 그 불가해한 역학을 화폭 위에 구현하고 인간의 두려움과 욕구를 예술로 해소해야 한다. 이걸 깨닫자 내 갈 길이 확실해졌다."

　어떤 마음으로 가면을 만들었길래 확실한 공포의 대상이면서 튼튼한 보호막 기능을 할까. 그때부터 인간의 행동 양상과 속성을 단순화할 수 있는지 탐구하기 시작했다. 새로운 화풍을 창조해서 서양 미술사의 한 획을 긋고자 했다(아프리카의 토속 공예를 통해서 화가들의 표현적 기법에 변화를 주며 미술 및 교육 기관에서 배운 전통 기법에서 벗어나려고 했다).

노골적으로 논란을 자초하는 작품이고 당대의 미술 흐름을 파격적으로 뛰어넘는 도발적인 시도였다. 준비 기간에 시간을 많이 투자했다. 야망이 클수록 그림의 크기도 커져 갔다.

피카소는 이 그림을 보는 사람들이 깜짝 놀라 뒤로 물러서며 "이런 그림은 처음 봤다."며 감탄하기를 바랐다. 새로운 화풍을 창조해서 서양 미술사의 한 획을 긋고자 했다.

사창가에 찾아온 두 남자가 있었다. 다른 한 명은 선원이고 다른 한 명은 의대생인데 매춘부 다섯 명에 둘러싸여 있다. 그러다가 남자 둘은 빼고 여자 다섯 명만 남은 걸작을 완성했다. 성적 감성이 온통 지배하는 그림이다.

사창가를 추정할 수 있는 단서를 잊지 않고 남겼다. 이 그림을 볼수록 주목하게 되는 것이 그림 속 인물들의 시선들이 감상자의 눈을 마주 본다. 그림의 제목은 혼동을 준다. 「처녀들」이라고 붙였지만 이들은 매춘부들이다. 아비뇽은 프랑스 남부의 작은 마을이기도 하지만, 바르셀로나 시내에 아비뇽 거리가 있다. 술집과 사창가가 있던 유흥가다.

제목을 통해 암시하듯 피카소가 젊었을 때 가 본 바르셀로나의 실내 풍경이다. 프랑스에서 그린 그림이지만 그림 속 배경이나 이야기는 바르셀로나에서 십 대에 혈기 왕성한 시절 보낸 경험이다. 직접 가 보았던 사창가를 떠올리며 그렸다.

피카소를 이해하는 데 가장 중요한 것은 그가 평생 도전과 실험을 멈추지 않는 미술가였다는 점이다. 자기 작품에 만족하지 않고 안주하지 않았으며 새롭고 더 발전된 미술을 하기 위해 항상 탐구하고 노력하고 실험을 거듭했다.

피카소는 본인 작품이 늘 마음에 들지 않았다. 노년에도 대가의 작품을 재해석하고 미술 각 분야에 도전했다.

왕성하게 활동하고 엄청난 양의 작품을 남겼다. 오만 점이 넘는 작품을 후대인 우리들에게 남긴 것이다.

피카소는 투우를 즐겼고 비둘기에 푹 빠져 있었다고 한다.

# 비제의 오페라 「카르멘」 중에 「투우사의 노래」를 들어보면서 건배사로 하면 어울릴 스페인어다.

"Toreador(투우사여)!!!"

「아비뇽의 처녀들」

# 감자 이야기

요즈음 뜨거운 감자는 무엇인가? 양평 '고속도로'… 제기랄.
탱글탱글한 작은 알감자를 한 움큼 집어 들었다. 그리고 맛있어 보이는
오이를 섞은 감자샐러드도 적당히 담았다. 와인 안주로 제법 어울린다.
누가 이 감자를 악마의 작물이라고 천대했는가? 인류의 생명을 구한 것
이 감자인 줄 모르고… 과연 감자와 소시지의 나라답다.

감자 요리를 두고 생각나는 게 많았다.
1850년대 감자 기근을 피해 몇십만 명의 아일랜드인이 미국으로 이
주하였고 지금은 4천만 명이 아일랜드계이니 미국 인구의 1/10을 차지
하고 있다.
그런 탓인지 프렌치프라이는 햄버거의 디폴트 메뉴이며 미국의 아침
식단엔 감자가 나온다. 아일랜드에는 감자를 먹기 전에 소금에 절인 돼
지고기를 한 번씩 쳐다봤다는 우스갯소리가 있다.

매콤함과 달콤함이 버무려진 닭볶음. 감자가 빠지면 왠지 모르게 서
운한 느낌마저 든다. 예술적인 면에서 아래에 있는 고흐의 작품은 감자
를 통해 삶의 근원을 파헤쳤다.

어두침침한 색채지만 농부의 소박함과 갖가지 다양한 표정 등 농부
들의 삶의 이야기가 담겨 있는 듯하다. 노동의 수고로움 후 맛보는 감자

에는 내일에 대한 저들의 희망이 가득 담겨 있을 것이다.

우리의 삶이 탱글탱글한 삶은 감자 같으면 좋으련만….

# 「지붕 위의 바이올린」 중 「Sun Rise, Sun Set」 들어 본다.


## 모든 건축가는 철학자이다         —


독일 말을 하는 사람들은 건축물에 '하우스'란 이름을 붙이기 좋아하는 모양이다. 독일의 빌터 그로피스가 바우하우스를 창립하며 건축의 새로운 디자인 혁명을 일으키더니, 오스트리아의 건축가이며 화가인 훈데르트바서(Hundertwasser)는 구불구불한 외형의 그림 같은 아파트를 디자인하여 거기에 사람들을 실제로 거주케 하면서 훈데르트바서하우스라 이름 지었다.

사람이 살고 있다니 건축은 예술이 아닌 현실이라는 말이 와닿았다. 안도 다다오가 철학자의 길을 걷고 있듯이 훈데르트바서도 자연과 함께하는 철학의 길을 걷고 있는 듯하다. 그는 사람들이 삶의 아름다운 것들에 눈을 뜨게 하고 창의적으로 생각하고 행동하도록 건축물을 통하여 우리 인류에게 어필하고 있다.

그의 말들을 담아 놓은 얇은 그림책의 내용을 그가 지은 건축물의 이미지와 함께 인용해 본다.

"우리가 과거를 존중하지 않는다면, 우리는 미래를 잃습니다.

우리의 뿌리를 파괴하면, 우리는 성장할 수 없습니다.

모든 것은 지구상에서 행복하기 위해 여기에 있습니다.

우리는 눈이 있고 매일 새로운 아침이 있습니다.

우리에겐 나무와 비, 희망과 눈물이 있습니다.

우리는 흙과 산소, 동물과 모든 색깔을 가지고 있습니다.

우리는 먼 땅과 자전거를 가지고 있습니다.

우리는 태양과 그림자가 있습니다.

우리는 부자임이 틀림없습니다.

당신은 당신의 창과 창문 주위의 외벽을 변형시킬 권리가 있습니다."


그렇다.

창을 내어야 소통이 가능한 것이다.

그것이 마음의 창이든 건물의 창이든 간에….


오늘 낯선 한 건축가로 인해 내 마음의 창을 생각해 보았다.

내 마음의 창은 활짝 열려 있고 잘 소통하고 있는지?

지질이 같은 밴댕이 소갈딱지는 언제 없어지려나?


# 「What a wonderful world」 들어 본다.


## Color 칵테일 vs Killer 칵테일                                    —


칵테일 제조기를 산 분 앞에서 칵테일 운운하는 것은 참으로 낯 뜨거운
일이지만, 그분의 칵테일 사랑은 유별나다. 무엇보다도 본인이 심혈을
기울여 제조한 칵테일을 마시면서 즐거워할 동료들의 모습을 상상하는
것만으로도 그분의 마음은 흡족할 것이다. 그것은 꽃다발 선물에 함박

웃음을 지으며 즐거워할 여인을 생각하며 꽃가게를 서성거리는 신사의 설레는 마음 같을 것이요, 손주의 탄생을 기다리며 배내옷을 사는 할아버지의 심정과도 같을 것이다.

이 컬러 칵테일(Color Cocktail)을 보면서 킬러 칵테일(Killer Cocktail)이 생각났다.

지난 4월 초 마약이 넘쳐흐르는 암스테르담 거리를 걸으면서 술 파는 상점이 보여 구경이나 할까 하고 들렀는데, 파리에서도 발견하지 못한 전설적인 술인 '녹색의 악마'라고 부르는 압생트를 보았고 환각에 빠진 고흐의 모습이 담긴 술병을 만나는 행운(?)도 얻었다.

그리고 알코올을 즐겼던 정열의 화신인 헤밍웨이의 소설에도 압생트는 독주로서의 위상을 지키고 있었다.

70도가 넘는 이 술에 중독된 비운의 예술가가 몇 명 있었는데 그중에 대표적인 화가는 고흐와 로트레크다(물론 피카소나 다른 당대의 화가들도 즐겨 마셨다고 전해진다).

백작 가문 출신의 로트레크는 가문의 부(富)를 지키기 위해 근친혼(近親婚)을 반복한 탓에 뼈가 점점 약해지는 유전병을 지니고 태어났고 어릴 적에 의자에서 떨어지는 사고로 하반신 성장이 멈추었으나 어머니의 도움으로 화가 수업을 받는다.

이런 그의 삶에 위안이 되어 줬던 것은 오로지 술과 매춘이었다. 그는 압생트와 같은 독한 술을 좋아했고 이것저것 섞어 한 잔 마시면 지진을 느낄 정도로 독해서 '어스퀘이크'라고 이름 붙은 'Killer Cocktail'을 고안해 내기도 했다(그래서인지 내가 상대한 몇 명의 외국 술꾼들은 우리네의 폭탄주를 Earthquake 또는 잠수함인 Submarine이라고 불렀던 기억이 있다).

로트레크보다 압생트를 즐겨 마신 고흐는 살면서 술, 담배, 노랑색, 해바라기 등 여러 가지 중독성에 빠졌는데 그중 하나가 압생트였다.

이 압생트를 과다 복용 시 세상이 노랗게 보인다는 부작용이 있다는데, 그것 때문에 평소 집착했던 해바라기를 더 황홀하고 강력한 노랑으로 표현하기 위해 압생트를 들이켜면서 그림을 그렸다는 말과 귀를 자른 것도 압생트의 환각 때문이라는 설도 있다.

나도 엊그제 이 체리 빛 Color Cocktail을 홀짝거리다 촐싹대며 해롱거리고 멍청이 쫄보 노릇을 하며, Earthquake 근처까지 갔는지 모르겠다. 그럼에도 불구하고 Cocktail Killer가 되어 어디선가 캄파리 칵테일을 홀짝거릴 날을 기대할 것이다.

Color 칵테일 vs Killer 칵테일

『메리골드 마음 세탁소』 _

"칼 갈아요~"

"메밀~묵이나 찹쌀~떡!"

귓전을 울리던 엿장수의 가위소리.

그리고,

"세~탁!"

요즘은 들을 수 없는 소리들이다.


바쁘게 아파트 계단을 오르내리며 세탁물을 배달하고 수거하던 세탁소 사장님의 아침나절 자명종 같던 "세~탁!"이라고 외치는 소리는 코로나와 함께 사라졌다. 가끔 몇 점 안 되는 세탁물 수거하는 사람만 보일 뿐.

회사 근처의 세탁소와 미장원은 밤에 나가는(?) 젊은 색시들의 잦은 발걸음으로 붐비더니 세탁소는 역병으로 인한 불황 탓에 사라졌고, 미장원들도 파리를 날리는가 싶더니 요즈음 다시 북적거린다.


물론 나도 세탁소를 이용하는 일이 뜸해졌다. 겨울옷 패딩이나 니트 말고는 맡길 것이 별로 없다. 맡기더라도 ○○토피아 같은 저렴한 곳을 이용하며 그것도 "이번 주 마지막 20% 할인"이라는 문자를 보면 그때 맡긴다.

지면에서는 우리네를 '슈퍼 에이지 시대의 소비 주체'니, '액티브 시니어'니 하며 소비를 부추기는 세대라 하지만 내겐 어림도 없는 소리다.

차려입고 뽐내고 나갈 모임도 점점 없어질 뿐 아니라 이제는 대충 걸치고 다니는 게 마음 편하다.

엊그제 베스트셀러 작가가 11년 동안 준비했다는 『메리골드 마음 세탁소』를 주문해서 읽었다.

"마음의 얼룩을 지우고,
아픈 기억을 지워드려요.
당신이 행복해질 수 있다면
구겨진 마음의 주름을 다려줄 수도
얼룩을 빼줄 수도 있어요.
모든 얼룩 지워드립니다.
오세요, 마음 세탁소로."

— 주인 백

세상에서 가장 이상하고 아름다운 세탁소이다.
"지우고 싶은 기억을 떠올리면 서서히 입고 있는 옷의 얼룩이 생긴다. 그 얼룩이 묻은 옷을 세탁기에 넣으면 얼룩은 지워진다. 원래 없던 일인 것처럼 말끔하게 그 부분만 싹 지워진다."
초능력을 갖고 태어나 수없이 다시 태어나고 영생불멸한 소녀는 사랑하는 부모를 찾을 때까지 그 모습 그대로 백만 번을 살면서 타인의 슬픔에 공감하고 그걸 치유하는 능력을 갖게 된다.

『메리골드 마음 세탁소』

그래서 차린 것이 '마음 세탁소'이다.

나의 사려 깊지 못한 말과 행동 때문에 마음이 얼룩지고 상처받는 사람이 있다면 그분들의 얼룩을 지워주고 다려 주고 싶은 마음으로 이 책을 읽었다.

# 블라디미르 호로비츠의 연주로 쇼팽의 발라드 1번 들어 본다. 호로비츠는 우크라이나 출신이지만 고향을 떠나 61년 만에 귀국하면서 적국인 모스크바에서 연주를 했다. 그의 연주에 모스크바 청중이 감동해 눈물 흘렸다는 일화가 있어 요즘 전쟁 중인 우크라이나 때문에 가끔 회자되는 20세기 불세출의 피아니스트다.

추신: 난 다리가 쭉 뻗지 못해서 바지 입은 옷태가 안 나지만, 밝은색 바지는 즐겨 입는다. 얼룩질까 봐 여간 조심스럽지 않은데 늘 칠칠맞지 못해서 얼룩이 잘 묻는다. 그러면 세정제와 마법의 가루인 베이킹소다를 섞어 물에 며칠 담가 놓으면 감쪽같이 얼룩이 사라진다. 그 순간 희열을 느끼는데 '메리골드 마음 세탁소'에 다녀온 사람들도 다 그런 기분이 들 것이다.

아주 오래전 학생 때, 심심풀이 땅콩으로 손금 보는 법을 책을 보며 연구한 바 있다. 비가 오는 걸 알 수 있으면 미리 우산을 준비한다는 엉터리 논리로 친구들을 꼬드기며 장난으로 손금을 봐 주곤 했는데, 여성들은 내 수작에 결코 넘어가지 않았다. 솔직히 말해 수작질할 상대가 없었다.

『유명한 철학자들의 생애와 사상』이라는 책을 뒤적이다 엠페도클레스, 디오니시오스, 에우독소스 등의 이름조차 어려운 철학자들의 이름이 줄줄이 나오자 읽기를 포기하고 책을 덮기 전, 에피쿠로스 편을 펼쳤다. 에피쿠로스는 철학, 물리학, 천체학 등 모든 사물의 이치에 대해 깊이 탐구한 철학자인데 아래 문장이 눈에 띄었다.

"에피쿠로스는 예언술을 모두 부정한다. 그는 이렇게 말한다. '예언술은 존재하지 않는다. 설령 있다고 하더라도, 그것으로 인해 발생하는 일이 우리에게 아무런 상관도 없다고 생각해야 한다.' 삶의 방식에 관해서 그가 말한 것은 이 정도이다."

나는 위 문장을 읽고 예언과 손금에 관해 역사와 문학 속에 등장하는 몇 가지들이 갑자기 생각나 적어 본다.

그중에 가장 대표적인 것은 암살당한 율리우스 카이사르다. 한 예언자가 카이사르에게 3월 15일을 경계하도록 말했지만, 그는 이를 무시하고 원로원에 나갔다가 당일 암살당했다.

두 번째는 손금을 보고 미리 그 사람의 운명을 알면서도 이야기 안해 주는 내용이 있다. 『누구를 위하여 종을 울리나』에서 게릴라 두목의 부인인 필라르는 주인공 조던의 손금을 보고 그의 죽음을 예견하며 마리아라는 젊은 아가씨를 일부러 조던과 가깝게 지내도록 유도한다.

손금 본 게 어떠냐는 질문에는 묵묵부답이고 손금 본 내용을 절대 이야기하지 않는다. 그의 삶이 얼마 남지 않았다는 사실을 잘 알고 있기 때문이다.

가장 낭만적인 것은 영화 「비포 선라이즈(Before Sunrise)」일 것이다.

파리로 향하는 기차에서 만난 에단 호크와 줄리 델피가 중간의 비엔나에서 내려 길거리에서 만난 점술가에게 손금을 보여 주는 장면과 하루를 보내는 영상들은 참으로 로맨틱하다.

아… 그런데 내가 아직까지 점을 보며 미래를 예측하는 신통력을 발휘할 수 있을까? 혹시라도 자기의 운세가 궁금하신 독자분들은 이 책이 발간되면 3권을 사서 나한테 오시면 복채 없이 봐 드리겠다.

\# 크라이슬러의 「사랑의 기쁨」을 신지아의 연주로 들어 본다.

몇십 년 만에 한국으로 휴가 온, 미국에 사는 고등학교 친구를 만나러 안국동 방향의 모교 근처로 향했다. 친구의 변했을 모습을 상상하니 약간의 흥분감마저 느낀다.

　주말의 광화문은 시내 전체가 마비된 듯했다. 지난주 학교에서 극단 선택으로 숨진 '서이초 교사'의 추모로 종로1가와 2가의 거리엔 검은색 상복을 입은 애도의 물결로 넘쳐흘렀다.
　어느 방송인의 말대로 "젊은 교사의 삶이 자신이 가르치던 교실에서 영원히 멈춰 섰다." 참으로 안타까운 일이다.

　그리고 또 다른 거리의 한편에선 親美, 또 다른 방향에선 反美의 구호로 거리는 숨 쉴 틈이 없으며 영문도 모르는 시민들은 불편으로 허덕거렸고 주말의 광화문통엔 여름의 낭만과 젊음은 찾기 어려웠다.

　다니던 학교는 강남으로 이주한 지 한참 되었고 주변의 건물들은 새로운 모습으로 단장한 지 꽤 오래되었다. 근처에서 빈대떡집을 차린 후배네 가게로 발걸음을 돌렸다. 잠시 후 10평 남짓한 식당의 식탁엔 오리지널 빈대떡과 어리굴젓이 놓였다.

　갓 구운 빈대떡과 각양각색의 막걸리가 몇 순배 돌며 취흥이 무르익자 각자의 근황에 이어 화제는 자연스레 중국집에서 짜장면 먹으며 담배 피우던 때의 몇 가지 에피소드와 우리와 함께 독서 클럽을 하던 그 시절 그 이야기로 옮겨졌다. 고딩 시절 XX여고와 우리 학교는 4~5년 선후배들이 모여 독서 모임을 했고 아직도 몇몇 친구는 모임을 계속하고 있었다.

"네가 좋아하던 윤XX는 어찌 변했니?"
"「오 솔레미오」 잘 부르던 그 선배와 주근깨 조XX가 결혼했다며?"
"그 왈가닥 같고 남자들을 휘어잡던 김XX는 모임에 나오니?"
"그 친구 결혼 잘해서 귀부인 태 나던데 너 한번 보고 싶다고 하네."
"그 여대에서 교수하던 1년 선배 XXX는 발리 여행 갔다가 파도에 휩쓸려서 그만…"

지난날들을 회상해 보니 그 여자 선배가 나한테 특별히 해준 건 없지만 클럽을 위해 바삐 움직이고 봉사한 좋은 기억들이 있다.
그런 비운의 소식을 듣다니 차라리 모임에 나가지 말았을걸….

나이를 먹은 후 오래간만의 만남은 추억의 기쁨과 슬픔이 담긴 빈대떡 모임이었는데, 돌아오는 길엔 엄청나게 비가 내리고 있었다. 나이를 먹는다는 것은 기쁨과 슬픔이 공존하는 것?

# 영화 「라벤더의 연인들」 OST를 조슈아 벨의 연주로 들어 본다.

길거리를 걷다가 눈에 익은 포스터의 문구를 발견했다.

'VIVA LA VIDA(인생이여 만세).'

내가 아직도 기억하고 있는 문학 속에서의 '만세'는 고딩 교과서에 실렸던 알퐁스 도데의 『마지막 수업』에 나오는 문장이다.

"아멜 선생님은 마지막으로 '프랑스 만세!'라고 칠판에 쓰셨고, 마지막 수업은 끝이 났다."

그다음에 떠오르는 것이 프리다 칼로가 죽기 8일 전에 그린 수박 정물화 속에 담겨 있는 「인생이여 만세」이다.

· 칼로의 마지막 유작, 「수박 정물화」

칼로는 평생 자신의 아픔과 고통을 투영한 자화상을 많이 그렸다. 자화상에서 칼로는 여성성과 남성성, 둘 다를 갖춰 온전한 인간이 되기를 원했는데 문신을 한 듯한 하나로 이어진 짙은 눈썹과 콧수염을 강조하며 남성적인 면모를 돋보이게 했다.

한편 칼로는 애완동물로 몇 마리의 거미원숭이를 가졌는데, 아래 그림에 있는 것은 Fulang-Chang이라고 명명된 원숭이다. 칼로는 이 원숭이와 얼마나 가까운지 보여 주기 위해 분홍색 리본을 연결하였다. 나도 우리 댕댕이에게 분홍색 리본을 달아 준 적이 있는데, 분홍색은 우리 마음의 따뜻한 감정을 전달해 주는 공통된 언어인지도 모른다.

한편 칼로의 남편인 디에고 리베라는 멕시코의 벽화 예술가로 화가로서 칼로의 재능을 높이 평가했고, 어린 나이에 수술로 얼룩진 칼로가 화가의 길을 걷도록 격려하였으며, 마침내 20살의 나이 차이를 극복하며 결혼했는데 리베라의 거듭된 불륜과 칼로의 낙태로 파경을 맞으며 이혼했지만 재결합하기도 하였다. 칼로가 남긴 마지막 일기엔 이리 써 있다. "이 외출이 행복하기를, 그리고 다시 돌아오지 않기를…"

그 부부의 티격태격했음을 연상시키는 칼로가 디에고에게 보낸 편지 옮겨 본다.

프리다 칼로가 디에고 리베라에게 1940년
디에고, 내 사랑,
프레스코화를 끝내면 티격태격하지 않고, 영원히 함께, 오직 서로 사랑하기로 한 것만 기억할 거예요.

얌전히 행동하고 에미 루가 하라는 건 다 하세요.

그 어느 때보다 당신을 사랑해요.

당신의 프리다.

(답장 주세요)


- 책 『예술가의 편지』에서 발췌


작년에 창작 뮤지컬 1위였던 「프리다」를 볼 기회를 잃었다.

올해는 칼로의 모습을 기필코 무대에서 대하며 소아마비와 온몸이
부서지는 교통사고 후유증을 예술로 승화시킨 쓰러지지 않는 고통의
여왕을 기억하리라.


# 콜드플레이의 「VIVA LA VIDA(인생이여 만세)」 들어 본다.


## 사랑하기 때문에                                        —


코로나가 다시 유행의 조짐을 보인다니 우리의 삶이 옥죄이고 통제 속
의 억압된 일상으로 되돌아갈까 봐 몹시 불안하다.

지난 3년의 코로나 기간 중 팬데믹 관련한 책들이 많이 읽혔는데, 그 중 대표적인 게 카뮈의 『페스트』와 가브리엘 가르시아 마르케스가 쓴 『콜레라 시대의 사랑』이고, 한 가지 더하면 보카치오의 『데카메론』정 도일 것이다.

이름이 유난히도 긴 마르케스는 1년 6개월 동안의 집필 끝에 『백년 동안의 고독』으로 노벨 문학상을 받게 되는데 이 작품은 한 가족의 일 대기, 즉 소설 속 가계도의 맨 윗자리를 차지하는 호세 아르카디오 부엔 디아로 시작해서 7대의 마지막 후손인 아우렐리아노에로 끝나는 가족 의 번성과 근친상간의 결과 돼지 꼬리를 달고 태어난 아이가 개미 떼의 밥이 되어 죽는 것으로 부엔디아 집안의 몰락사를 상상으로 그려 낸 작 품이다.

한편 마르케스의 또 하나의 역작 『콜레라 시대의 사랑』은 50년이 넘 는 긴 시간의 흐름을 인내한 운명적 사랑을 그렸다. 사랑하기 때문에 기 다린 것이다!!!

유럽에서 콜레라가 창궐하던 19세기 말을 배경으로 세 남녀의 사랑 을 그렸다. 여주인공이 집안의 반대로 사랑하던 남자를 배신하고 이상 적이며 국가의 영웅인 콜레라 치료 의사와 결혼한다.

가난한 남자는 결혼하지 않고 그녀만을 바라며 살기로 맹세하며 돈 을 축적하여 51년 9개월 4일을 기다린 끝에 남편을 사별한 여자를 찾아가(그 남편의 장례식 날) 남은 생을 함께하자며 사랑을 고백하고 결국 성공하는데, 남편의 죽음을 슬퍼하던 그녀는 처음에 거부하지만 결국 남자의 진심을 받아들인다. 그때 남자가 76살 여자가 72살이다.

마르케스가 『백년 동안의 고독』의 집필을 마치자 출판사에 원고를 보낼 돈이 없어 그의 부인이 헤어드라이어와 믹서, 히터 등을 전당포에 맡겨 우편 비용을 마련한 이야기는 유명하다.

이후 『백년 동안의 고독』은 전 세계에서 5,000만 부가 팔리며 가브리엘 가르시아 마르케스는 세계적인 작가가 됐다.

여기 두 소설의 특징이 있다.

저자인 마르케스처럼 길고 발음이 어려운 이름을 가진 등장인물이다. 호세 아르카디오 부엔디아, 플로렌티노 아리사 등…. 이 세상에서 제일 긴 이름을 가진 소설 속의 인물일 것이다.

저자나 소설 속 주인공이 매우 빈곤한 삶을 거쳐 성공하게 된다.
저자는 전당포를 이용하여야 했다.

다시 『콜로라 시대의 사랑』으로 돌아가 본다.
카사노바 못지않은 헤아릴 수 없는 연애를 했으면서도 한 여자를 기다린 주인공 플로렌티노 아사노를 보면 육체적 사랑은 진실한 사랑을 찾아가는 과정인지도 모른다.

우리는 첫사랑을 잊지 않고 50년 넘게 낮과 밤을 기다리며 76살에 그 사랑을 만날 수 있을까요?

"태어난 이래, 나는 진심으로 하지 않은 말이 단 한마디도 없소."
선장은 페르미나 다사를 쳐다보았고, 그녀의 속눈썹에서 겨울의 서리가 처음으로 반짝이는 것을 보았다. 그런 다음 플로렌티노 아리사와 그의 꺾을 수 없는 힘, 그리고 용감무쌍한 사랑을 보면서 한계가 없는 것은 죽음이 아니라 삶일지도 모른다는 때늦은 의구심에 압도되었다. 선장이 다시 물었다.

"언제까지 이 빌어먹을 왕복 여행을 계속할 수 있다고 믿으십니까?"
플로렌티노 아리사에게는 53년 7개월 11일의 낮과 밤 동안 준비해 온 대답이 있었다. 그는 말했다.
"우리 목숨이 다할 때까지."

# 유재하의 「사랑하기 때문에」를 색소폰 연주로 들어 본다. 목소리보다 색소폰 소리가 더 애달프고 잔잔하게 들린다. 유재하의 25년의 짧은 인생이 너무나 안타깝고 아쉬워서 그런 걸까?

나는 역사를 알기 위해 책을 읽지는 않는 것 같다. 철학도 마찬가지다.
단지 역사 뒤에 숨겨진 야사를 읽는 재미로 역사 이야기는 가끔 읽는다
(『로마 제국 쇠망사』와 『신통기』나 『변신 이야기』 등도 마찬가지다).

　잘 알지도 못하면서 내 요사스러운 주둥이를 놀려 잘못된 정보를 전
달하는 실수를 범하고 싶지 않고, 또한 나의 얄팍한 한 줌의 지식을 드
러내기 싫기 때문이다.

　60년 동안 왕으로 군림하여 대영 제국의 전성기를 이끌었던 빅토리
아 여왕의 전기 문학을 읽었다. 얼마 전 서거한 영국 여왕 엘리자베스 2
세의 고모할머니가 바로 빅토리아 여왕이다(엘리자베스 2세는 70년을 재
위했다).

　빅토리아 여왕 시 영토가 얼마나 넓었는지 아프리카의 킬리만자로를
외손자인 프로이센 제국의 마지막 황제 빌헬름 2세에게 선물하여 킬리
만자로는 영국령 케냐에서 독일령 탄자니아로 바뀌었다(원제는 『빅토리
아 여왕』이며 여왕이 승하한 지 20년 후인 1921년에 나온 책이다).

　재혼한 독일 공작부인의 딸인 빅토리아 여왕의 존재 자체가 대영제
국의 상징이었다. 대영제국의 최전성기를 이끌었던 군주이기도 하지만

동시에 당시 극에 달해 있던 대영제국의 제국주의를 상징하기도 한 군주이기도 하다.

우리는 영국을 아래와 같이 이야기하는데 이 책을 읽고 이해가 되었다.

– 해가 지지 않은 나라

아직도 지구 곳곳에 식민지 형태가 남아 있다(캐나다도 1982년에야 완전히 독립하였고 뉴질랜드는 아직도 총독제를 유지한다. 독일 출신이 여왕이 되었고 사촌을 여왕의 부군으로 맞았으며 숙부가 벨기에의 국왕이었다).

– 의전이 엄청 깐깐한 나라

아직도 왕의 등에 손을 살짝 대기만 해도 신문에 대서 특필된다. 아주 어릴 때부터 왕실의 교육이 엄격하며 철저하다.

책에 나온 아래의 일화를 소개한다.

어느 날, 화가 난 앨버트(여왕의 남편)가 방문을 걸어 잠그고 나오지 않자, 못지않게 화가 난 여왕이 문을 두드리며 들어가게 해 달라고 했다.
"누구시오?" 그가 물었다. "영국 여왕입니다."
하지만 문은 열리지 않았고 여왕은 다시 문을 쾅쾅 두드렸다. 동일한 질문과 대답이 수차례 반복되었다. 그러다 마침내 침묵이 흐르고, 다시 문을 가볍게 두드리는 소리가 났다.
"누구시오?" 앨버트가 끈질기게 물었다. 이번에는 다른 대답이 돌아왔다. "당신 부인이에요, 앨버트." 그러자 즉시 문이 열렸다.

심심풀이로 읽은 전기 문학이어서 '꿀잼'은 없었지만 '노잼'은 아니었고 울림은 없었지만 느끼는 것은 있었다.

우리들의 지도자들은 어떠했는가?
과연 인품이란 무엇인가? 솔직함? 진실성?
그렇다면 나의 인품은?

# 영국이 자랑하는 엘가의 「위풍당당 행진곡」 들어 본다. 조지 버나드쇼는 그를 가리켜 '영국의 베토벤'이라고도 했다.

추신: 여왕은 존경을 받았지만 사실은 권력은 없었고, 근엄한 표정을 짓는 대신 촐싹대는 걸음걸이로 끊임없이 종종거리고 감정을 폭발시키는 데 주저하지 않았다(아주 어릴 때부터 여왕 수업을 받는데 왜 걸음걸이는 근엄하지 못했던가? 아마도 촐싹대는 걸음걸이나 모습에 내 자신을 보는 것 같아 낄낄대며 웃었다. 맞다. 난 늘 촐싹대며 진중하지 못하다).

영국 빅토리아 여왕에 관한 책을 읽다가 지난봄 대관식 때 찰스 3세가 쓴 왕관이 생각나 검색해 보니 이 왕관에 444개의 보석이 박혔으며 2.2kg의 무게가 나간다고 한다. 사람들은 왕관의 무게에 놀란다고 하지만 찰스 3세는 국왕으로서의 보이지 않는 무게가 더 감당키 어려울 것이라는 사람도 있었다.

왕관 이야기가 나와서 생각나는 장면들과 보석에 얽힌 문학적 사연들을 적어 본다.

찰스 3세의 대관식 때 가장 슬퍼했을 사람은 누구였을까? 카밀라 왕비 대신 서 있어야 했을 故 다이애나 왕세자비의 아들인 윌리엄과 해리 왕자일 것이다.

대관식 장면을 잠깐 본 적이 있는데 나는 대관식보다 루치아노 파바로티의 자선 공연 때 비 오는 공연장에서 제일 먼저 우산을 접고 비를 맞으며 관람했던 고(故) 다이애나 왕세자비가 생각났다.

가장 어리석은 보석을 착용한 여성은?
파티에 가려고 빌려 온 가짜 목걸이를 잃어버리고는 가짜인지 모르고 진짜 다이아몬드로 갚으려고 10년을 고생하며 몰골도 변해 버린 모파상의 『목걸이』에 나오는 허영에 찬 여인이다.

악마가 준 보석의 꾐에 빠진 순진한 여성은?
괴테의 『파우스트』에 나오는 악마 메피스토펠레스의 유혹에 넘어간 마르가레테이다.

세상의 모든 여인이 홀딱 반할 목걸이를 한 남성들은?
이정재, 황희찬, 지드래곤 등 스타들의 핫 아이템으로 떠오른 『진주 목걸이』가 아니겠는가?

또한 「티파니에서의 아침을」의 주인공인 오드리 헵번의 진주 목걸이도 있겠지만, 제일 비싼 진주 보석은 페르메이르의 「진주 귀걸이를 한 소녀」일 것인데 그 가격은 산정조차 할 수 없을 것이다.

# 구노의 오페라 「파우스트」 중 「보석의 노래」를 강혜정의 음성으로 들어 본다.

## 전당포에는 늘 계단이 있었다

김황식 전 총리는 매주 따뜻하고 인간애가 넘치는 글을 독자들에게 기고하는데, 그분의 품격과 격식이 넘치는 담담하고 자연스러운 글이 늘 나의 시선을 끌며 나도 모르게 그의 애독자가 되었다.

몇 주 전 그분은 「자전거 도둑」이란 영화를 소개하며 주인공의 아내가 전당포에 자신의 물건을 맡기고 마련해 준 자전거를 그만 도둑맞는 글을 게재한 적이 있다.

그러고 보니 며칠 전 내가 소개한 마르케스의 아내도 남편의 원고를 발송할 돈이 없어 온갖 잡동사니를 전당포에 맡기지 않았는가? 마르케스는 이리 회고했다. "원고를 다 썼을 때 아내가 말했다. '진짜 다 썼어? 지금 우리 빚이 1만 2000달러야.'"

가슴 아픈 기억과 슬픈 추억의 장소 전당포. 그 계단을 오르는 날은 죄라도 지은 사람처럼 떳떳지 못한 불안함과 이름 모를 중압감이 넘쳤다. 그리고 전당할 물건을 잡히고 나올 적에는 반드시 "꼭 찾으러 올게요."라는 말을 남기게 된다. 왜 그리 철창은 많고 지하가 아닌 올라가는 계단이 꼭 있었는지….

전당포에 관련된 이야기는 헤아릴 수 없이 많다.

도스토옙스키의 『죄와 벌』에서 주인공은 가짜 은 담뱃갑으로 전당포 노파의 심리를 떠 보고 살해한다. 그 전당포는 4층에 있었다(평생 도박에 빠졌던 도스토옙스키는 도박 밑천을 마련하려고 결혼반지, 아내의 옷, 신발, 모자 따위를 전당포에 맡기곤 했는데 그러한 경험 속에서 이런 작품이 탄생했을 것이다).

또한 요즘 새롭게 조명받는 다자이 오사무의 『인간 실격』에 이러한 이야기가 나온다.

"고등학교 때 어떤 미술 학도로부터 술, 담배, 창녀 그리고 전당포와 좌익사상을 배운다."

한편 푸치니의 오페라 「라보엠」의 마지막 4막에서는 죽어가는 미미를 위해 의사를 부르려고 로돌포의 친구는 가죽 코트를 전당포에 맡기며 전당포를 '성스러운 산'이라 표현하기도 한다.

내 어릴 적 아버지와 함께 계단으로 올라갔던 곳, 성인이 된 후에도 결코 낯선 곳이 아니었던 전당포. 급한 일이 있으면 내 자랑스러운 녹색 반지는 늘 종착역인 전당포로 향하곤 했다. 그곳은 그 시절 나의 위안이기도 하였는데 추운 겨울 녹색 반지를 저당 잡히고 전당포 계단을 내려오면 왠지 내 처지가 서글퍼지며 매번 "다시는 오지 말아야지." 다짐하던 곳이 전당포였다. 그곳은 내가 잠시나마 위로를 느끼며 안도의 숨을 쉬던 삶의 애환이 담긴 곳이기도 하였다.

# 푸치니의 오페라 「라 보엠」 중 「내 이름은 미미」를 황수미의 음성
으로 들어 본다.


나 매력적이지 않나요? —


여성 예술가들의 대표 작품들을 모아놓은 책 『위대한 여성 예술가』를
보다가 한 그림에 시선이 멈췄다.

펑퍼짐한 몸매에 파자마 같은 편한 옷차림의 중년 여성이 담배를 물
고 무언가를 골몰히 생각하고 있다. 가감 없는 솔직한 몸매와 자세가 인
상적이다. 확대해서 보니 얼굴은 포동포동하고 눈썹은 짙으며 눈매는
꽤 도전적이다.

벨 에포크 시대에 몽마르트르에서 만인의 모델이며 연인이었던 수잔
발라동이 그린 「파란 방」이다.

이 그림의 주인공인 수잔 발라동을 추명희 칼럼니스트와 우정아 교
수의 해설을 통해 그녀가 어떻게 화가로 성장했는지 간략히 알아본다.

· 수잔 발라동, 「파란 방」, 1923년

파리에서 세탁부로 일하는 미혼모에게 태어나 친부가 누군지도 모르고 자랐으니, 아예 인습이나 전통에 맞춰 살 형편이 아니었다.

어려서부터 온갖 직업을 전전하던 발라동은 간절히 바라던 서커스 단원이 됐지만 부상으로 꿈을 접었다. 서커스에서 그녀를 눈여겨 본 모리조, 르누아르, 툴루즈 로트레크 등 인상주의 화가들 사이에서 인기 있는 모델이 되면서 그녀는 그림에 눈을 뜨게 되고, 20세기 초 드물게 여성으로서 성공한 화가가 됐다. 그 뒤에는 화가들과 보낸 시간, 타고난 재능, 그리고 무엇보다도 스스로 개척한 자기의 삶을 자기 손으로 그려내고픈 강인한 의지가 있었다.

위의 그림 「파란 방」은 눈길이 닿기만 해도 주위 온도가 내려가는

'냉장고 그림'이다. 헐렁한 면바지 차림으로 비스듬히 누워 담배를 입에 문 여자가 바로 화가 발라동이다.

풍만한 상체에 핑크빛 피부가 보송보송한 걸 보니 방은 쾌적하고, 새파란 침구가 푹신해 보이지만 몸에 달라붙지 않는 모양이다.

서양 미술의 전통에서 침대에 누운 여인상은 한결같이 알몸을 드러내 관능미를 뽐내는 비너스이거나 그림 소유주의 애인이거나 매춘부였다. 그러나 그림 속 발라동은 온전히 혼자만의 시간과 공간을 편안하게 누릴 뿐, 타인의 시선을 의식해 자세를 바로잡거나 세상의 기준에 맞추려 자기 몸을 재단하지 않는다. 뚜렷하고 힘 있는 윤곽선, 대조적 색채들이 제각각 선명하고 대범하게 칠해진 맑은 화면에서 자유로운 그녀의 영혼이 느껴진다.

# 수잔 발라동의 연인이었던 에릭 사티가 작곡한 「Je Te Veux(난 당신을 원해요)」를 조수미의 음성으로 들어 본다.

## 3부

콜라텍 가고 싶은
가을

## 재즈는 바나나처럼 그 자리에서 까먹어야 한다 ＿

'재즈' 하면 떠오르는 작가는?
많은 분들이 하루키를 떠올릴 것인데 철학자이며 소설가인 장 폴 사르트르도 클래식의 울타리에 머물렀지만 재즈 뮤지션 같은 삶을 동경했다. 그는 훌륭한 작곡가였고 피아니스트였다.

사르트르는 1945년 뉴욕 방문 때 처음으로 재즈 클럽의 분위기를 접한다. 재즈 클럽인 뉴욕 닉스라는 곳에서 밤새도록 술을 마시고 라이브 연주에 취하는, 담배 연기 자욱한 이 세계에 심취했다. 그리고 "재즈는 바나나처럼 그 자리에서 까먹어야 한다."는 유명한 말을 남기고는 재즈를 더 이상 레코드판으로 듣지 않았다.

- 「건반 위의 철학자(프랑수아 누델만)」 중에서

한편 하루키가 그의 소설 속에 새겨 놓은 재즈의 흔적들은 재즈 카페를 운영했음을 증명이라도 하듯 헤아릴 수 없이 많다. 그의 모든 소설의 문장 속에 빠짐없이 삽입되는 위스키, 자동차와 각종 장르의 음악은 그의 글과 분리될 수 없을 것이다. 하루키는 쳇 베이커 같은 재즈 뮤지션과 트럼펫 소리를 좋아하여 "쳇 베이커의 음악에서는 청춘의 냄새가 난다."고도 했다.

재즈를 좋아하는 내 친구에 대해 잠깐 이야기를 한다. 그 친구는 가끔 나에게 재즈를 같이 가자고 추근거린다. 어떤 때는 늦깎이들의 브로맨스처럼 보이기도 한다. 비싼 표를 덜컥 사 놓아 서울 시민의 숲에서 만났다. 그곳은 뉴욕의 센트럴 파크나 런던의 하이드 파크와 별반 차이 없었다. 청춘 남녀들과 아이들까지 합세한 가족들의 향연장이었다.

대낮에 보는 재즈 공연은 국내에서는 난생처음이었다. 그래서 그런지 어색한 순간이 지나고 시간이 흐르니 어깨와 엉덩이가 자연스럽게 움직이며 그들의 노는 대열에 자연스럽게 합류하고 있었다. 마치 뉴올리언스의 재즈바를 여기 옮겨 놓은 듯했으며 우리 모두 자유롭게 흔들고 있었고 즐거운 재즈의 시간을 향유하고 있었다.

그렇게 대낮에 펼쳐진 도심 속의 재즈 파티는 가을 속에 익어 가고 있었고 우리들은 호모 루덴스가 되어 있었다.


혜자스럽다                                                    —


'혜자스럽다'는 낯선 표현을 지면에서 대했다. 누군가에 "무슨 뜻이냐?" 물어보니 편의점의 도시락 등 가격 대비 품질이 특히 좋은 상품을 말하는 거란다. 편의점엔 3천 원짜리 도시락이 불티나게 팔리고 각종 기발한 상품이 진열대에 가득하니 바야흐로 편의점 전성시대다. 하지만 뉴스에 가끔 나오는 편의점 알바생들의 애환과 노고는 가끔 우리를 슬프게 한다.

서점가도 마찬가지다. 주간으로 연재되는 편의점 주인 봉달호의 글이나 최근 베스트셀러로 등장했다는 『불편한 편의점』이나 『메리골드 마음 세탁소』 등 우리 주변에 널려 있는 일상과 소시민에 관련된 소재를 바탕으로 한 글과 소설들이 인기인 듯하다.

그 편의점 생각에 꽤 오래전에 본 『나미야 잡화점의 기적』을 다시 꺼내 들었다. 많은 분들이 읽었을 것이다. 이 책은 무라세 다케시의 『마지막 기차역』이나 연말이면 생각나는 『우동 한 그릇』처럼 마음 한편이 뭉클해지는 소설이다.

그런데 이 책의 저자 히가시노 게이고는 독자가 신간 읽기를 채 끝마치기도 전에 또 다른 소설을 뚝딱 만들어 내니, 쓰는 소설 쓰는 속도 하나는 기계 같고 전광석화처럼 빠르다. 자기소개를 '달 토끼'나 '길 잃은 강아지'라고 하며 고민을 상담하는 젊은 청춘들의 닉네임이 참으로 자연스럽고 또한 다채롭다.

고민에 대해 스스로 선택하게 유도하는 어중간한 답장은 없고 '콕 집어서 이거다 저거다' 하며 명쾌하게 답장을 준다. 과거와 현재를 이어주는, 잡화점이란 기묘한 공간에서 과거의 사람들과 교신하며 그들의 꿈을 이루게 해 주는 것이다.

이 책을 다시 가볍게 읽으니 하루키와 이 책의 작가 게이고가 묘하게 닮은 데가 있다. 한 분은 매년 노벨 문학상을 넘보는 현대인의 일상을 다룬 연애소설의 대가(?)이고 또 다른 분은 추리와 SF소설의 고수이지만, 둘 다 비틀즈를 삽입했다는 공통점이 있다.

하루키는 『상실의 시대』에서 와타나베와 레이코가 나오코의 장례를 치르며 레이코가 비틀즈의 「노르웨이의 숲」을 부르더니 게이고는 이 책에서 「Yesterday」를 들추어낸다.

'길 잃은 강아지'를 잘 돌봐 준 3명의 유쾌한 도둑들에게 독자의 일원으로 고마운 말을 전하며 그 도둑들의 고민 상담이 '해피 바이러스'를 연쇄적으로 탄생시켰듯이 우리 사회도 따뜻한 온기와 공감을 주고받는 공간이 되길 갈망하며 마지막 문장을 소개한다. 결국은 희망이다.

"하지만 보는 방식을 달리해 봅시다. 백지이기 때문에 어떤 지도라도 그릴 수 있습니다. 모든 것이 당신 하기 나름인 것이지요. 모든 것에서 자유롭고 가능성은 무한히 열려 있습니다."

# 모든 것이 잘될 것이다. 「Everything's gonna be alright」 들어 본다. 바흐의 「G 선상의 아리아」를 배경으로 만들어진 곡이다.

혜자스럽다

살이 통통 오르고 소리 없이 익어 가는 대추를 보며 올해도 여지없이 황순원의 『소나기』에서 소녀가 소년에게 수줍게 건넨 알이 굵은 대추를 떠올린다. 비둘기의 '구구'거림과 가볍고 날렵한 참새 무리의 뱅뱅 도는 몸짓을 느끼며 아침을 맞는다.

동구 밖 과수원길 가듯 집 앞 도로 쪽으로 산책길 방향을 돌렸다. 내 마음이 아니라 우리 댕댕이 마음이다. 저 미물도 늘 가던 길은 식상하여 새로운 탐험을 시도하고 있다.

동네 한 바퀴를 순찰하듯 돌다 아침부터 김이 모락모락 나는 옛날 찐 빵집을 보니 군침이 돈다. 팥이 들어간 빵이 보이기만 하면 가던 길도 멈춘다. 찐빵, 단팥빵, 붕어빵 등….

"사장님, 이 가게 언제 생겼어요? 못 봤는데?"
"길 건너편에 있었는데 이사 왔어요."
"찐빵 3개, 김치만두 3개, 고기만두 3개 섞어 주세요."

아침에 횡재라도 한 듯 까만 비닐봉지를 자랑스럽게 들고 새로운 구역을 탐색하며 쿵쿵거리는 댕댕이를 앞세우고 집으로 향했다.

따끈따끈하고 달달한 옛날 찐빵은 여지없이 어렸을 적 나를 소환하게 한다. 동네 어귀에 있는 찐빵집에서 찐빵 몇 개를 사 들고 식을세라 부리나케 집으로 뛰어갔던 나. 한 입 베어 무시던 어머니.

아흔이 넘어 우리 집에 계실 때 거동이 힘드셨어도 근처 백화점에 모시고 가면 그리 좋아하셨다. "늙은이가 무슨 백화점." 하시면서도.
돌아오는 길, 내 손엔 늘 단팥빵이나 찹쌀떡이 들려 있었다.

2천 원 주고 얼음 한 봉지를 샀다. 이 찜통더위에 편의점에 가야 하는 수고는 있겠지만 집에서 마시는 아이스라테에 인이 박인 지 꽤 되었다.

탄산수와 제빙이 가능한 냉장고를 샀어야 하는데…. 그러고 보니 난 얼리 어답터도 패스트 무버도 못 되는 위인이다.
그래도 이 얼음 몇 봉지만 더 사면 감당하지 못했던 이 여름도 지나가리라.

떼 지어 합창하던 매미 목소리도 기운을 잃은 듯 잠잠하다 며칠 후면 저 울음소리도 사라지고 널브러진 매미들의 사체만 더욱 눈에 띌 것이다. 7년 동안의 고독 속에서 깨어나 백조의 '마지막 울음'같이 잠깐을 뽐낸 후 사라질 매미가 처량하기 짝이 없다.

저녁나절의 선선한 바람에서 여름이 서서히 도태하고 있음을 느낀다. 조금 지나면 리차드 클레이더만의 「가을의 속삭임」이나 이브 몽탕의 「고엽」이 우리의 귀를 간지럽힐 것이다.

계절의 순환이 참으로 오묘함을 느끼며 주말을 맞는다.

무기여 잘 있거라 - 그리고 술, 술, 술　　　　　　　_

콧수염 난 가수인 ×××이 부른 노래 제목이 아니다.
몇십 년 전 단성사에서 본 영화이다.

　제일 먼저 AIDS로 사망한 키 크고 잘생긴 록 허드슨의 모습이 떠오
르며 멋진 군대 우비를 입은 쓸쓸하고 허무하고 슬픈 마지막 장면이 기
억된다. 소설 속에서 헤밍웨이가 키가 크고 허리가 잘록하다고 표현한
스코틀랜드 출신 간호사 캐서린 버클리역의 제니퍼 존스에 대한 기억
은 소설의 마지막 장면처럼 흐릿하고 애매모호하다.

　이탈리아의 전쟁터에서 군인들은 늘 와인을 마셨다. 헤밍웨이가 지
독한 술꾼인 탓도 있지만, 그가 실제 전쟁에 참여해서 부상 당한 경험에
서 나온 것이다.

『무기여 잘 있거라』의 작품과 그 속에 등장하는 술에 관한 문장들을 옮겨 보았다.

"그라파야."
"좋아."
그가 잔 두 개에 술을 따랐다. 우리는 집게손가락을 편 채로 잔을 들고 부딪쳤다. 그라파는 무척 독한 와인이었다(그라파는 포도주 발효 후에 얻어지는 찌꺼기로 만든 브랜디이다).

· 『무기여 잘 있거라』에 나오는 그라파를 소설 속의 배경인 밀라노에서 마시는 기쁨을 누렸다.

"나는 수위를 불러 달라고 해 와인 가게에 가서 친차노 한 병과 키안티 한 병, 석간신문을 사다 달라고 이탈리아어로 말했다."

아, 그러고 보니 『무기여 잘 있거라』는 1929년에 쓰였는데 내가 몇 번 이야기한 닭표 키안티 와인은 약 100년 전에도 변함없는 고급 와인이었나 보다.

"난 스칼라 극장에서 노래할 거야. 10월에 「토스카」를 부를 거라고." 에토레가 부영사에게 말했다.
"꼭 보러 가야지. 갈 거지, 맥? 이 친구들을 보호해 줄 사람이 필요할 테니 말이야." 부영사가 말했다.
"미국 군대가 보호하러 가지 않을까. 한 잔 더 하겠나, 시몬스? 마실 거지, 손더스?"

수많은 작곡가들이 초연의 성공에 환호하고 때로는 실패해서 뒤도 안 돌아보고 도망쳤던 곳이 밀라노에 있는 스칼라 극장인데… 이 소설에도 꽤 많이 등장한다.

"나는 혼자서 마티니를 한 잔 마시고 값을 치른 뒤 건물 밖 카운터에서 초콜릿을 받아 병원을 향해 걸었다. 스칼라 극장에서 조금 올라가다 보면 나오는 작은 술집 야외 자리에 내가 아는 사람이 몇몇 있었다."

보트를 타고 이탈리아 국경을 넘어 탈출하여 스위스 몽트뢰에 도착한 헨리 중위와 캐서린. 거기서도 그들은 와인을 마셨다.

"뱅드랄리아의 숲속에는 벌목꾼들이 술을 마시러 들르는 술집이 있었어. 우리는 거기 들어가 난롯불에 몸을 녹이며 향신료와 레몬을 넣은 따끈한 레드 와인을 마셨지. 그곳 사람들은 그 음료를 '글루바인'이라고 불렀어. 몸을 덥히기에도, 축배를 들기에도 아주 좋은 술이었지."

글루바인은, 우리가 흔히 말하는 불어의 '뱅쇼'다.

한편 권투를 즐기는 도전적이고 순수하게 타오르는 불꽃 같은 열정이 그의 소설에 잘 나타나 있다.

"나는 상점가에 있는 체육관으로 가서 운동 삼아 권투를 했다. 캐서린이 늦잠을 자는 아침이면 보통 거기에 가 있었다."

헤밍웨이의 많은 명작이 그러했듯이 소설의 엔딩 부분은 모자이크 처리된 듯 희미하고 암울했다.

"조각상에다 대고 작별 인사를 하고 있는 기분이었다. 조금 뒤 나는 병실을 나와 병원을 뒤로하고 비를 맞으며 호텔로 돌아갔다…"

사랑하는 여인과 사산된 아이를 잃은 결말이 참으로 흐릿하다. 이 마지막 페이지가 서른아홉 번을 고쳐 쓴 것인가?
그것은 바로 헤밍웨이스러움을 간직하는 부분인지도 모른다.

헤밍웨이 추종자답게 그가 남긴 발자취를 따라 쫓아다니려고 했다.

세계 10대 바(Bar)인 베니스의 해리스 바를 포함해 유럽의 몇 개 나라와 미국의 Key West도… 이젠 스칼라 극장만 남았다. 이전에 가서는 먼 산 바라보듯 극장만 바라만 보았고 밀라노의 두오모만 눈에 띄었다.

그가 입원했던 병원이 어디쯤인지… 이 소설이 탄생한 마조레 호수는 얼마나 고요하고 고즈넉한지… 가고 싶은 곳이다.

# 푸치니가 스칼라 극장에서 초연에 실패했던 오페라 「나비부인」 중 「어느 갠 날」 들어 본다. 이 나비부인에도 군인이 등장하는데 해군 중위인 핑커튼이다. 난 중위 출신이라서 그런지 중위들을 너무 좋아한다.

## 주는 것과 받는 것 ___

현실 속에 세대를 초월한 우정과 사랑의 이야기는 수도 없이 많겠지만, 내가 알고 있는 소설이나 영화 속에 등장했던 따뜻한 우정, 사랑, 그리고 아름답고도 슬픈 이야기를 간략히 소개한다. 우리들이 익히 보고 들은 내용이니 시시할지도 모른다.

아래의 이야기에는 우정의 따뜻함을 느끼게 해 주는 연결고리가 있는데 눈물, 시, 영화필름과 라임 오렌지 나무이다.

『노인과 바다』 거기에는 소년의 '눈물'이 있었다.

84일의 사투를 끝내고 상어에 먹혀 뼈만 남은 커다란 청새치를 들고 온 산티아고 노인이 숨을 쉬는 모습과 노인의 손을 보고 소년 마놀린은 울기 시작했다. 그는 커피를 가지러 조용히 나갔고 길을 가면서 내내 울고 있었다. 망망대해에서 노인이 소년을 생각했음을 소년도 알고 있었으리라.

영화 「일 포스티노, 우편 배달부」 그곳엔 '시'가 있었다.

한적한 어촌에 가난한 어부의 아들로 빈둥거리던 마리오는 칠레의 민중 시인 파블로 네루다의 전속 우편 집배원이 되어 그의 시를 통하여 우정이 쌓인다.

'그러니까 그 나이었다 / 시가 나를 찾아왔다'며 네루다는 사랑을 메타포(은유, 隱喻) 하는 글을 가르쳤고 마리오는 여인을 노래하는 시를 통해 결국 사랑을 얻었고, 시인이 되었다.

"이 섬에서 가장 아름다운 게 무엇인가?" 제자가 답한다.
"미소 지을 때 얼굴에 나비의 날갯짓이 번지는 베아트리체입니다."
얼마 후 마리오는 식당 종업원 베아트리체와 가정을 이룬다.

주는 것과 받는 것

엔니오 모리코네의 음악으로 더 유명해진 「시네마 천국」에는 필름을 통한 주고받음(Give and Take)이 있었다.

나이 든 영사기사 알프레도와 어린 토토는 영화 필름을 통해 사랑과 우정이 싹트며 알프레도를 화재 속에서 구해 준 어린아이의 희생과 의리가 있었다. 그들은 컨닝페이퍼를 주고(Give) 영사 기술을 받으므로(Take) 둘의 우정은 성장했다.

『나의 라임 오렌지 나무』에는 꼬마 제제의 친구가 되어 준 '나무'가 있었고 발목을 치료해 준 따뜻한 '손길'이 있었다. 아버지가 되어 주기로 한 약속을 지키지 못하고 세상을 떠난 '뽀르뚜가' 아저씨가 꼬마에겐 원망스럽고 슬프겠지만 아저씨의 따뜻함을 기억하며 가족과 행복한 삶을 영위하지 않았을까??

지금 나에겐 누구와의 우정이 있을까? 몇 년 후 할아버지 소리를 듣는 게 자연스러워질 나이에 손주와 우정을 나누겠지만, 지금은 내가 시종같이 부리며 아끼는 세 살 안 된 우리 댕댕이와의 나이 차이를 극복한 우정이다.

나는 그에게 명령하는 주종 관계이고 내가 그를 시종처럼 부리지만 가끔은 내가 그의 시종이 되며 눈빛으로 서로를 확인하고 우정을 교환하며 성장한다.

가끔 밥을 놓고 샅바 잡듯 힘겨루기를 하며 우정을 시험하지만 결국은 서로 하나가 되는 것이다.

우정과 사랑은 Give & Take로 성장하는 것이 아닐까?

# 모차르트의 「피아노 소나타 16번 1악장」 들어 본다.
최근에 본 영화 「시네마 천국」에서 우정을 나누었던 영화감독이 모리코네에게 음악의 신이 빙의해서 모차르트나 베토벤 같다고 했지만 엔니오는 '200년 후에나'라며 겸손해했다.


## 문신 유감 ___

"아직 젊으시니까 문신 한번 하시지요? 야구선수 H도 했고… 국회의원 T도 했는데 스타일이 있으시니 한번 해 보세요? 훨씬 나으실 텐데."

피트니스에서 같이 운동하는 지인의 달콤한 사탕발림에 넘어갔다. 그만 정신 줄을 놓고 문신하는 동네 병원으로 달려갔다.

바늘로 콕콕 쑤시는 아픔을 3시간만 참아내면 위대한 변신이라도 한 듯 미남미녀가 되며 머리가 풍성해지고 눈썹이 진하게 된단다.

"원장님, 멋지게 해 주세요."

"선생님(나를 호칭), 아무 걱정 마세요. 10년은 젊게 해 드릴게요."

그 말에 용기를 내어… "아파도 좋으니. 원장님만 믿을게요."

"그런데 선생님, 사람의 첫인상이 제일 중요한 게 어딘지 아세요? 눈이고 눈썹이에요. 다른 거 다 필요 없어요. 특히 여성분들은 눈썹 하나에 온 정성을 쏟아요. 제가 5년 전부터 눈썹 문신을 해서 잘 알아요. 그리고 눈썹이 진한 여자는 그리 많지 않거든요."

어라… 처음 듣는 소리인데 맞는 말 같다.

아내한테 "뭐 사 올 거 없어?" 하면, 늘 "아이 펜슬."이라고 했기 때문이다. 그러나 아직도 그 아이 펜슬의 용도는 눈썹인지, 속눈썹인지, 눈꼬리 있는 쪽인지 모른다. 내가 관심이 없었던가?

하기야 어느 책에서 보았는데 아미(蛾眉)가 예쁘면 곱게 보이고 미인이라 했거늘… 아미가 궁금해서 표준국어대사전을 찾으니 아미의 정의를 이리 표현했다.

[누에나방의 눈썹이라는 뜻으로, 가늘고 길게 굽어진 아름다운 눈썹을 이르는 말. 미인의 눈썹을 이른다.]

"원장님, 요새 문신하는 분들이 돈 많이 번다는데요?"

"아니에요. 주위에 하도 많아서 이제 레드오션이에요."

"그리고 선생님, 여기는 20대부터 80대 할아버지도 오세요. 80대분들은 손주 때문에 오세요. 그 어린 손주들은 곧이곧대로 이야기해서 할아버지가 친구들한테 늙어 보이면 싫다고 한대요. 그래서 한답니다. 손주 때문에."

이런저런 얘기를 하다 보니 벌써 다 되었다.
"다 되었습니다. 거울 한번 보시지요?"

확 달라진 모습을 기대했었다. 그런데 위대한 변신은커녕…. 제기랄.
자칭 아재 타칭 꼰대가 변함없는 모습으로 그 자리에 그대로 앉아 있었다.
변한 거는 아무것도 없었다.
젊은 애들은 문신도 예술이고 패션이라더니 나는 문신충(蟲)이 된 것이다.

그렇다고 확인하느라 내 눈썹 잡아당기지 마시길 바란다.
당기면 아플 깃인데, 즉 오리지널이란 말이다.

# 폴 매카트니의 「오블라디 오블라다(Ob-La-Di, Ob-La-Da)」 들어 본다. '인생은 계속된다(Life goes on).'

문신 유감

# 청출어람

지긋지긋한 폭염이 입추를 맞아 멈추는가 싶더니 거대한 태풍이 한반
도를 관통한다는 뉴스에 온 나라가 긴장 속에 숨죽이고 있다. 어릴 때
그렇게 부러움의 대상이었던 보이스카우트의 잼버리는 태풍의 눈이 되
어 연일 뉴스와 지면을 강타하고 있다.

잼버리의 뉴스나 물 폭탄의 소용돌이가 찻잔 속의 태풍이 되길 간절
히 바라며 일상을 시작한다.

난 이상한 습성을 가지고 있다.

글을 쓸 적에 한 주제를 놓고 온갖 것들을 끄집어내게 된다(예를 들면
작가, 영화, 소설 그리고 갖다 붙일 수 있는 모든 사물).

그제도, 그리고 며칠 전에도. 맨날 그 모양 그 꼴이다.

엉성하기 짝이 없는 글 쓰는 버릇 중의 하나다.

누구나 다 살아가는 방식이 있듯이 그것이 나의 독특한 글을 쓰는 방
식이어서 직업 같은 버릇이 되어 버렸는데, 우리 독자들도 이젠 론도 스
타일의 문장에 식상했으리라(주제넘게 독특함이란 자화자찬 비슷한 단어를
쓰다니…).

예를 들면 오늘은 청출어람(靑出於藍)을 생각했다.

다들 아시다시피 제자가 선생보다 낫다는 말이다.

지난주 엔니오 모리코네에 대한 다큐멘터리를 영화로 보고 난 후, 고정관념에서 탈출해 새로운 음악 세계를 창출한 모리코네와 저들만의 세계인 순수음악에 빠져 문을 닫았던 스승과 다른 제자들과의 갈등, 그리고 모리코네의 남과 다르게 생각하는 용기가 결국 청출어람이 되었지 않았나 생각했다.

클림트의 제자였던 에곤 실레가 20세기 초 비엔나의 오래되고 케케묵은 미술 세계에서 벗어나 일그러지며 뒤틀린 표정으로 인간의 숨겨진 욕망을 표현하고 자신만의 그림을 그리며 독창적인 예술 세계를 확립한 것 또한 청출어람이라 할 수 있겠다.

· 에곤 실레 자화상

고전음악으로 가 보면 오스트리아에서 많은 작곡가들에게 '파파'라 불리던 하이든이 베토벤이나 모차르트 같은 작곡가들을 지도하며 어울렸는데, 후대에서의 평가를 보면 베토벤이나 모차르트야말로 청출어람의 대표적인 경우라 하겠다.

타고난 천부적인 재능과 끼를 발휘하는 예술인(연예인)과 스포츠맨은 셀 수 없이 많을 텐데, 굳이 꼽으라면 '바람의 아들'이었던 이종범의 아들 이정후이며 변방의 축구 선수였던 손웅정의 아들 손흥민이라 하겠다.

나는 어떻게 하면 고정관념에서 탈출해 변화를 꾀할 수 있을까?

# 태풍이 잠잠해져 평온이 깃들기를 바라며 「For the peace of all mankind(모든 인류의 평화를 위하여)」 들어 본다.


## 성욕과 사랑의 심리학       —


심리의 心 자도 모르는 내가 구글 번역기도 없던 시절 영어 공부를 겸해 프로이드의 '정신분석학'을 알아본답시고 『SEXUALITY AND THE PSYCHOLOGY OF LOVE(성욕과 사랑의 심리학)』이란 책을 구입한 적이 있다. 그 당시엔 어쭙잖은 지금 노년의 성욕보다 꽤 젊음을 자랑하던 시절이라 야릇한 제목에 끌려 호기심 반 공부 반으로 시작했던 것이다.

책을 넘길수록 막히는 심리학 용어와 제목에서 바라던 기대와는 달리 호색적인 문장은 찾을 수도 없고 무미건조해서 읽고 접기를 반복하다 때려치웠다. 그렇다고 유튜브도 없던 시절이라 다른 방도도 없었다.

한편 야릇한 책 제목이 나의 속물적인 호기심을 자극한 도스토옙스키의 소설도 있었다. 예를 들면 『남의 아내와 침대 밑 남편』이라는 좀 우스꽝스럽고 코미디같이 유머가 넘치는 단편 소설이었다. 물론 대문호의 글에서 귀신 씻나락 까먹는 것 같은 성애 장면이 나올 리 없지만⋯. 늘 내 호기심은 이런 요상한 제목에만 시선이 갔다.

오늘 내가 말하려는 것은 대작가의 가벼운 전채 같은 소설도 아니요, 교양을 위한 철학적 사유가 담긴 철학책도 아니며 내 호기심도 아니다.

그것은 외국어 능력이다(참, 요즘 영어는 외국어도 아니다). 중국어의 쌀라거림이 어눌한 내 한국말보다 더 자연스러운 '언어의 신' 같은 내 친구는 요즘 영어와 일어를 업그레이드 하고 있는 중이다. 내가 막 읽기를 마친 오에 겐자부로의 『만년양식집』에서 주인공 '나'는 영어와 프랑스어 이탈리아어를 제법 훌륭하게 구사하며 나의 외국어(?) 능력을 옥죄이고 있다. 또한 '글로벌 마당발'이라 불리는 모 그룹 회장은 3개 국어를 구사하고 특히 "프랑스어는 낭만이 있어서 배우면 써먹을 게 많다."며 구린 발음의 형편없는 내 영어 실력에 자괴감만 더 쌓이게 부채질했다 (사족이지만 영문학자들이 꽤 글을 잘 쓴다. 금아 피천득 님도 영문학자였으며 소아마비였어도 늘 웃음을 잃지 않았던 故 장영희 교수도 영문학자였다).

오에 겐자부로가 책에 적혀 있는 말이 생각난다. 나도 서둘러야겠다.

"아빠는 아주 오래전에 제게 한밤중 톰의 정원에서" 번역과 문고판 원서를 같이 주면서 "이제 시간이 없다(Time no longer)"라는 말을 기억해 두라고 말했어요.
"시간이 되었다. 이제는 서둘러야 한다(Hurry up, please it's time)고."

프로이트의 첫 페이지에 있는 '성과 사랑'에 대한 그의 글 중 가장 맘에 드는 문장을 소개한다.

To ensure a fully normal attitude in love, two currents of feeling have to unite... the tender, affectionate feelings and the sensual feelings.
사랑에 있어서 완전히 정상적인 태도를 유지하기 위해서는 부드럽고 다정한 감정과 관능적인 감정을 결합하는 두 가지 감정 흐름이 합쳐져야 한다.

그렇다. 호모 사피엔스가 다정함 때문에 살아남았다더니….
부드럽고 다정한 것, 그것이 사랑의 기본인 모양이다.

아하, 이제야 코맹맹이 소리 나고 혀를 굴리는 프랑스어, 그 언어 안에서 "굉장한 로맨틱을 느낀다."는 그룹 회장님이 이해되었다.

# 모차르트「피아노 협주곡 23번 2악장 아다지오」들어 본다. 너무나 아름답고 평화로움이 가득한 곡이다.

추신: 프로이트는 서구 문화에서 성에 대한 억압적인 통제가 어느 정도 완화되기를 바랐지만, 육체의 쾌락을 순진하게 옹호하거나 서구 문화에 대한 낭만적인 비평가는 아니었다. 반대로, 프로이트는 본능에 반대하는 문화의 편에 섰고, 쾌락 원칙에 반대하는 '현실 원칙'의 편에 섰다(본문 서두에서).

## 나는 과연 돈키호테인가?

며칠 전 노벨 문학상 수상자 오에 겐자부로의 『만년양식집』이란 그의 생애 마지막 소실을 읽있다. 올봄 타계한 겐자부로는 탁구공만 한 혹을 달고 태어난 아들을 40년 넘게 보살폈다.
이 소설에 돈키호테에 관한 글이 나와 지금부터 돈키호테에 대해서 이야기하고자 한다.

본문에도 더 자세하게 나와 있는 산초 판사의 대사를 나는 소리 내서 읽었다. "자, 이쪽으로 더 가까이 오라, 내가 가장 좋아하는 친구, 고생과 어려움을 함께해 온 친구여."

　대문호들의 작품에서 가장 많이 언급되며 인용되는 소설 속의 인물
은 누구일까? 다른 의견도 많겠지만 적어도 나의 경험으로는 돈키호테
다. 풍차를 거인으로 알고 무모하게 돌진했다가 낭패 보는 그 엉뚱한 자
칭 '기사' 말이다.

· 탐험 떠나는 돈키호테와 산초 판사. 마드리드 스페인 광장

　세르반테스의 돈키호테가 도스토옙스키의 『백치』, 『그리스인 조르
바』, 제임스 조이스의 『율리시스』 등 대가들의 작품에 종종 등장하는
것으로 보아 시대와 세대를 초월하여 세계가 사랑하는 작품임이 틀림
없다. 특히 『백치』에서 도스토옙스키는 돈키호테의 천진하고 순수하며

결백한 특성 때문인지 문학 속에서 가장 아름다운 인물로 돈키호테를 꼽았다.

그러면 내가 만든 그 잘나 빠진 수필집에 추천사를 써 준 문학박사님은 왜 나를 돈키호테라고 표현했을까?

더군다나 그 박사님은 나를 역사상 가장 유명한 극작가인 셰익스피어의 작품과 세계에서 제일 유명한 소설의 주인공 돈키호테에 빗대다니… 그 박사님은 한참 오버했다. 나를 추앙하고 계시나?

더군다나 돈키호테는 문학가들만 아니라 피카소나 고야 같은 불세출의 화가들에게도 영향을 끼친 '예술가 중의 예술가'의 작품인데 나를 돈키호테 같은 인물이라니… 가문의 영광이다.

그런데 왜 나를? 풍차를 거인이라고 생각하며 무모하게 돌진하는 기인이고 탐험을 좋아하며 엉뚱함이 넘치고 불굴의 의지와 투지가 가득 찬 막무가내인 괴짜 같은 인물로 봤단 말인가? 그게 나란 말인가?

몇 년이 지난 요즘에야 내가 알았지만, 돈키호테형 인물이란 투르게네프에 의해 이름지어져 분류되었는데, 예의 바르고 교양도 있고 정의롭기는 하지만 현실에 적응하지 못하고 분별없이 제멋대로 행동하며 과대망상적인 이상을 실현하려는 인물을 말한다고 한다(그는 4명의 자녀를 둔 오페라 가수에 반해 그 가수의 남편을 포함한 가족들과 정신적 사랑으로 친교를 맺으며 평생을 독신으로 살았고 전 재산을 그녀에게 상속했으니 투르게네프야말로 돈키호테가 아닌가?).

오래전에 읽은 책을 갖고 이렇게 과장되게 글을 쓰는 나는 허풍선이임이 틀림없다. 그러고 보니 돈키호테가 근위대장인 산초에게 허풍 비슷한 옳은 말을 하는 것은 내가 파수꾼으로 임명한 보초대장 댕댕이에게 산책하면서 명령하며 중얼거리는 것과 행태가 비슷한 것으로 보이니… 내가 분명히 돈키호테가 맞긴 맞나 보다.

앞으로 조르바 대신 돈키호테라고 닉네임이 바뀔 줄 모르며 나중엔 햄릿으로 변신할 수도 있으니 독자분들이시여, 조르바일 때 잘하시길!!!!

# 주페의 「경기병 서곡」 들어 보며 당나귀를 끌고 의기양양하게 길 떠나는 엉뚱한 돈키호테를 상상해 본다.

『만년양식집』 　　　　　　　　　　　　　　　　—

광복절을 끼고 샌드위치 연휴를 즐기려는 사람들이 많은지 차량의 흐름은 빠르고 휴일의 거리는 한산하다.

아시아에서 세 번째로 노벨 문학상을 받은 일본인이 쓴 소설을 광복절에 포스팅하니 참으로 송구하고 �뻘쭘하다. 그러나 저자 오에 겐자부로는 전쟁을 속죄하지 않고 군국주의와 우경화를 외치는 일본과 천황제를 비판했으며 아픈 과거사를 외면하는 일본 사회에 적극적인 발언을 통해 경종을 울렸다. 그러기에 사람들은 오에 겐자부로를 행동하는 지식인이라 불렀고 한국인 독자에게도 많은 사랑을 받았다.

이 책 『만년양식집』은 노인이 자신의 일생을 되돌아보며 소설을 어떻게 써 왔는지 자문하는 내용을 담은 소설이다. 마치 세월의 뒤안길에서 돌아와 거울 앞에 선 누이 같은 작품처럼.

겐자부로는 노벨 문학상 수상작인 『개인적인 체험』에서 주인공의 아들이 뇌 손상을 가진 장애아라는 사실을 알게 되어 절망과 일탈의 날들을 보내지만, 결국 그 아들에게 헌혈을 하면서 목숨을 살리면서 '희망'의 빛을 찾아내는 작품을 그렸다.

생애 마지막 소설인 『만년양식집』에서는 제거하지 않으면 안 될 커다란 혹을 머리에 달고 태어난 마흔여덟 살 된 아들 아카리와 그를 업고 있는 바싹 여윈 일흔여섯 살 된 타자(나)의 이야기가 등장하며 아들에 대한 극진한 부성애와 타자가 죽고 나면 기댈 곳 없는 아들에 대한 연민 등이 곳곳에 나타나 있다. 고통스럽게 살아남아 성장한 아들을 보며 비탄에 빠진 타자가 구원을 느낀 것은 절름발이 장애를 갖고 있던 또 다른 소설가로부터였다.

"시간이 지나 플래너리 오코너의 'Habit of Being', 그러니까 그때껏 경험한 적 없는 새로운 혼란을 해결하려면, 생활 속에서 그 혼란을 이겨내는 열쇠를 찾을 수 있다는 생각을 만났을 때, 나는 이제 막 글을 쓰기 시작한 소설가로서 그 말에 구원을 받았다고 스스로 느꼈다."

나는 이 대목에서 무릎을 탁 쳤다.
그래… "일상의 혼란은 일상에서 찾아 극복하는 것"이다.

겐자부로는 매일매일 40년 넘게 아들의 담요를 덮어 주는 일로 하루를 마감하며 살아왔다. 이 소설을 번역한 번역가가 겐자부로 집에 초대를 받았을 때 아들 히카리 씨(클래식 작곡가가 된)가 "신발을 잘 신을 수 있도록 몸을 굽혀 바로 놓아 주던 선생의 모습이 특히 오래 머리에서 떠나지 않았다."며 해설 편에 느낌을 적었다.

어쩔 수 없는 이유로 베이비박스가 넘쳐나는 삭막한 요즘 세상에 이 소설을 읽으며 비탄 속에서도 장애인 아들을 끔찍하게 사랑하며 아버지의 참모습을 보여 준 겐자부로의 부성애에 감탄하였다.

책의 마지막 부분에는 죽음에 관한 파국을 맞으면서도 그는 낙관을 잃지 않으며 자기 자신과 아들 그리고 모든 사람에게 희망을 들려준다. 호모 사피엔스의 최고 발명품이라는 '내일'의 희망을 보여 주고 있는 것이다.

# 베르디의 오페라 「나부코」 중 「히프리 포로들의 합창」 들어 본다.


## 나는 엉터리 조르바

생맥줏집에 지인들과 들렀다. 내가 "집에 너무 늦게 가면 눈치가 보인다"고 했더니 금세 이런 답변이 왔다.

"조르바가 눈치를 보면, 그럼 조르바가 아니지요. 조르바 같은 삶을 꿈꾸는 사람이지요."

맞는 말이다. 그러면 여태까지 내 닉네임은 엉터리였던 것일까?

사실 가족이 있는 내가 밤늦게까지 싱글적인 자유로운 삶을 살기에는 염치가 없다. 홀로 갖는 여행의 자유는 제한 없이 맘껏 잘 누리는데 늦게까지 있기가 왠지 미안하다. 노래방에 가서 늦도록 올드 팝을 신나게 불러대면 좋으련만, 나를 기다리고 있을 댕댕이 때문에 늘 서두른다. 아내가 서방님 오신다고 버선발로 뛰쳐나올 리 만무하고 나를 기다리는 건 오직 '심바'뿐이다.

그렇다면 『그리스인 조르바』의 작가 카잔자키스는 어떠한 삶을 살았는가? 그는 자유를 꿈꾸며 그의 묘비에도 "나는 자유다"라고 외쳤지만 그의 친구 조르바 같은 자유로운 영혼의 삶을 살지는 못했다. 그저 여행을 즐기고 정치를 해 보았고 글을 썼을 뿐이다.

『그리스인 조르바』 하면 떠오르는 사람이 있다. 심리학자 김정운 교수다. 그는 『그리스인 조르바』를 읽은 후 교수직을 팽개치고 일본으로 건너가 그림을 공부하고 돌아와 여수의 한 섬에서 미역창고(美力創考)라는 작업실을 차려놓고 '나름 화가'라며 유유자적하고 있다.

그분은 워낙 박식하고 공부를 많이 해 다방면에 거미줄 같은 인맥을 두루 쌓고 있어 방문객들이 꽤 많을 텐데, 물고기나 잡고 그림과 음악과 책에 심취하며 사는 조르바적 삶에 만족하고 있을까? …그의 배꼽 잡는 유머는 누구에게 날리고 있는 건지? 여수에서의 일상이 어떤지 자못 궁금하다.

작년에 절친인 대기업 회장과의 콘서트를 앞두고 그 친구를 잃어 실의에 빠져 살고 있지는 않은 건지… 두꺼운 신간이 나왔다는데 유머나 배워야겠다.

지성은 없으나 어디에도 구속되지 않고 언제 어디에서나 자신이 느낀 대로, 본능대로 행동하는 자유인 조르바. 과연 조르바의 자유란 무엇인가?

그가 그리 바라던 튀르키예의 억압으로부터의 자유?
묘비에 적힌 "나는 아무것도 바라지 않고 나는 두려울 게 없다"는 게 그의 자유인가? 죽음으로부터의 해탈이 곧 자유인가?

며칠 전 조간신문의 '내가 만난 名 문장'에서 『그리스인 조르바』에 대한 글을 접했다. 글 말미에 "모든 것에서 자유로울 수 있다"는 문장이 나온다.

"저는요, 매 순간 죽음을 생각하면서 행동하죠."

- 니코스 카잔차키스의 『그리스인 조르바』 중

아흔 살에도 아몬드 나무를 심고 있던 할아버지는 "애야, 나는 내가 죽지 않을 것처럼 행동한단다."라고 말한다. 그 말을 들은 조르바는 "저는요, 매 순간 죽음을 생각하면서 행동하라."고 답한다.

죽지 않을 것처럼 사는 것' 또는 '죽지 않기 위해 사는 것', 그리고 '죽을 수도 있다고 생각하며 사는 것' 등 여러 가지 삶을 대하는 방식 중에 나는 어떤 삶을 선택할 것인가?

죽지 않는다면 너무 지루할 것 같다. 삶의 목적이 죽지 않기 위해서라는 것은 비참하다. 삶은 무한하지 않고, 사람은 결국 죽는다. 그래서 나는 '죽음을 생각하는 삶'을 선택한다. 당장 내일 어떻게 될지 모르는데, 만나기 싫은 사람을 억지로 만날 필요가 없고, 하기 싫은 일을 억지로 할 필요도 없다. 언제든 이 삶이 끝날 수 있다고 생각하면 오히려 모든 것에서 자유로울 수 있다.

조르바가 던진 질문은 "어떻게 살 것이냐?"에 대한 질문이다.

그나저나 내 실제의 삶은 순간순간 최선을 다하지도 않으며 자유로운 영혼도 아니니… '조르바'는 자만심이 가득한 닉네임이었음을 오늘에서야 깨닫는다. 무슨 개뿔 같은 조르바….

이전 페이지에서 말한 것처럼 닉네임을 돈키호테로 바꿀 것인가?

혹자는 돈키호테는 결코 아니니 딴 것으로 바꾸라고 할 수도 있을 텐데, 그럼 아예 느낀 대로 표현하는 "닭 표 와인은 왜 산도가 있을까?", "아이스라테는 달달해" 등이나 "나는 단팥빵을 좋아해." 이런 닉은 어떨까?

아니면 신간 소설 『전쟁 같은 맛』에 나온 '망시토리'는 어떤가(망시토리는 몬스터(괴물, monster)가 일본어로 변형되고 다시 한국화된 단어)?

독자분들이 추천해 주시는 적절한 닉네임이 있으면 신중히 검토하겠다.

# 자유스러움이 넘치는 피아졸라의 「리베라 탱고」 들어 본다.

## 전쟁 같은 맛 　　　　　　　　　　　　　　　　　　　　　　　—

약 사십여 년 전 초여름날의 스토리다.

스무서너 살 된 새파란 청년 장교 몇 명이 오산의 미군 부대 앞에서 더플 백을 당당하게 메고 흥분과 패기 그리고 남모를 미지의 세계에 대한 두려움을 안고 갓 시작한 장교로서의 본분을 다하기 위해 부대 정문으로 향했다.

부대 근처에는 술집, 바, 클럽, 커피숍, 미장원 등 온갖 유흥가가 밀집해 있는 향락의 세계 같은 길거리가 펼쳐져 있었다. 말로만 듣던 양공주 또는 양색시라 불리는 여성들이 우글거리는 지역이었고 동네 사람들은 그 거리를 '쑥고개'라 불렀다. 그런 거리의 모습에 청년들은 잠시 어리둥절했고 곧이어 부대 안에 들어가 짐을 정리할 시간도 없이 근엄하고 여유 있어 보이는 별 두 개 달린 사령관 앞에서 신고하였다.

[사령관님께 대하여 경례! 격추!!!(적의 비행기를 격추한다는 구호)
신고합니다, 소위 XXX 외 몇 명은… 이하 생략]

그날 저녁 우리는 바에서 맥주 몇 병을 마시며 새로운 임지로 떠나는 전우들에게 서로의 건강과 안녕을 축원하였다. 다음 날 아침 일찍 우리는 지방의 바다와 또는 넓은 평야가 보이는 산속에 있는 은신처로 뿔뿔이 헤어지며 군 장교이자 사회 초년생으로서 짧은 군 생활이 시작되었다.

위의 미군 부대 앞의 여성들을 떠올리게 하는 책, 『전쟁 같은 맛』의 주인공 이름은 군자였다. 167cm의 훤칠한 키에 허리가 잘록한 그럴듯한 몸매를 가졌고 미군을 위한 매춘을 하는 여인, 아버지가 누구인지도 모르는 아이를 가진 그 여인의 파란만장한 스토리를 그의 딸인 그레이스 조가 담은 베스트셀러 회고록이다.

군자는 전쟁으로 오빠와 아버지 등 가족의 절반을 잃고 기지촌 클럽에서 일하다 상선 선원이던 백인 남자를 만나 결혼했다. 저자인 혼혈아 그레이스를 낳고 쫓기다시피 미국 시애틀 근처의 셔헤일리스라는 시골로 이민을 갔지만 인종차별이 심한 곳이었다. 거기서 군자는 조현병을 앓다 생의 끈을 놓게 된다.

군자의 딸인 그레이스는 엄마가 바라는 대로 꿈꾸던 위대한 학자가 되어 37살에 정년 보장 교수가 되었다.

그러면 미군 부대 출신의 XX시스터즈나 윤XX 등 과거의 모든 가수가 다 위에 해당되는가? 내가 존경하는 故 박완서 님도 PX서 잡화를 팔았는데??

언론은 그레이스와의 인터뷰에서 다음과 같은 질문을 던졌다.

"당신에게 어머니는 어떤 분인가요? 물려받은 가장 귀한 것이 있다면?"

"엄마는 타락한 여자라는 꼬리표에도 불구하고 명예로운 삶을 살았고, 정신병자라는 꼬리표에도 불구하고 이성적인 존재였어요. 저는 엄마가 처한 삶의 조건은 단순한 망명 상태가 아니라 도전이었다고 생각합니다. 자녀들을 포기하지 않겠다는 결기, 미국에서 삶을 꾸려 나가 보겠다는 의지, 음식을 만들며 생존하려 한 방식까지. 엄마는 그런 도전정신을 물려줬어요. 저는 그 무엇도 두렵지 않아요."


"목소리를 내도 들어줄 사람이 없는 사람들에게 바치는 책인가?"

"어떤 여성이 기지촌에서 일했다는 비밀을 말할 수 없을 때, 그 트라우마는 무의식에 선명한 자국을 남깁니다.

미국 사회는 음식을 만들고, 화장실을 청소하고, 자녀를 양육하는 이민자들에게 빚을 지고 있습니다. 국가 안보의 최전선에서 제 몸과 성 노동을 바쳤지만 사회악 취급을 받은 기지촌 여성들에게 한국 사회가 진 빚도 있어요. 그렇게 만든 구조가 문제이지 그들이 수치심을 느낄 필요는 없습니다. 숨죽인 채 유령처럼 살지 않아도 돼요."


그렇다. 엄마의 수치심이 가득한 비밀을 세상에 공개한 딸, 그가 제일 사랑한 사람은 자랑스러운 그녀의 엄마 군자였다.


# 책에 나온 노래 「케세라세라」 들어 본다. 약 70년 전에 만들어진 곡이다.

## 하이힐 유감 —

내가 매일 반복적으로 하는 운동 동작이 있다. 철봉, 가슴, 앞뒤 쪽 허벅지, 그리고 빠지지 않는 게 까치발 자세 유지하기다.

그러다 며칠 전부터는 아예 까치발로 걷는 연습을 본격적으로 했다.

50보, 100보…. 마치 여성들이 하이힐 신고 걷는 기분으로 말이다. 그래서 그런지 요즘 회춘한 듯 아침마다 기분이 상쾌하다. 곰곰이 생각해 보니 하이힐 자세 그 덕분이다.

도둑장가라도 가야 되는 거 아닌지 모르겠다.

하이힐은 많은 생각을 떠올리게 한다.

『악마는 프라다를 입는다』의 책 표지에 나오는 롱부츠 하이힐을 신은 꼬리 달린 여성은 미란다 역의 메릴 스트립일까 아니면 "Fuck you"라며 미란다를 떠난 안드레아일까?

늘 굽 높은 하이힐을 신으며 미니스커트 차림으로 무대에서 연주하는 이는 중국의 피아니스트 '유자왕'이다. 논란과 관심을 한꺼번에 받으니 도발적이라고 해도 과언이 아니다.

구수한 목소리를 자랑했던 남일해가 부른 「빨간 구두 아가씨」는 남자들에게 묘한 상상을 불러일으키게 한다.

"솔~솔~솔 오솔길에 빨~간 구두 아가씨

똑~똑~똑 구두 소리 어딜 가시나

한 번쯤 뒤돌아볼~ 만도 한데

발걸음만 하나둘 세며 가는지

빨간 구두 아가씨 혼자서 가네"

이런 노래를 들으면 저절로 휘파람을 불게 되며 혼자 걸어가는 빨간 구두 아가씨의 뒷모습을 생각하게 된다.

도발적인 유자왕도 어쩌면 여성들의 질투 가득한 표정과 뭇 사내들의 엉큼한 시선을 즐기는지도 모른다.

독자들은 위의 글에서 "아, 그렇구나. 하이힐이란 남자들의 시선을 끌기 위한 패션 악세사리구나."라고 생각할지도 모른다. 그러나 하이힐은 원래 패션 용품이 아니었다. 역사학자에 의하면 하이힐은 원래 하수 처리 시설이 없는 각 가정에서 창밖으로 버린 분뇨를 피하려고 만든 신발이었다고 한다. 그러다가 영국에서 하이힐이 지금 같은 용도로 쓰이게 됐다.

프랑스에선 춤을 즐기며 단신이던 루이 14세가 하이힐을 신어 자존감을 세웠다고도 전해지는데, 대한민국의 자랑 조수미도 엄청난 높이의 굽을 가진 신발을 신어서 화제가 된 적이 있다.

잠시 『악마는 프라다를 입는다』로 되돌아가면 책의 마지막 부분에 이별할 때 부르는 굿바이 송(Good-bye song)에는 돈 맥클린이 부른 「American Pie」가 최고라고 하는 문장이 나온다. 몇 달 전 미국 워싱턴 정가에서 유명해진 바로 그 노래인데 "오늘은 호밀로 만든 위스키를 죽도록 마시는 날"이라는 가사도 나온다.

나는 오늘에서야 이 노래의 진정한 의미를 배웠다.

날이 갈수록 하늘은 계속 조금씩 높아지고 뭉게구름은 푸른 하늘을 헤엄쳐 다닐 것인데…. 상쾌하고 기분 좋은 아침을 맞기 위해 나는 솔~솔~솔 빨간 구두 아가씨의 하이힐을 상상하며 내일도 모레도 나의 까치발 걸음은 계속될 것이다.

회춘이 너무 심해지면 어떻게 될지 그거야 그때 가 봐야 알겠지만, 신과 나만이 아는 비밀일 것이다.

\# 아메리칸 파이는 너무 많이 들어서 지겨우니 오늘은 거슈윈의 오페라 「포기와 베스」 중 「썸머타임」 들어 본다.
재즈를 클래식에 접목한 작품이다.

오늘은 친구들 보는 날. 무슨 소리를 또 들을까???

   지난번 모임에선 "왜 이렇게 말랐느냐" 또는 내가 듣기 좋으라고 기분 좋은 말로 "슬림해졌다"라는 말을 들었다. 사실은 14~15시간의 공복이 주는 '간헐적 단식' 때문인지도 모른다(엄밀히 말하면 간헐적 단식은 아니다).

   아침에 빵 한 조각, 과일과 야채 등으로 식사하고 재택근무를 핑계 삼아 저녁은 5시 정도에 먹는 게 습관이 되어 버렸다. 그러다 보니 '베들레헴'도 없어지고 몸무게도 줄었다. 덕분에 축구장에서는 생기가 넘치고 심심찮게 '골잡이'나 '돌아온 스트라이커'라는 소리를 듣게 되었다.

   반면에 근육이 조금씩 빠지니 제일 서운해하는 친구는 아들이다.
   내 어깨를 만지며 "이뻐, 근육 많이 빠졌네." 하며 안쓰러운 표정을 짓는다. 난 "아직 끄떡없어!"라고 손사래를 치지만 다부지다는 소리는 들은 지 오래이고 슬림해지는 몸매를 막을 수는 없다.

   그나저나 곰곰이 생각하니 간헐적이란 행동이 유용하게 쓰이면 윤택해지는 일이 많을 것 같다. '지나치지 않는, 과도하지 않고 적당한' 이런 분위기가 섞여 있으니 말이다. 예를 들면 이런 것들이다.

- 간헐적 술 마시기
- 간헐적 친구 만들기

백영옥 작가가 이야기한 '아름다운 거리 안에서 친밀한 타인 만들기'
와 비슷한 의미인지도 모르겠다.


- 간헐적 글쓰기

어제의 내 글을 아내에게 보여 주었더니 이런 일부러 쓰는 듯한 장난
스럽고 익살맞은 글은 그만 쓰고 친구처럼 반듯한 글쓰기를 하란다.

친구는 '글만 보아도 성실하고 반듯한 인품이 느껴진다'니 맞는 말이
다. 요즘 내 글은 품격도 없고 잘못하다간 '천박하다'는 소리나 듣게 생
겼으니 말이다.


그나저나 얼굴이 홀쭉이가 되었는데 큰일이다.

오늘 모임에서 가오 잡고 싶은 마음도 슬그머니 사라졌다.


# 빌리 조엘의 「Piano Man」 들어 본다. 내가 우울 치료제로 듣는 곡
이다.

멀리 있는 누군가를 찾아갈 때의 설렘과 만나는 기쁨은 굳이 Give & Take라는 베풂의 원칙을 따르지 않아도 그건 '주는 자의 축복'이라 말할 수 있을 것이다.

나 자신을 예로 들자니 철딱서니 없는 것 같고 쑥스럽지만 멀리 있는 친구를 찾아다니는 것은 노동과 비슷한 발품팔이의 수고로움을 요구한다. 물론 때로는 쓰지 않아도 될 추가적인 돈의 용처는 말할 필요도 없다.

먼 곳에서 날 만나 줄 사람은 논어에 나오는 '유붕이 자원방래하니 불역열호아'를 떠올리고 오랜 친구를 만나는 기쁨에 설레며 밤잠을 설치게 될지도 모른다. 마치 연인으로부터 사랑받는 기분이라면 과장된 표현일까?

코로나가 유행하기 몇 년 전 중국에 일로 출장 갔다가 상해와 남쪽 지방의 심천에서 친구를 몇 번 만났다. 이미 상해 근처의 소주에 꽤 다녀 보았던 터라 혼자 다니는 것에 익숙하고 자신만만하였지만 중국이라는 커다란 대륙의 문화에 늘 어리바리한 나를 편안하게 해 주며 어느 근사한 중국 요릿집에 데려가 산해진미를 맛보게 하는 즐거움도 누렸고, 커다란 횡재라도 한 듯이 중국에 은행 계좌를 오픈할 때 동행해 주며 어린 아이보다 못한 더듬더듬 중국말 더듬이의 불편을 해소해 준 그였다.

자랑스럽게 만들었던 그 통장과 카드는 내 수중에 아직까지 남아 있는데 몇 년 동안 늘 통장 잔액은 제로였고 입금은 전무했다.

그 친구가 남쪽의 심천 근처로 이주한 후 그곳에서는 연말을 앞두고 재회의 반가움을 나누며 중국 백주 등 이름 모를 음식을 맛보기도 하였다. 그가 날 호텔에 바래다주고 떠난 뒤 혼자 남은 공허함과 크리스마스트리가 켜진 큰 호텔에서의 쓸쓸함은 그와 나눈 술과 음식 덕분에 찾아볼 수도 없었다.

그리고 또 한 친구는 연태 고량주로 유명한 연태 지역에서 일하던 E라는 후배인데, 정말 오랜만에 찾아가 영동시장 골목에서 맛보던 곱창집과 스탠드바에서 밤늦게까지 어울렸던 서울에서의 추억을 이야기하며 오랜만에 회포를 푼 적이 있다. 그 친구가 낮에 데려가 먹은 고춧가루 넣어 먹은 짜장면 맛은 왜 그리 맛있었는지….

마지막으로는 아프리카의 모로코에 있는 2년 후배 L이었다. 아내와 유럽 여행을 마치고 파리에서 집으로 돌려보낸 후 모로코의 카사블랑카로 향했다. 높은 창공에서 아프리카 사막과 거기 어디 있었을 『어린 왕자』와 영화 「카사블랑카」에 나오는 중절모자를 쓴 험프리 보가트, 그리고 '당신의 눈동자에 건배…' 최소한의 생활비만 받고 아이들을 가르치는 기버(Giver)로서의 삶을 사는 L을 떠올리니 묘한 흥분과 존경심이 들었다.

그 친구는 그때 내가 가준 게 고마웠던지 온갖 사람한테 한국에 있는 선배가 나를 일부러 찾아왔다고 떠벌리고 다녀서 내가 난감한 적도 있다. L이 빳빳한 모로코 화폐를 나에게 건네주며 쓰라고 한 일.

내가 돌려주며 웃돈을 얹어 주던 일들….

그러고 보니 나는 늘 먼저 연락했던 사람이었고 그런 것에 익숙해져 있는 생활을 했는지 모른다(성격이 괴팍한 탓에 사람들이 나를 기피했을 수도 있다).

어느 날 라디오에서 우연히 들은 멘트는 내게 울림으로 다가왔다.

"기자 출신의 어느 노신사는 은퇴 후 중국 음식을 제일 맛있게 한다는 소공동의 한 호텔에 한 달에 한 번 친구들을 초대해 점심 식사를 대접한다."

나의 은퇴 시기는 내년이 될지 후년이 될지 모르겠다.

이 방송을 들은 후 그 노신사처럼 친구들에게 음식을 대접하며 노년의 한가로움과 유머를 담소할 수 있는 경제적 여유와 마음의 여유를 갖기를 꿈꾸고 있다. 그분의 기버(Giver)로서의 삶을 배우고 싶은 것이다.

엊그제 사소한 일로 발끈하며 관조하지 못했던 나는 겉은 어른이지만 속은 아직 미성숙한 쭐짜에 불과했다. 내 마음도 '이런들 어떠하리 저런들 어찌하리' 하며 관조하는 여유를 갖는 Giver라면 좋으련만??

Giver의 기쁨

『논어』의 '학이시습지 불역 열호'를 외치며 끝을 맺는다.

[배우고 때때로 그것을 익히면 또한 기쁘지 아니한가?]
여러 경로를 통해 내게 따뜻한 용기를 주신 몇몇 분들의 가르침을 두고 하는 말이다.


\# 송창식의 노래 들어 본다. 서정주 님의 「눈이 부시게 푸르른 날은」이다.




## 오늘은 콜라텍 가고 싶은 날


지난 일요일 영등포 근처에 일이 있어 나왔다가 워낙 오래간만에 이쪽 동네에 오는지라 주변을 두리번거리며 운전을 하는데, '콜라텍' 간판이 눈에 띄었다. 4시 이후에 '무료 입장'이란 선전에 솔깃했다.

호기심에 차의 속력을 줄이고 잠시 살펴보았다.
몇 명의 남성과 여성이 거리낌 없이 계단으로 올라가고 있었다.
나 같으면 대낮에 창피해서 고개를 좌우로 돌려 주위의 동정을 살핀 후 인적이 없는 틈을 타 걸음아 날 살려라 하고 2층으로 내뺐을 텐데,

그분들은 당당히 잘도 올라갔다. 차림새는 말쑥했으며 장바구니는 들고 있지 않았다(죄짓지 않았는데 당당해야지…).

젠장…. 그들이 부러웠다.

내가 한 번은 꼭 가고 싶었던 곳이 바로 콜라텍이었다.
50대 초반에는 비교적 젊은 나이라 '해당 사항 없음'이어 안 갔고, 지금은 구두 밑창이 닳도록 휘젓고 다니고 싶어도 테크니컬한 기술이 필요한 춤을 못 추니 갈 엄두도 안 난다.

"사모님 한 곡 추시겠어요?" 하며 부드러운 목소리로 땡겨 드려야 하는데, 막춤 말고는 춤출 줄 몰라 야코가 팍 죽는 것이다.

저 안에 들어가면 어두컴컴한 조명등 아래 빙글빙글 돌고 있을 실버들….

콜라텍은 무도장이며 실버들의 놀이터다.
우리의 조상 백의민족은 흰옷을 좋아하고 춤을 즐긴지라 우리도 단군의 후예로서 당연한 것 아닌가?

춤에 대해선 동서양 구별 없이 많은 작품에 주요 소재로 등장한다.
『오만과 편견』, 『세 아씨들』에서 자매들이 무도회장을 오갔으며 『파우스트』, 『안나 카레니나』, 『전쟁과 평화』, 『보바리 부인』, 『목걸이』 그리고 정비석의 『자유부인』 등, 모든 대문호의 소설에는 거의 무도회장이 등장하며 그곳에서 인연은 맺어지고 스토리 텔링의 소재가 되는 것이다.

콜라텍과 노래방 등의 놀이터를 부지런히 찾는 우리들에 대해 문화심리학자인 김정운 교수가 '슈필라움(Spielraum)'이라는 용어를 소개하며 이리 설명하고 있다.

'놀다(Spiel)'와 '집(Raum)'의 합성어인 이 말에서 '인간이 자기다움을 찾을 수 있는 최소한의 공간'이란 의미를 발견했다고 했다.
"이걸 갖지 못해서 다들 그렇게 화나고 아프고 괴로운 거예요. 우리나라 남자들이 툭하면 1·2·3차까지 술집을 옮겨 다니며 밤거리 헤매고 사우나에서 자는 것도, 20~30대 젊은 친구들이 집 놔두고 블루보틀 같은 카페에서 몇 시간이고 줄 서 가며 그곳에 앉아 보려는 것도 슈필라움이란 공간에 목이 말라서인 거죠."

"내가 진짜 하고 싶은 일, 그러니까 글 쓰고 그림 그리고 음악을 들으려면 내 공간이 있어야 한다. 내가 정말 하기 싫은 일, 그러니까 만나고 싶지 않은 사람을 만나는 일, 저녁마다 TV 채널 돌리며 등장인물 욕하면서 늙어 가는 것 피하려면 내 공간이 있어야 한다.
이 허접한 외로움을 담보로 내가 얻고자 했던 것은 바로 '내 공간'이었다. 무소유를 주장하고 실천한 법정 스님은 자신이 평생 버리지 못한 욕심이 하나 있었다고 고백했다. 깨끗한 빈방에 대한 욕심이다. 공간 욕심, 즉 공간 충동만큼은 법정 스님도 어쩌지 못했다는 이야기다."

아…. 맞다.

곰곰이 생각하니 글 쓰는 모임이 바로 슈필라움의 하나인 것이며 놀이터가 될 수 있겠다. 거기서 매일 신나게, 가끔은 풀이 죽어 노는 인간이 미스터 조르바다.

\# 베버의 「무도에의 권유」 들어 본다. 제목 그대로 "춤 한번 추시겠어요?"이다.

## 사랑하고 미워하는

—

비가 온다는 예보를 끼고 태양이 가득했던 그제, 산책길에는 붉은색의 어린 장미가 살며시 고개를 들고 있었다. 가을 장미인가?

집에 돌아와 성장을 멈춘 고만고만한 크기의 난초들과 계속 자라고 있는 몇 그루 나무에 물을 주었다. '발하임의 언덕'이라 이름 지어진 앞베란다를 가꾸는 것은 순전한 나의 몫이며 스스로를 관리 책임자로 임명한 지 벌써 이십오 년이 되었다.

집을 비울 것 같은 예감에 물을 더 흠뻑 주었다. 이 화초들 중에 뿌리가 깊었던 것들은 결코 쉽게 죽지 않았는데… 요 며칠 사이 내 주변을 맴돌며 내 가벼움과 욕심을 힐난해 주는 관조(觀照)를 생각했다.

요즘은 별로 그런 일이 없지만 내가 아끼는 화초들이 죽는 것을 보면 마음이 안 좋았다. 대부분의 원인은 물을 너무 많이 주어서 뿌리가 썩었기 때문이며 특히 산세베리아는 벌써 몇 번 실패를 본 탓에 아직도 조심하고 있다.

자연의 모든 생명이 적당한 물과 바람과 공기가 있어야 살아가지만 산세베리아 같은 종은 모르는 척 내버려두는 관조의 노력이 필요했던 것이다.

그러면 관조란?
"기다릴 줄 아는 것"

해지는 것을 보기 좋아하는 '어린 왕자'가 해가 지는 낙조(落照)를 기다리는 마음과 같을 것이고 내년 3월 초에 어머니가 주신 거의 40년 된 군자란이 활짝 만개하기를 기다리는 마음 같은 것이며….

그리고 또 관조란?
"그냥 구경하는 것"

지금은 재벌이 된 모 가수가 부른 "사랑하고 미워하는 그 모든 것을 못 본 척 눈 감으며 외면하고…." 구경하듯 내버려두는 것이다.

그러다 가끔 흙이 말랐는지 꼬챙이로 쑥…. 관찰하면 되겠지.
언제까지 지켜질지 모르겠지만.

그런데 늘 그렇듯 난 순 엉터리다.
사랑하는 것을 어찌 그리 내깔겨 둔다는 말인가?
아껴 주고 보듬고 토닥토닥해 줘야지.

그러다 안 되면?
그때 가면 신이 또 다른 비법을 전수해 주시겠지….

# '사랑하고 미워하는'으로 시작하는 「행복」 들어 본다. 가끔 가요도 참 들을 만하다.

내가 약 6년 전에 『그리스인 조르바』의 책과 영화를 보고 크레타섬을 혼행하면서 현지 가이드가 내게 해준 말이 있는데, 아직도 그 말을 생생히 기억한다.

"그리스인들은 살기 위해서 일하는데 독일 사람들은 일하기 위해서 산다."

제2차 세계 대전 당시 독일의 지배를 받아 독일인을 미워하던 그리스인들의 말이지만 거기엔 그들의 철학이 담겨 있었다.

비슷한 서양 이야기가 또 있다.

"당신들은 살기 위해 먹고 우리들은 즐기기 위해 먹는다."

"우리들은 먹는데, 당신들은 양분을 집어넣는다."

프랑스인들의 미식 습성을 풍자하는 말이다.

사실 위의 말은 공감하면서도 수긍하기 어려운 사람들이 많다.

평생을 바쳐 온 회사에서 은퇴하고 또는 순식간에 잘린 사람들이 "이제 남은 삶을 어떻게 살아야 하나?"라며 고민하는데 미식(美食)을 이야기하면 불편해질 수 있는 것이다.

그러나 부정할 수 없는 사실은 우리는 먹기 위해 사는 건 아니지만 먹을 때가 제일 행복하다고 느낄 때가 종종 있다. 여름철 한 그릇에 몇만 원 하는 빙수를 먹고 있다는 것에 행복해질 때가 있지 않은가?

　어찌 빙수뿐이랴? 길거리에 떡볶이와 오뎅을 자유롭게 먹는 사람들이 즐겁게 보이며 어릴 적 먹던 호떡 한 조각과 붕어빵의 달달한 맛에 행복한 표정을 지을 때가 있다.

　어제 철갑상어알(캐비어, Cavier)을 맛보았다. 우리들에게 생소한 캐비어는 무게로 따지면 세계에서 가장 비싼 음식 중의 하나다.
　추운 겨울에 동장군의 위용을 이겨낼 동태알을 넣은 동태탕이나 알탕 등을 먹는 우리가 스탈린이 애용했고 재벌들이나 먹을 캐비어를 어찌 알겠는가?

　나는 오늘 이런 진귀한 음식을 이야기하려는 것은 아니다.
　며칠 후면 골프장 대표를 마치고 퇴임하는 내 친구가 자기가 아끼는 친구들에게 무언가 대접하고 싶어 캐비어뿐만 아니라 참소라, 날치회, 청어알, 그리고 저온 숙성된 한우 스테이크와 집에 가지고 갈 선물까지 챙겨 주며 우정을 베푼 것이다. 초대받은 우리들은 지상 최고의 음식에 감탄하며 화려한 음식의 향연에 취해 있었다.

　사실 그 친구는 진귀한 음식보다 음식을 같이 나누는 시간을 소중히 간직하고 싶어 그런 우아한 자리를 마련했는지도 모른다.

어쩌다 보니 사치스러운 이야기를 끄집어내어 독자분들께 무척 송구하다. 베푼다는 Giver 이야기인데 나는 받은 사람 Taker가 돼 버렸다.

그 골프장에서의 마지막 사진일 것 같아 둘이 포즈를 잡았다. 키 높이를 맞추기 위해 내가 한 계단 올라가 잔뜩 폼을 잡았는데 그날따라 내가 한없이 작아 보이니 어느 유행가 가사가 딱 맞았다.

"그대 앞에만 서면 나는 왜 작아지는가?"

우정이란? 정성이 가득 담긴 음식을 차려놓고 남편과 아이를 기다리는 여인의 마음 같은 것.

# 데이브 가렛의 연주로 파가니니 「카프리스 24번」 들어 본다.
악마의 화신 파가니니는 데이브보다 연주를 더 잘했을까?

몇 명 노벨상 수상자와 대문호들의 작품 서두엔 기차, 배, 마차 등의 교통수단을 도입하며 독자들의 눈길을 사로잡는다.

"국경의 긴 터널을 빠져나오자 눈의 고장이었다. 밤의 밑바닥이 하얘졌다. 신호소에 기차가 멈춰 섰다."

노벨상 수상자 가와바타 야스나리의 작품 『설국』의 첫 문장이다.

세계 문학사의 가장 아름답다고 서정미가 넘치는 소설 도입부로 평가받는다.

『닥터 지바고』로 노벨 문학상에 선정되었지만 자의 반 타의 반에 의해 수상을 거부한 것으로 알려진 보리스 파스테르나크의 자전적 에세이, 『어느 시인의 죽음』에서도 서두에 영락없이 기차가 등장한다.

지난주부터 읽기 시작했는데 진행 속도가 완행열차처럼 느리다. 여름철 막바지에 이것저것 과외 행사가 많아서인가 보다. 이 책의 원제는 『안전 통행증』이고 친하게 지낸 라이너 마리아 릴케에게 헌정되었다고 전해진다.

19세기 러시아 문인들은 기차를 소재로 많은 책을 썼다.

톨스토이의 『크로이체르 소나타』나 도스토옙스키의 『백치』 등에서

도입부는 여러 사람의 표정과 그들이 주고받는 이야기 등 기차 안의 사람들을 묘사하는 것으로 시작된다.

톨스토이의 『안나 카레니나』가 브론스키 백작을 만난 곳이 기차역이며 생의 끈을 놓아 버린 곳도 기차역이다. 『닥터 지바고』에서는 지바고가 애타게 그리던 라라를 발견하고 플랫폼에서 뛰다가 생의 마지막을 기차역에서 맞았으니 소설 속의 기차역은 삶과 죽음이 교차하는 애증의 장소이며 많은 소설의 시발점이자 종착역이었다.

그러나 아이러니하게도 톨스토이는 몇 번 시도한 가출을 포기하다 여든두 살에 성공하나, 가출한 지 며칠 안 되어 시골 간이역에서 일생을 마쳤으니 러시아 문학은 기차 안에서 태동하고 기차역에서 사라졌다고 해도 과언이 아니다!!!

20세기에 들어서면 양상이 조금 달라진다. 내가 경험한 몇 편의 소설들은 비행기를 소재로 서두를 꺼낸다. 대표적인 것이 매년 노벨상 후보로 물망에 오르는 하루키의 『상실의 시대』이다.

주인공 와타나베가 B747을 타고 랜딩하는 장면이 서두에 나온다(보잉사의 747기종이 단종되었으니 상실의 시대로 스타가 되었던 하루키도 슬퍼할 것이다). 또한 하늘을 사랑한 조종사였던 생텍쥐페리의 『야간비행』이나 『어린 왕자』 등도 비행기를 소재로 이용하였다.

또한 그들은 악기를 이용하여 스토리를 전개하거나 결말을 맺는데, 대표적인 것이 『크로이체르 소나타』에 나오는 피아노이며, 『닥터 지바고』의 마지막 장면은 젊은 소녀가 메고 가는 악기를 등장시키며 그녀가 지바고의 딸임을 암시한다. 하루키도 물론 대작가들을 흉내 내며(?) 작품 속에 기타를 등장시켰다.

뭐니 뭐니 해도 최고의 악기는 그리스인 조르바가 연주하는 자유와 열정의 상징인 '산투르'가 아닐까 싶다.

한편 파스테르나크는 예술가 집안에서 태어나 톨스토이, 릴케, 스크라빈 등을 집에서 만날 수 있었는데, 특히 스크라빈을 열렬히 존경하며 음악가가 되려고 하지만 중도에 포기하고 시인의 길을 걷게 된다.

# 「닥터 지바고」의 OST 「라라의 테마」 들어 본다.


## 난 아빠가 밉다

우리 아빠는 참으로 자애롭기 그지없어 세상에서 내가 제일 좋아하지만 때로는 미워 죽겠다. 매달 거의 한 번씩 집을 비우는데 나의 주군이신 아빠가 안 계시면 정말 밥맛도 없고 기운도 뚝 떨어진다.

아빠는 내가 좋아하는 최애의 간식에 개뼈다귀, 톱니바퀴 등 요상 망측한 이름을 붙여서 날 현혹시키며 애를 태우기도 하지만, 눈빛만으로도 내가 무엇을 원하는지 척척 알아낸다. 내가 다시 태어난다면 꼭 사람으로 환생해 아빠에게 말로써 내 사랑을 표시하고 싶다.

얼마 전에 엄마와 아빠가 이야기하는 걸 우연히 엿들었다.

"어떡하지? 갈까 말까? 비행깃값이 그새 두 배나 올랐는데(내가 보기엔 이건 협박이나 다름없다. 가겠다고 으름장을 놓는 것이다)?"
"그럼 가야지…. 벌금 물면 아깝지 않아?"

그제 밤이다. 아빠가 주섬주섬 짐을 챙긴다. 눈에 익은 가방이 보이니 날 두고 또 어디 가는 것 같아 하이톤으로 컹컹 짖었다.

아빠는 "미안해. 미안해, 심바야. 어디 좀 갔다 올게…."

응? 어디? 잠깐 운동하러 가는 것도 아니고 또?

너무하다. 그리고 미안해 자꾸…?

미안하다며 뽀뽀를 하고 난리법석을 떠는 아빠.

며칠 지나면 지구 저편에서 나를 보고 싶어 안절부절하고 있을 아빠가 가여워 못 본 척 뒤돌아서며 아빠의 안녕을 빌었다.

아빠, 돌아오는 날 연어 뼈다귀 많이 주시고 건강히 다녀오세요!!

아빠의 일기
—

사람들은 이 세상에서 가장 빠른 것이 번개라고 표현한다.

그러나 우리 심바의 눈치 하나는 번개보다 더 빠르다. 내 손동작이나 제스처 하나하나에 정말 빠르게 반응한다.

짐을 챙기는데 시무룩한 표정으로 딴 곳만 바라보더니 가지 말라는 듯 몇 번 컹컹 짖어 댄다.

먹을 것만 주면 달려드는 저 미물도 무언가 심상치 않음을 알고 있는 것이다. 한결같은 눈빛으로 하염없이 바라보는 눈빛을 외면하고 집을 나오니 발걸음이 천근만근이었다.

· 문 앞에서 하염없이 주인을 기다리고
있는 심바

슬픔에 젖어 기내에서 와인을 잔뜩 마셨다.
내가 다른 사람을 흉볼 때 쓰는 말이 내게로 돌아왔다.

난 아내에게나 댕댕이에게 염치없는 '얌체 인간'이다.

어떤 친구가 며칠 전에 "여행을 왜 하느냐"고 물었다. 수많은 답 중에 이것도 한 개의 답이 될 수 있겠다.
"새로운 것을 느끼는 것…."

김영하 작가는 『여행의 이유』에서 인류를 '여행하는 인간 호모 비아토르(Homo Viator)'라고 했다. 가서 거기 있고 싶어 하고 직접 내 몸으로 느끼고 싶어 하는 것이다.


# 쇼팽의 「강아지 왈츠」 들어 본다.




로테르담                                                              —



여행을 하면서 제3의 도시를 경유하는 데 재미를 붙인 지 꽤 오래되었다. 경유하는 구간을 잘 고르면 항공 요금도 저렴하고 평소 점찍은 곳을 갈 수 있으니 꿩 먹고 알 먹기다.

런던에 가기 전 암스테르담을 경유하는 비행기를 택했다. 그리고 행선지는 당일 아침에 발길 닿는 대로 '구름에 달 가듯이' 가기로 작정했다.

어제 본 암스테르담은 4개월 전과 똑같았다. 지난 4월 초에는 차가운 봄바람이 넘치더니 이번에는 초가을 같은 서늘한 기운이 사방에 가득했다. 다만 튤립을 못 보았을 뿐, 자전거도 그 자리에 그대로 있었다.
남들은 '풍차의 나라'라고 이야기하지만 나는 자전거를 더하고 싶다.
'물과 풍차와 자전거의 나라'. 자전거 도적질은 이 나라에선 상상도 못 할 짓이다.


로테르담

이른 아침부터 서둘렀다. 모든 여행의 첫날에 잠이 오기 만무하다.

네덜란드 제2의 도시이며 유럽 최대의 항구도시인 로테르담으로 발길을 향했다. 로테르담은 수많은 물동량이 이곳에 도착하여 유럽 각국으로 분배된다. 내게는 무역 시 서류상의 종이로만 낯이 익었던 도시를 처음 밟는 것이다.

기차를 타고 갈 계획은 없었는데 엉겁결에 타고 보니 이전 페이지에 쓴 글이 생각났다. 기차 안의 모습은 각양각색의 사람들로 가득하다. 색깔이 확연히 다른 사람들, 히딩크 타입과 그의 여친 엘리자베스 스타일의 생김새가 엇비슷한 사람들… 그리고 모로코에서 본 듯한 두건을 쓴 여성들, 핸드폰과 책을 보며 꾸벅꾸벅 조는 사람과 방정맞게 계속 다리를 떨고 있는 젊은 청년 등 온갖 종류의 사람들이 기차 안에서 일상을 시작한다.

유럽의 특산물인 양 철로 옆에는 사이프러스와 밀밭의 푸르름이 가득하다. 아, 그렇지. 고흐의 「까마귀 나는 밀밭」의 풍경이던가?

도시의 활발함을 말해 주는 듯 중앙역에서 많은 사람이 쏟아져 내렸다. 거리는 약한 바람을 동반한 비가 내리고 있었다. 항구도시의 위용을 자랑하듯 주변은 운하와 보트 그리고 가끔가다 바다 갈매기들이 날갯짓을 한다.

로테르담은 도시 전체가 현대적이고 빌딩들이 예술적으로 지어져 있어 파리가 빛의 도시라면 여기는 빌딩의 도시(?) 같다.

큐브 모양의 집들이 모여 있는 큐브하우스에는 실제 사람이 살고 있었다. 마치 비엔나의 훈데르트바서 하우스와 같았다. 세계유산으로 등재된 에라스무스 다리는 비스듬히 누운 자세 같은 형체를 유지하고 있었고 빗속에 안개에 가려진 빌딩들이 서서히 모습을 드러냈다.

· 큐브 하우스

정체를 알 수 없는 오리들은 나에게서 심바 냄새가 나는지 경계하는 눈빛도 없이 내게 호의를 베풀듯 접근하며 낯선 이방인을 환대한다.

보트 투어에 합류하여 아페리티프 한 잔으로 피로를 씻어 내며 혼자만의 고독에 싸인다. 서서히 햇볕이 보이니 낯선 도시도 생기를 찾기 시작한다. 멀리 풍차가 보이고 오래전 뉴욕을 드나들었던 대형 여객선은

레스토랑, 바, 호텔로 변해 멈춰 서 있다.

영화「피아니스트의 전설」에서 주인공은 저런 여객선을 지키고 있었을 것이다.

# 슈베르트의「물 위에서 노래함」을 들어 본다.


## 노팅힐 서점, 그리고「She」 　—


여행 떠나기 3주 전쯤 혼행을 꽤 고민했고 친구 영훈이와 상의했다. 난 여행가도 아니고 부잣집 자식도 아니며, 돌봐야 할 강아지와 아내(?)가 있었기 때문이다. 그리고 올해 앞으로 몇 건의 계획들이 더 있어 회사 친구들과 여러 사람에게 미안하기도 했다.

"너라면 가겠니?"
"응, 나라면 가겠다. 취소 페널티 내는 것보다 좋을 것 같아."
아주 오래전 세계 일주를 하듯 파리를 거쳐 미국의 보스턴으로 향한 적이 있다. 누구나가 그랬듯이 세일즈맨 시절 일에 미쳐 활발히 움직이던 때였는데, 미국의 911 테러 이후 항공기 보안 검색이 매우 심해 양말까지 벗어서 검색을 받은 기억이 있다.

그때 기내에서 본 영화가 바로 「노팅 힐(Notting Hill)」이었으며 외국 국적기라 한글 자막이 없어 대충 이해했지만 이 표현만은 또렷이 들렸다.
"난 지금 남자 앞에 서서 사랑해 달라고 애원하는 여자랍니다."
그 사랑이 싹트던 노팅힐 서점에 나는 서 있었다.

특히 영화에서 흘러나오는 엘비스 코스텔로의 음성과 선율에 녹아 OST를 계속 듣다 보니 영화를 몇 번 보게 되었으며, 요즘 말하는 내 최애(最愛) 영화 음악 OST가 되었다.

영화의 마지막 장면은 하이드 파크 앞에서 아이 둘은 뛰어놀고 또 새로운 아기를 임신한 줄리아 로버츠는 휴 그랜트의 무릎을 베고 책을 읽는 모습이다. 거기에는 행복이 넘치는 가족의 모습이 있었으며 바로 해피엔딩의 정석이었다.

한편 OST 「She」의 기사에서 여성은 '때로는 미녀로, 때로는 야수로' 변하며 팜므파탈과 천사의 미소를 동시에 갖고 있다는 불멸의 진리에 공감했으며 영화의 마지막 반전에는 늘 감탄했다.

"그녀는 미녀, 어쩌면 야수일 거예요. 굶주리게 또는 배부르게 할 수도 있고, 하루하루를 천국으로, 어쩌면 지옥으로 바꿀지도 몰라요."

"그녀는 아마도 여름이 부르는 노래예요. 어쩌면 가을이 안겨다 주는 서늘함일지도 모르고 어쩌면 하루에도 수백 가지로 변하는 다른 모습일지도 몰라요."

그 해피엔딩의 정석 노팅힐의 한 Bar에서 기네스 흑맥주와 넥오일이란 생맥주를 마시고 있었는데 우연히 대한민국을 홍보하며 하이드 파크 앞에 서 있던 오징어 게임의 이정재 얼굴을 실은 Expo 유치를 위한 홍보 차량과 마주쳤다. 과연 오징어 게임은 세계적 돌풍을 일으킨 역작이었다.

# 「She」 들어 본다.

추신: 젊은 애들 가는 노팅힐에 왜 갔냐고 물을 것인데, '남자도 때로는 청년이며 가끔은 신사이고 싶은' 영원불멸의 소망이 있기 때문이다.


애비 로드에서 비틀즈 따라 하기        —


서울을 출발하던 날, 여행을 갈까 말까 상담했던 영훈이에게 톡을 짧게 남겼다.

"나 간다… 갔다 와서 한잔하자."
"아, 가는구나. 잘했다. 조심해서 잘 다녀와라. 혹시 시간이 철철 남으면 런던에서 ABBEY road(Beatles Album title)라는 데 한번 가 보시든지… 잘 다녀와."

웬 어린 계집애 같은 부드러운 표현인가? 그리고 또 '철철'이라니.

또 다른 한 친구는 몸담고 있던 회사를 떠나며 이렇게 작별 인사를 고했다.
"시원할 줄 알았는데 서운함만 남네…"

어쩌면 인생은 서운함의 연속인지도 모른다. 마누라, 아들딸, 그리고 오랜 우정을 나눈 친구와 또는 우연히 알게 된 사람들까지도.

그러나 내 사랑 우리 강아지만큼은 오줌을 철철 넘치게 싸든 똥을 아무 데나 내갈기든 무슨 짓을 해도 절대 서운하지 않다. 파운드화만 통용되는 이곳에서 난 그 녀석을 생각하며 적지 않은 돈을 썼다.

"이 개뼈다귀 같은 걸 물어뜯으면서 아빠를 생각하렴."

친구가 이야기한 애비 로드를 찾아 걷고 또 걸었다. 낯선 외지에서 걷는 것은 흥미로움의 연속이다. 스치는 풍경과 지나가는 행인들, 길거리 상점과 간판들에서 때론 재미있고 새로운 것을 느낀다.

길 주변엔 서울에선 보기 힘든 하얀 장미도 보였다.

1969년 음반을 냈던 앨범 타이틀 이름이 「애비 로드」이고 이 앨범을 녹음한 후 비틀즈가 해체된 걸 이제야 알았다. 이곳 스튜디오에선 비틀즈의 팬들이 낙서한 흔적도 보였고 사람들은 기념품을 구경하느라 서성대고 있었다. 나도 비틀즈의 가장 유명한 커버 사진을 흉내 내며 그 앞의 횡단보도를 건넜다.

· 비틀즈를 따라 하며 횡단보도를 건넜다.

나도 그 횡단보도를 걸으며 비틀즈 흉내를 냈는데 신통치가 않고 영 폼이 안 난다. 이럴 때 지인이라도 있었으면 멋진 작품이 나왔을 텐데….

왁자지껄한 Bar의 모습이 생각나며 출출함이 겹쳐 근처의 바로 향했다. 바 문화가 일상이 된 저들을 바라보며 이름도 생소한 에일(맥주)을 들이켰다.

혼술은 외로움과 낭만이 뒤섞이며 고독이라는 근사한 단어를 떠올리게 한다. 여행이 주는 또 하나의 작은 선물인 것이다.

# 친구 덕에 전설의 애비 로드를 걸었던 날을 기억하며 비틀즈의 「I want to hold your hand」 들어 본다.


## 빈티지 있는 내 속옷 —


비행기나 공항 또는 길거리에서 점잖은 신사들의 모습과 매너를 보면 속으로 '나도 저렇게 해야지'라며 다짐하지만 익히기가 쉽지 않다. 늘 촐싹거리며 진중함이 부족한 나는 그들의 몸에 밴 젠틀함이 부러운 것이다. 그 젠틀을 배우는 자세로 오늘 글을 시작한다.

난 고약한 습성이 있다. 오늘 일본 말 좀 쓰니 양해해 주길 바란다.
내 짐 가방엔 점잖지 못하게 색 바랜 빤스, 구멍 난 빤스, 오래된 런닝구가 가득하다. 입고 나면 하나씩 버린다.

"엄마, 빨래 어떻게 해?"
"잉 그거, 미지근한 물에 조물조물 탁탁 털어 널어."

그전엔 그렇게 세탁해서 입었다.

그러다가 작전을 변경해 오래된 내복을 가져가 입은 후에 버리기 시작했다. 이번에는 여름이니 모시메리 내복을 가져왔다. 10년도 넘은 이 깔깔이 팬티는 이제 색이 바래 누렇고 고무줄이 헐렁해졌다.

그런 내 모습을 딸이 집에 왔다 보기라도 하면 '늘어진 빤스 입고 다니는 똥신사'라고 한다.

여름철에 골프장이나 피트니스 갈 때 이 팬티를 입으면 남들 볼 새라 얼른 후다닥 갈아입는다. 저들은 상표 달린 '캘빈…' 하는 것들을 보란 듯이 입고 뽐내듯 천천히 갈아입는다. 나보다 나이 훨씬 많은 그 회장님들도 말이다.
팬티로 남자의 자존심을 세우며 패션을 자랑한다.

젠장… 내 전유물인 올드한 사각 트렁크 팬티만 불쌍하다.

한번은 아내에게 "아니, 나 빤스 좀 좋은 거 좀 사와." 했더니, '야들야들하고 감이 좋아' 샀다는데 색깔도 칙칙한 게 소위 말하는 '짜표다'…. 제기랄.

참다못해 미국에서 별로 비싸지도 않은 '켈빈…' 그것을 몇 박스 사와서 남들 좀 보라고 이제는 느릿느릿 옷 갈아입으며 으스대지만, 다른 사람들은 내게 관심도 없다. 아하!! 남들은 나를 신경도 안 쓰는데 나만 남의 시선을 의식한 것이다.

사실 이 모시메리 내복은 엄마 돌아가시고 49재 끝나던 날 막내 누나가 사준 것인데, 10년도 넘어 지금은 고무줄도 힘이 빠져 헐렁하고 삶아도 때가 빠지지 않는 색 바랜 내복이 되었다. 하지만 난 빈티지 철철 나는 이 하얀 색 깔깔이 내복을 좋아한다.

버리지 못하는 헐렁하고 색 바랜 속옷… 그 내복엔 어머니의 흔적과 누나의 사랑과 어려웠던 시절의 우리 가족애가 담겨 있는 것이다. 어제 런던에는 윤형주의 노래 가사처럼 '우산 쓰면 내리는 비는 몸 하나야 가릴' 정도로 아주 조금 비가 내렸고 어머니의 따뜻하고 고운 눈길이 그리웠는지 베갯잇을 조금 적셨다.

# 김소월 시 '엄마야 누나야」 들어 본다.

영국에서 둘째가라면 서러운, 옥스퍼드와 쌍벽을 이루는, 케임브리지 대학에 갔다. 그냥 가고 싶었다.

나는 서울대학교를 나왔다. 그 SNU 말고 흔히 말하는 'In 서울'이다.

이 글을 읽는 독자 중엔 영화에서 김혜수가 "나 이대 나온 여자야!!!" 하던 대사를 떠올리실 수도 있다. 그래도 할 수 없다. 사실이며 쪽자인데 어찌하겠는가? 가방끈이 짧아 성실이 전 재산인 까닭에 남들이 그랬던 것처럼 나도 부단히 노력했다. 그때 우리 세대에게 미국의 근무 시간인 9 to 5는 딴 세상 이야기였다.

이류(二流) 출신이지만 누구라도 그러하듯이 아이들은 잘되길 바랐으며 스탠퍼드나 보스턴에 있는 아이비리그 대학 쪽에 여행 가서 직접 보여 주며 꿈을 심어 준 적도 있다.

부모가 맞벌이여서 잘 돌보아 주지 못했는데도 불구하고 그런대로 아들은 잘 자라 주었고, 딸은 결혼도 못 하고 늘 저러고 있지만 직장 생활을 해서 독립해 살고 있으니 다행이다.

각설하고, 태양은 작열하고 날씨는 쾌청했다. 정말 오랜만에 빨간색의 이층버스를 탔다. 2층에 떡하니 앉아 있으니 모든 것들이 아래로 보인다. 애들 장난감으로 사 주었던 불자동차가 저렇게 밑으로 낮게 보이니 올라갈수록 조심해야 한다는 말도 맞지만, 위로 올라갈수록 보이는 것도 많다.

기차역으로 향했다. 이 기차역이 1993년 해리 포터의 상상 속의 시발역이었고, 기념하는 행사가 매년 열린다고 한다. 주최 측의 권유로 기념사진을 찍고 나니 우리 집 거실에 놓인 오래전 사진이 떠올랐다.

내 최애의 사진이다. 지금보다 여유가 없었고 4명이 이층침대에 머물며 빨간 이층버스와 지하철을 타고 시내 중심부를 휘젓고 다녔던 기억이 있다. 거기에는 부모들의 젊음과 열정 그리고 아이들의 웃음과 풋풋함이 있었던 때였다. 그 이후에 한 번 더 유럽 여행을 간 것이 우리 네 명의 마지막 여행이며, 나를 골목대장처럼 믿고 똘마니처럼 졸졸 따라왔던 그런 시절들은 오지 않을 듯해 서글프기만 하다.

케임브리지에는 젊음이 가득했다. 저 젊은이들을 뒤따라 가면 목적지에 갈 수 있겠지…. 온 사방에 중국말 소리가 잔뜩 들리며 그네들이 전세라도 낸 듯 중국 학생들이 가득하고, 주변에 중국 식당들만 눈에 띈다. 한국말은 한 소리도 못 들었다.

대학의 건물은 런던 시내보다 고풍스러움이 가득하였으며 학문과 연구의 요람답게 잘 정돈된 고궁 같은 느낌을 주었다.
'이 세상에서 가장 아름다운 곳이 대학'이라고 누가 말했는데 바로 이곳을 두고 말하는 것 같았다.

대학 주변 '수학의 다리'에서는 남녀노소 할 것 없이 많은 관광객이 몰려나와 일요일의 따뜻한 햇볕과 한가로움을 원 없이 즐기고 있었는데, 그것은 바로 '자유의 만끽'이었다. 다이애나 왕세자비가 그렇게 바라던 억압에서의 탈출이었던 것이다.

돌아오는 길, '개를 생각하라'는 문구를 쓴 브랜드 이름이 'Brewdog'인 바에 들어가 치맥 한잔하며 일요일 케임브리지의 하루를 구름에 달 가듯이 그리 보냈다.

# 영국 땅이니 엘튼 존의 「Goodbye yellow brick road」 들어 본다.

## BBC Proms에 가다 __

'영국의 베토벤'이라고 불리는 엘가의 「위풍당당 행진곡」을 유튜브를
통해 보면 청중들의 열광 속엔 BBC 주최의 프롬즈(Proms)가 항상 있다.
런던에 가면 프롬즈만큼은 꼭 가 보리라 다짐했다.

　공연 문화가 일상이 된 그들의 옷차림은 너무나 캐주얼했다. 반바지
에 맥주잔을 들고 콘서트에 홀로 들어오는 그들에겐 자연스러움이 넘
쳐났다. 음악의 도시 비엔나하고는 관중들의 옷차림과 분위기가 달랐
다. 동양인은 별로 눈에 띄지 않았고 영국인들의 악센트가 많이 들렸다.

　이고르 스트라빈스키의 「봄의 제전」을 겨우 힘들게 온라인으로 예
약하니 가슴이 콩닥콩닥 뛰었다. 시드니, 비엔나, 브로드웨이의 공연장
을 가 보았지만, 규모로는 비교가 안 되는 엄청난 크기이다.

　뛰는 가슴을 진정하고 로열 앨버트 홀로 향했다. 한 달 전 빅토리아
여왕의 전기를 읽었기에 '앨버트' 하니 금방 알아챘다. 여왕의 부군인
앨버트 공을 기념하기 위해 약 130년 전에 만들어진 공연장이며, 로열
앨버트 홀 건너편엔 그의 기념비와 황금색 동상이 서 있었다.
　홀 안에 입장하니 줄리 앤드류스와 스티비 원더의 공연 장면도 보이
며 '엘가'라는 바가 홀 앞에 바로 있다.

· 로열 앨버트 홀

　「불새」로 스타덤에 올라 유명해진 스트라빈스키가 이 「봄의 제전」
으로 현대 음악의 개척자가 된다. 공연 1부는 파리에서 90년 전 초연된
이 발레 음악(댜길레프 러시아 발레단 단장이 기획하고 스트라빈스키가 음악
을, 바츨라프 니진스키가 안무를 맡았음)과 쿵쿵거리며 무겁게 도약하는 무
용수들에게 관객들은 야유했고 왜 충격에 빠졌는지 등… 그런 단계를
설명하면시 진행한 듯했다.

　2부에서는 오케스트라의 연주로 시작되었는데 실제 초연을 보고 엘
리어트가 "초원의 리듬을 모터 경적의 비명, 기계의 덜거덕거림, 바퀴
의 갈리는 소리, 철과 강철의 고동, 지하철의 굉음으로 변화시키는 데
성공했다."고 평가했으며 드뷔시는 이 곡을 "현대적인 요소가 모두 포
함된 원시 음악"이라고 평가했음이 프로그램 북에 적혀 있었다.

비전문가인 내가 들어도 불협화음의 조합 같았던 찌그러진 소리가 예측할 수 없는 순간에 불쑥불쑥 튀어나오다 일순간 거대하게 폭발하며 끝을 맺었는데 관중들의 반응은 우레와 같았으며 앙코르가 쏟아졌다(이 연주를 들으며 작년 예술의 전당 세계 무용 축제의 누드 공연을 생각했다. 벌거벗은 세 명의 女神과 세 명의 男神들은 무대에서 원시인처럼 한참 쿵쿵거렸다).

공연을 끝내고 로열 앨버트 홀을 나오는 사람들의 표정은 환하고 밝게 웃고 있었다. 공연은 대성공이었던 것이다.

# 엘가의 「위풍당당 행진곡」 들어 본다.


## 내셔널 갤러리 미술관에서 　　　　　　　　　　　　　　　—

내셔널 갤러리 미술관에 들어서자마자 깜짝 놀랐다. 내가 영어 공부한답시고 조금씩 펼쳐 보았던 옥스퍼드에서 발간된 『적과 흑』의 겉표지에 나오는 주인공이 바로 여기 떡하니 버티고 있었던 것이고 그것은 거장 들라크루아의 작품이었다.

서울에서 관람한 내셔널 갤러리 명화전 「거장의 시선, 사람을 향하다」에서 본 귀도 레니의 그림이 몇 점 걸려 있었다. 스탕달이 피렌체 여행 도중 귀도 레니가 그린 베아트리체 첸치의 그림이 너무 환상적이고 아름다워 넋을 잃고 한 달 동안 시름시름 앓은 적이 있다 하여 그것을 '스탕달 신드롬'이라 이름 지었다고 하는데 그 그림은 피렌체의 성당에 걸려 있다.

한국의 국립 박물관에서는 귀도 레니가 도박에 빠져 그림을 그렸다며 이리 해설하고 있었다. "귀도 레니와 그의 제자들은 성 마리아 막달레나를 주제로 한 그림으로 많은 인기를 얻었다. 도박에 빠져 빚이 점점 늘어난 귀도 레니는 빚을 갚기 위해 빠르고 쉽게 그릴 수 있는 그림을 그리기 시작했다." 자신의 그림 중에 사람들이 좋아하는 주제로 작은 크기의 그림을 여러 개 그려서 판 것이다. 하기야 화투를 대작시킨 사람도 있는데 무엇이 대수겠는가??

전시장에서 르누아르의 「우산」을 보고 비 오는 날 파리 시내의 정경을 묘사하는 것은 인상파 화가들의 커다란 즐거움이라는 것도 깨닫게 되었다.

마네의 생소한 그림이 전시되었는데 「풀밭 위의 점심」이 정말 커다란 대작이더니 이 그림도 대작이어서 마네가 대작 전문임을 새삼 느끼게 된다. 세잔의 턱수염이 잔뜩 난 자화상은 처음 본 듯하다. 모네는 보불전쟁 징집을 피해 가족과 함께 런던에 도망 와서 「웨스트민스터 사원 밑 템스강」 등 40여 점을 그렸다. 명작들을 많이 남겼지만 전쟁에 참여한 르누아르와 비교하면 치사하다.

폴리페모스가 그린 외눈박이 사이클롭스를 비웃는 율리시스의 그림을 보니, 대문호들뿐만 아니라 화가들에게도 영향을 끼친 호메로스의 위대한 서사시가 인류에 남긴 족적이 정말 대단함을 느낀다. 근처의 대영 박물관으로 발길을 옮겼다. 이집트와 메소포타미아 문명의 작품 등을 주로 전시했는데 뉴욕의 메트로폴리탄의 전시와 너무 비슷함이 감흥이 덜함을 느낀다.

# 부드럽고 서정이 넘치는 가브리엘 포레의 「파반느」 들어 본다.


## 나를 잊지 말아요     —

여행 이야기로 스토리를 질질 이어가는 것은 바람직하지 않다.
단지 내 습작 노트에 기록으로 남기고 싶은 것들을 독자분들과 공유하는 것뿐이다. 그리고 이런 작은 이야기들이 다듬어져서 언젠가는 『바람의 언덕에 서서 2편』에 수록되어 첫 장을 펼치며 환희의 미소를 지으면 좋겠다.

런던타워를 나와 템스강 변을 따라 내셔널 갤러리로 향했다.

한 살이라도 젊었을 때 많이 걸으면서 한껏 보고 느끼자는 계산이었으나 이미 꽤 많이 걸은지라 발목은 끊어질 듯 아팠고 허리도 쑤셔 댔다. 찰스 디킨스가 밤거리를 걸으면서 『크리스마스 캐럴』을 구상했다는데 과연 삶은 걷는 것의 연속이던가?

한참을 걸으니 런던 브리지를 스케치하는 나이 지긋하신 화가가 보인다. 세상과 풍경을 스케치하는 이 낯선 화가의 여유와 관조가 무척 부러웠다. 그런데 이분이 피사로나 세잔같이 턱수염을 잔뜩 기른 걸 보니 화가들의 트레이드마크는 수염인가 보다.

북쪽을 향해 계속 걸으니 저 멀리 런던 아이가 보인다. 오래전 가족들과 묵었던 민박집이 생각났다. 말보로 담배 몇 보루를 숙박비와 퉁치며 물물 교환하던 때였다. 영국의 담뱃값이 무척 비쌌고 내 생활이 지금보다 훨씬 궁핍했던 시절이었다. 그래도 우리는 민박집에서 주는 하얀 쌀밥과 기억도 안 나는 국과 반찬 몇 가지에 희희낙락했다.

끊임없이 이어지는 템스강의 파노라마적 풍경과 다리들을 지났다. 워털루 브리지, 런던 브리지, 타워 브리지, 밀레니엄 브리지 등… 케임브리지는 아닌가? 템스강의 강폭과 수량은 프랑스의 센강도 그렇더니 한강의 절반만큼도 되지 않는 것 같다. 그래도 유람선은 거침없이 흙탕물 같은 물길을 가르며 유유자적한다.

가는 중간에 한적하고 조용한 공원 같은 곳에 Temple이라는 표지판이 있어, 'Temple이면 절인데?' 의아하게 생각하며 둘러보았다. 시드니에서 온 중년 부부에게 물으니 유대인들의 교회를 그들은 Temple이라 부른다고 한다. 또한 Court라고 쓰인 곳도 수없이 많아 내가 알고 있는 법원이나 법정과는 뜻이 전혀 다른 궁정 같은 넓은 땅이나 저택을 코트라고 하는 것도 알았다. 영국에 와서 영어의 진수를 배운 것이다.

조금 더 걸어가니 오랜만에 바르셀로나에서 보았던 수많은 돼지 다리가 주렁주렁 걸린 식당이 보였다. 특유의 냄새가 진동했다. 너무 반가워서 실례를 무릅쓰고 들어가서 구경만 하였다.

구글맵을 보니 오늘의 목적지인 내셔널 갤러리가 바로 저긴데 옆에 화려한 호텔이 눈에 띈다. 바로 그 유명한 150년 전통을 자랑하는 사보이 호텔이다. 모네가 이 호텔에 묵으면서 워털루 다리 그림을 41점이나 남겼다고 했다.

갤러리 앞의 트라팔가 광장은 한창 공사가 진행 중이었고 여전히 수많은 인파로 북적거렸다. 나폴레옹의 함대를 격파하고 전쟁에서 승리했지만 전사한 넬슨 제독의 탑도 보인다.

갤러리 투어를 마치고 나올 무렵 물망초를 들고 있는 그림 속 여인의 시선과 마주쳤다. '나를 잊지 말아요'라며 애원하는 눈빛이었다. 그림의 해설은 'Forget me not!!!(물망초, 나를 잊지 말아요)'였는데 모자에 파리가 앉아 있는 디테일을 보여 준다.

물망초… 그것은 모든 여인의 소망이 아닐까!!!

· 「호퍼 家 여인의 초상」, 1470년경,
남부 독일 Swabian

노동자처럼 푸짐한 아침 식사를 먹고 저녁 6시가 될 때까지 물만 마시고 아무것도 안 먹었다. 너무 허기가 져서 주위에 있는 바에서 가장 시원한 맥주를 청하고 한잔 들이켜며 시계를 보니 4시간 30분, 2만 2천 보를 걸었다.

정신을 가다듬으니 주위에서 한국말이 들린다. 한 떼의 젊은이들의 반가운 목소리에 '안녕하세요'라고 인사하려다 말았다. 난 그만 꼰대라는 사실을 잊고 있었던 것이다.

길고 긴 템스강 걷기와 그림 투어는 끝났고 호텔로 가는 지하철을 탔다. 토트넘 코트 로드역… 이곳은 분명 손흥민이 활약하는 그 지역은 아닌데 역 이름은 토트넘으로 시작된다.

뭐 아무러면 어떠냐….

우리 국가대표팀의 리더이자 토트넘의 캡틴인 손흥민이 큰형님의 리더십으로 두 골, 세 골 스트라이커의 기량을 힘껏 발휘해 주며 대한민국의 역량을 전 세계 축구 팬들에게 보여 주길 바랐다.

그날 런던의 하루는 정말 길… 었… 다….

# 가곡 「물망초(Non ti scordar di me, 나를 잊지 말아요)」 들어 본다.


## 내 목이 가늘어서 다행이다                                          —


유명한 이 말을 남기고 단두대에서 목이 잘린 「천일의 앤」의 주인공 앤 불린이 옥에 갇혔던 런던타워 가는 날.

호텔을 나와 지하철로 향했다. 느림보 걸음으로 세월아 네월아 하며 걷는데 전혀 폼이 나지 않는다. 빨리 걸으면 활력은 있어 보이나 인생이 '비바체'같이 흐르는 듯하고 세월이 느리기를 바라면서 '라르고 흉내'를 내자니 완전 할배 걸음이다. 걸을 때는 빠르게 그러나 지나치지 않은 '알레그로 마 논 트로포'가 내겐 적당하다.

런던의 지하철은 처음이다. 영어로 'Underground'라고 하니 'Subway'에 익숙한 우리들은 조금 당황한다. 지하철 입구는 어두침침하고 깨끗하지 못하다.

런던에 몇 번 와 봤다지만 시골 촌놈이나 다름없다. 지하철 안은 덥고 습했으며 에어컨도 없었다. 하기야 우리는 대원군이 쇄국 정치를 할 시절에 런던은 세계 최초로 지하철을 운행하고 있었으니 우리의 지하철 역사가 거의 100년이나 뒤진 셈인데… 지금은 에스컬레이터가 있고 에어컨이 빵빵하니 호랑이를 잘못 키웠다.

런던타워(런던탑)는 가끔 지면에서 「리처드 3세」 연극 공연의 기사를 대할 때마다 조카와 형제들을 런던탑에 가두고 죽인 광기 어린 그는 누구일까? 런던타워는 어떤 곳일까? 하며 정말 궁금했다.

이곳에서 헨리 8세의 천 일 동안 왕비를 했던 앤 불린이 처형장으로 가는 동안 흐트러짐 없이 품위를 지키며 단두대로 걸어갔다고 전해져 그 느낌은 더 애잔하다. 한편 9일 동안 왕으로 재위한 제인 그레이(Lady Jane Grey)는 내셔널 갤러리에서 우연히 본 그림을 통해 알게 되었는데 이곳에서 처형되었다.

· 폴 들라로슈, 9일 동안 왕으로 재위한 「Jane Grey의 처형」, 내셔널 갤러리

그곳엔 화폐를 만들었던 곳, 왕이 살던 침실, 영국 왕실의 보물이 보관되어 있는 곳도 있었으며 교도소와 단두대의 사형이 집행된 광장도 있었다. 처형이 이루어진 그 근방에 근위병의 모습들도 보였고 불귀의 객이 된 영혼을 추모하는 장소도 있었다.

저 멀리에는 런던의 명물 타워 브리지가 보이고 그 아래 템스강이 유유히 흐르고 있었으나 강물 색깔에 몹시 실망했다.

우리나라에선 사극의 처형 장면에 종종 등장하며 흉조로 불리는 까마귀가 이곳에서는 길조의 대접을 받나 보다. 런던에서는 "까마귀가 떠나면 국가가 망한다."는 이야기가 있는데 저렇게 거침없이 뛰어노는 걸 보니 영국의 앞날은 걱정이 없으려나 보다.

일전에는 런던 외곽에 있는 햄프턴 궁에 가서 왕과 왕족이 1년에 먹는 식사량과 헨리 8세의 6명의 왕비에 대한 이력(2명 이혼, 2명 단두대 형, 6십만 갤런의 와인, 소 1,240마리, 2천 마리 넘는 사슴) 등 호화롭고 다채로운 여성 편력의 왕실 히스토리를 본 적이 있다. 가만 생각해 보니 우리 조선 시대 국왕님들은 헨리 8세와는 비교도 안 되게 매우 점잖고 검소했던 것이다.

# 영화 「천일의 앤」 OST 들어 본다.

하이드 파크                                        —

암스테르담을 출발한 비행기가 높은 고도에 다다르자 보름달이 구름 밑에 보였다. 달 위를 날고 있는 비행기도 신기하지만 지구 저 아래 어딘가를 밝혀 주고 있을 보름달은 역시 푸근한 느낌을 준다.

일전에 KLM 항공의 기내 매거진에서 피카소를 집중분석한 기억이 나서 매거진을 펼쳤다. 아니나 다를까 '프리다 칼로'에 대한 기사가 가득하다. 과연 미술의 왕국 네덜란드답다. 늘 고통과 인내의 모습에 익숙했던 터라 머리를 땋아 올린 칼로의 사진은 색다른 듯 보이나 늘 분위기는 비슷하다. 어딘가를 응시하고 있는데 그렇게 편안해 보이지는 않으니 말이다.

· 눈으로 사물을 보지만 영혼으로 그렸다는 글귀가 눈에 띈다.

런던 상공에서 비행기가 하강을 시작하자 하늘에서 본 런던의 시가지는 거미줄보다 더 촘촘하고 복잡하게 이어져 있었다.

미로보다 복잡한 골목 골목을 런던의 택시 운전사들은 티맵도(?) 없이 잘도 다닌다니, 지능 지수가 보통 사람보다 높다고 한다. 거리에서 본 택시의 사이즈가 정말 작고 다 고만고만하다.

하이드 파크 건너편에 숙소를 잡았다. 평소 하이드 파크가 너무 걷고 싶었던 까닭이다. 호텔 창 너머로 장대한 하이드 파크를 바라보는 것도 작은 행복인 것이고 여행 중 아침마다 걸으면서 자연의 공기와 바람을 맞으며 푸르름을 느낄 수 있으니 그것 또한 큰 즐거움인 것이다.

하이드 파크는 켄싱턴 가든과 자연스럽게 연결되며 거대한 면적을 자랑한다. 뉴욕의 센트럴 파크가 테마파크 같은 문화 공간이라면 이곳은 그냥 넓은 잔디밭에 털썩 앉아 쉬어 가기 좋은 소음 없고 조용한 정원이며 공원이요 산책로의 편안한 느낌이 드는 곳이다.

탐색하는 기분으로 첫 산책에 나섰다. 여기서도 여지없이 몸무게와 사투를 하며 조깅하는 모습을 곳곳에서 볼 수 있는데, 뉴욕처럼 웃통 벗고 뛰는 사람은 보이지 않으니 자유스러움과 영국 신사의 점잖음(?)이 비교되기도 한다.

그런데 특이한 것은 많은 사람이 선글라스를 끼고 있지 않다는 사실이다. 아마도 햇빛이 귀해서 선글라스조차 허용 안 하는 것일까?

한참을 걸으니 유명한 헨리 무어의 조각 「The Arch」와 피터 팬의 동상도 보인다. 갈대들로 휩싸인 호수에서 '아~ 아~ 으악새 슬피 우니'의 고복수의 「짝사랑」이 생각나 공연히 센치해진다.

거위들이 자유롭게 거닐고 있는 자그마한 수로인 '다이애나 왕세자비의 추모 샘(THE DIANA PRINCESS OF WALES MEMORIAL FOUNTAIN)'에 도착했다. 여기 어디선가 비를 쫄딱 맞고 우산을 접은 채 루치아노 파바로티와 자선 공연을 관람했을 왕세자비의 자애로운 미소를 생각하고 잠시 묵념하였다.

· 다이애나 왕세자비의 추모 샘

하이드 파크에서의 첫 산책은 푸르름에 파묻힌 채 흐트러진 마음과
기분이 나도 몰래 정리되며 그렇게 지나갔다.


# 이 하이드 파크에서 공연을 벌인 퀸의 「보헤미안 랩소디」 들어 본다.

더블린에 도착했다. 그렇게 다시 오고 싶은 곳을 오니 벅찬 감정에 사로잡혀 무엇부터 써야 할지 모르겠다.

아침 일찍 더블린 외곽에 있는 골웨이를 가는 기차를 탔다. 두 시간 반 정도 되는 거리니 서울서 대전쯤 된다고 보면 되겠다. 날씨는 화창했고 기차는 사람들로 북적거렸다.

끝없이 펼쳐지는 들판에는 한가롭게 양 떼와 젖소들이 목초를 뜯고 있었으며 가끔 보이는 시골의 집, 인적이 드문 간이역과 오래된 고성에서 고즈넉한 느낌을 받는다. 중세 시대의 기사들이 등장하는 영화에 나오는 그런 모습이랄까?

이 낯선 곳에 왜 일부러 왔냐고 물으시면 난 이리 대답한다.
"나하고 눈이 맞을 여성과 부킹을 할 수 있는 절호의 찬스를 갖기 위해서."라고….
비공식적인 인터내셔널 부킹 페스티벌이 9월 1일부터 10월 초까지 이곳 골웨이에서 열려 유럽의 사람들이 몰린다고 하니, 별난 페스티벌도 다 있다. 굴 페스티벌도 있다는데 어떤 종류의 굴 잔치인지 궁금하다.

내가 왜 이곳에 다시 오고 싶었는지 일전에 게시한 글을 다시 옮긴다.

"더블린을 찾는 사람들은 제각기 다른 설렘을 갖고 그곳으로 향한다. 몇억 년 된 기암절벽인 모허의 절벽(Cliffs of Moher)을 보러 오거나 제임스 조이스와 오스카 와일드의 흔적을 찾거나 음악 페스티벌을 찾는 사람 등 각각의 어젠다를 가슴에 지닌 채...."

이번에 간 곳은 지난번 모허의 절벽보다 조금 떨어진 골웨이의 중심지라서 느릿느릿한 삶은 찾아볼 수 없었다. 오직 시끌벅적한 관광객과 음악만이 넘치는 아이리시 바의 멋과 낭만만을 한껏 자랑하고 있었는데, 한국의 연예인들이 이곳에서 버스킹을 했다고 하니 꽤 근사한 도시임에는 분명하다.

난 왜 왕복 5시간의 기차 시간을 축내며 하루를 이곳에서 허비했을까? 그것은 따뜻함을 느끼고 확인하고 싶었던 나의 욕망이었다.

비록 지난번에 보았던 행운의 무지개와 낯선 나그네를 반겨 주던 그 지역 주민들의 따뜻한 친절함과 페치카는 찾을 수 없었지만, 그 대신 춤과 음악과 자유가 넘치는 낭만을 볼 수 있었다. 그리고 그 욕망은 한없이 계속 꿈틀거리며 타오를 것이다.

욕망이란 두렵기도 하지만 때로는 삶의 풍요로움을 생기게 하는 것!!!

돌아와서 지친 몸을 쉴 겸 묵고 있는 호텔에서 오랜만에 제대로 된 저녁을 시켰다(그동안 맥주와 컵라면으로 해결했다). 시장이 겹쳐서 그런지 뛰어난 비주얼과 맛을 선보인 관자 요리가 돋보였는데 샴페인 한잔과 저들이 자랑하는 바로 옆에 있는 기네스 공장에서 가지고 왔을 맥주의 사진을 올리는 것은 플렉스일까?

# 아일랜드에 왔으니 「이니스프리의 호도」 들어 본다.

가지고 온 낡은 속옷을 마지막으로 버린 걸 보니 집에 가는 날인가 보다.

베짱이처럼 놀고 부킹에나 한눈팔려 정신 줄을 놓으니 내 사랑 댕댕이는 보고 싶지도 않았다. 우리 심바는 내게 늘 한결같은데.
설마 내 사랑이 식은 것은 아니겠지?

글을 읽어 주시는 독자분들은 느끼셨는지 모르겠지만 난 '늘'이란 표현을 즐겨서 쓴다. 인이 박여서 그렇다.
'늘'에는 부정보다 긍정적인 표현이 가득해서 그 단어를 집어넣으면 무언가 좋은 느낌이 담겨 있는 것 같아 쓰고 싶은 것이다.
거기에는 오늘 내가 말하고 싶은 '한결같음'의 뜻도 포함되겠다.

또한 '한결같다'는 순수 우리말은 풍기는 뉘앙스가 부드러워 나도 모르게 좋아하게 되었는데 성실, 변함없는 행동 등을 뜻한 게 아닌가 싶다. 온 천지에 얌체가 가득한 '얌체 인간' 시대에 사람이 한결같기는 그리 쉽지 않다.

글을 매일 읽어 주시는 그분들의 마음이 한결같아 신뢰하게 된다.
신뢰에는 뜻 그대로 믿음이 담겨 있는 것이어서 마치 '보이지 않는 언약'이 맺어진 것이라 할 수 있겠다.

시시한 글을 기다리고 잘 읽어 주는 독자들을 생각하면 내가 어디 있든 거기가 어디든, 새벽이건 낮이건 간에 간단하게라도 꼭 끄적거리고 싶다.

그런데 이렇게 한결같으면 좋으련만 인간이기에 어쩔 수 없는 것이, 나이가 드니 자꾸 변색되고 퇴색한다. 그래서 나는 가끔은 삐지기도 하고 금방 풀어지기도 하고 변덕이 죽 끓듯 하지만 그래도 얌체는 아닌 것 같아 다행이다(자칭 비얌체, 타칭 얌체일지도 모른다).

그러고 보니 우리말은 '한결같은' 고운 말도 있지만 아래의 이런 말도 있다. 난 이런 유형의 사람들은 '글쎄올시다'이다.

두리뭉실 넘어가며 뜨뜻미지근한….
'한결같다'는 것을 이야기했으니 한 글자 중 내가 좋아하는 표현을 간단히 대 본다면, "잔정 있고, 늘 따뜻하고 불같이 뜨겁고 이런 분들과 술 한잔하면 살맛 나겠다."

또 싫어하는 건 '싼' 자 늘어가는 '개짠지', '짠돌이' 등이며 목에 힘주는 것(바로 나) 등이다. 특히 짠순이는 절약이 몸에 밴 아내에게 내가 남 몰래 붙인 별명이었는데 요즘도 식당가면 팁 안 줘도 될 자리에 웬 팁을 그리 턱턱 주냐고 가끔 핀잔을 주지만, 변덕이 심하지 않으니 참으로 다행이다.

이젠 나이도 먹었으니 내 마음도 늘 한결같기를 바라 본다.

한결같은 것에 대하여

한결같은 것은 변색되지 않고 퇴색하지 않는 것!!!

# 빌리 조엘의 「Honesty」가 '한결같다'는 것과 뉘앙스가 비슷해서 들어 본다. 노래방서 불러 본 지 꽤 되었다.
  여행 이야기만 하면 노잼이어서 꿀잼 이야기하려다 스토리가 이상하게 변색되었다. 이렇게 난 늘 변색된다. 젠장, 폭망했다!!


## 더블린 문학 박물관에서

난 글을 잘 쓰고 싶은 욕심이 있다. 20세기 인류 문화, 특히 문학에 커다란 족적을 남긴 작가에 대해 새로운 것을 보고 느끼는 것은 큰 기쁨이요, 그들이 태어나고 자란 현장에서 글 쓰는 욕망과 열정을 배우는 것은 나의 바람이다.

  노벨 문학상 수상자를 4명이나 배출한 더블린에 세계 최초의 문학 박물관이 있다는 것은 그리 놀라운 일은 아니다. 박물관 주변에는 넓은 정원이 펼쳐져 있었으며 한 떼의 청년들이 모여서 열심히 무언가를 얘기하고 있었다. 제임스 조이스의 후예들인가?

안내를 따라 3층으로 된 문학관을 둘러보았다. 그들은 더블린을 스스로 문학의 도시라 불렀으며 도시 전체가 문학이란 이름으로 뒤덮여 있었다.

그동안 인터넷이나 책으로만 배웠던 제임스 조이스의 일생과 그의 친구, 후원자들을 비롯해 또 다른 노벨상 수상자들인 예이츠와 사무엘 베케트, T.S. 엘리엇 등과의 관계, 그리고 특히 그가 『율리시스』를 통해 아일랜드와 전 세계에 끼친 엄청난 영향력을 알게 되었다.

문학관은 주로 제임스 조이스에 집중되었으며 예이츠와 다른 작가 등에 관해서도 전시되었는데 예이츠가 노벨 문학상 수상자로 결정되었다는 전보도 볼 수 있어 또 다른 느낌을 받았다.

한편 『율리시스』가 전 세계 99개의 다른 언어로 출판되었다고 소개된 전시장엔 한국어 번역판이 빠진 채로 전시되어 있었는데, '관람객 중에 그 나라 언어로 된 책이 보이지 않으면 이야기하라'고 적혀 있었다.

눈을 씻고 찾아봐도 한국판은 볼 수가 없어서 전시관측에 이의를 제기했으니, 내가 문제점을 최초로 지적한 자랑스러운 한국인일 수도 있겠다. ㅎㅎ

한쪽에는 첫 번째 인쇄된 『율리시스』가 전시되어 있었으며 유명한 마지막 문장이 적혀 있었다. "Yes I will Yes."

한편 이곳을 찾은 더블린 분들과 관람하면서 자연스레 담소를 나누게 되었으며 200년 전 발생한 감자 기근으로 100만 명이 아사했고 약 팔백 년 동안 영국에 억압받아 그들의 언어인 게일어와 문화를 빼앗긴 고통의 역사에 대해 이야기했다.

내가 일제 시대와 6.25 동란 등을 이야기하자 동질감을 느꼈는지 서로 금방 친해졌으며 우리는 잠시 동안 친구가 되었다.

나는 헤어지면서 "굿 더블리너스."라고 작별 인사를 고했는데 그분들은 나의 위트를 이해하며 함박웃음을 지었다. 제임스 조이스의 또 하나의 역작인 『더블린 사람들』을 인용하여 "좋은 더블린 사람들"이라며 칭송했더니 그들은 금방 알아챈 것이다.

· 기념관에서 『더블린 사람들』을 샀는데 참으로 행복한 날이었다.

호텔로 돌아오는 길. 아일랜드에서 제일 오래된 Brazen Head라는 펍에서 더블린에서의 마지막 기네스와 매콤짭짤한 닭다리로 여행의 대미를 장식했다.

거리로 나오자 리피강과 다리는 아름다워 보였고 하늘은 파랬다.
이국에서 나도 모르게 가을을 맞고 있던 것이다.

# 영국의 민요에서 전래되었다는 본 윌리엄스의 「푸른 옷소매 주제에 의한 환상곡」 들어 본다.



## 더블린, 당신은 춤추는 도시                                    _


집에 오니 한낮의 늦더위는 아직 살아 있고 아침저녁엔 가을의 기운이 가득하다. 쌓이는 전단지에서 추석이 다가옴을 느낀다.
다 못 담은 더블린 이야기를 계속하고자 한다….

그들은 이곳 더블린을 이렇게 표현하고 있었다.
"더블린 당신은 춤추는 곳입니다. 마을의 널브러진 곳에서…."

호텔과 길거리와 Bar 곳곳에 버나드 쇼, T.S.엘리엇, 제임스 조이스 등의 사진 및 소설 속의 문장과 노래의 가사가 넘쳐 흘렀다. 『율리시스』를 들여다봐서 그런지 육 년 전에 왔을 때는 안 보이던 것들이 지금은 보이기 시작한다.

호텔 방 안에는 출처도 모르는 노래의 가사가 크게 벽에 쓰여 있었다. 찾아보니 이런 내용인데 참으로 난해하다.

"명예의 전당에 우뚝 올라서
그야말로 온 세상이
네 이름을 알게 될 테니
감히 쳐다볼 수도 없이
밝게 빛나는 네 모습에"

- 명예의 전당, 가사 중

전날 갔던 골웨이에서 몇 년 전 나를 반겨 주었던 정감 가는 빨강 코 주부 아저씨들을 못 만난 아쉬움은 있었으나 더블린 시내의 아침은 활기차게 시작되었다.

중심가를 걸었다. 더블린의 상징인 빨간색 템플 바가 눈에 들어왔다. 종업원들은 손님을 맞기 위해 전날의 지저분한 흔적을 치우느라 분주하게 움직이고 있었다. 아침 9시 30분부터 라이브 음악은 시작되었고 외지에서의 방문객들로 Bar는 금세 활력이 넘치며 그들은 값비싼 기네스를 마셔 댔다. 더블린 사람들은 우리에게 원샷을 부추기며 방문객을 유혹했다.

"One sip at a time(한 번에 다 들이킬 것)!!!" 그넘의 원샷은 세계 공통 언어다.

아일랜드의 우상 제임스 조이스는 여기 Bar에서도 책과 기네스를 손에 쥐고 그의 유명한 문장들에 둘러싸인 채 앉아 있었다. 이름 모르는 가수의 동상도 함께.

· 한 번에 600명을 수용할 수 있는 Temple Bar

지긋이 나이 든 가수는 라이브 공연을 준비하느라 기네스 한 모금으로 목을 적시며 목청을 가다듬었다. 곡은 낯설었고 가사는 모르겠지만 조곤조곤 시인의 목소리로 읊조리듯 노래를 불러 대고 있었다.

더블린의 아침, 그곳은 바깥은 고요하고 평온했지만 Bar에서는 이른 아침의 해장술과 시끄러움이 넘쳐흐르는 곳이었다.

명문 트리니티 대학 쪽으로 발길을 돌렸다. 이 대학에서 오스카 와일드가 공부를 했고 옥스퍼드 대학을 거치면서 승승장구했던가??

그곳 잔디밭에서 더블린 사람들은 몇 세기 동안 잃었던 자유를 마음껏 향유하고 있었다.

혹자는 지난주 내가 런던에서 며칠 묵으며 게시글을 쓰니까 "치… 겨우 며칠 갖고 그렇게 폼을 잡아? 한 달도 아니면서!!!"라며 내 야코를 팍 죽이실 거다. 사실 맞는 말씀이다. 몇 번 왔어도 그전엔 대충 훑었으며 런던의 거미줄 같은 좁은 도로를 택시로만 이용한 불량 여행객이었다. 그러나 이번에는 달랐다. 더군다나 더블린에 대해서는 그분들께 나도 할 말이 있다.

런던 갖고 뻐긴다고 나를 얕잡아 본 분들은 내가 더블린을 계속 이야기하면 코가 납작해질지도 모른다. 가끔 이렇게 독자분들께 너스레를 떨면 나도 묘한 쾌감을 갖는데 그런 기분으로 더블린의 칵테일에 대해 이야기한다.

더블린 호텔의 칵테일 메뉴는 정말 표현이 직설적이고 다채로웠다. 다양하다 못해 괴감하다. 원래 칵테일 이름에 '오르가즘' 등 별난 이름을 붙이며 손님들을 유혹해 수입을 올리는 것이 장사치들의 속마음이어서 그러려니 했지만, 이 동네는 좀 유별났다. 세계 각국을 돌아다녔다고 허풍떨고 다니던 내가 한 방 맞았다.

단계별로 이루어져 있는 칵테일에 대한 표현과 고객에게 감동을 주기 위한 노력이 메뉴에 배어 있어 아름답게 보이니 과연 아이리시답다.

"부드럽게 꼬인 칵테일이라니!"

"우리의 칵테일은 아일랜드 전통 술 노래(권주가)의 구조에서 영감을 얻어, 시작 단계의 가볍고 조화로운 식전주 스타일의 음료부터 베이스가 짙고 자극적인 '피날레'의 다이제스티프까지 다양한 칵테일을 보유하고 있으니 고객님의 코드에 맞추기 위해 준비한 부드럽게 꼬인 칵테일을 발견하실 겁니다."

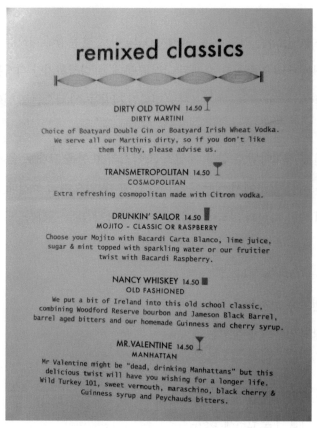

· 메뉴를 보았는데 탐이 나서 몰래 슬쩍 훔치고 싶었다.

최종 빨대, 레드벨벳 밴드, 장갑차, 미친 사랑, 어두운 로잘린.

내 눈의 사과, 판단 불가, 녹슨 면도기, 올트 삼각형, 손익분기, 사랑의 책, 대도시 환승역, 오래된 더러운 동네, 술 먹은 선원과 미스터 발렌타인 등이 메뉴 이름이다(마티니 이름에 '더럽고 오래된 동네'와 모히토에 '술 취한 선원'이란 표현을 붙였다).

우리 주변에 널려 있는 사물들의 이름을 칵테일에 붙인 것은 아마도 제임스 조이스라든지 이런 작가들에게서 영향을 받았으리라 추측된다.

예를 들면, '녹슨 면도기'는 『율리시스』의 바로 첫 문장에 나오는 면도하는 장면에서 따온 듯하고 '오래된 더러운 동네'는 '다정하지만 너저분한 더블린(사랑하는 더러운 더블린)'이라는 『더블린 사람들』에 나오는 표현이다.

이런 표현이야말로 악동 제임스 조이스의 표현을 그대로 옮기며 그를 자랑하는 발로에서 비롯된 것이라고 할 수 있으며 추측건대 그만큼 메뉴에 대한 자신과 나라에 대한 자부심이 담겨 있는 듯하다.

지구 반대편, 더블린.
한 번도 가 보지 않은 곳에서
내 삶의 일부를 발견한다.
(중략)
다정하지만 너저분한 더블린에서
어느 시절 나를 만나게 될까.

다정하지만 너저분한 더블린

I feel a ton better

since I landed again

in dear dirty Dublin....

-『더블린 사람들』중

나는 이미 기네스를 한잔 걸친지라 칵테일에는 자신이 없어 이 지역에서 나온 맥주를 추가하며 치즈와 온갖 해산물을 버무려 프라이팬 지지고 볶은 이름 모를 안주를 시켰다.

그렇게 더블린의 밤을 즐기고 있는데 옆자리에 한 떼의 사람들이 몰려왔다. 그들은 먼저 식전주로 기네스 맥주를 시켰는데, 제일 연장자인 듯한 사람이 건배하면서 자기 잔을 상대방 잔 밑에 놓으며 잔을 부딪쳤다. 우리와 똑같은 스타일이었다(사실은 아랫사람이 잔을 내리지만).

아… 새로운 것을 배웠다. 시니어가 잔을 낮추는 것이다(다른 여러 나라도 그럴지 모르는데 내가 눈여겨서 안 보았다).

다소 괴상하며 자유분방함이 가득한 칵테일 메뉴를 보며 이름 모를 맥주를 마시면서 나를 여기에 다시 오게끔 계속 손짓한 내 마음의 누구에게 감사를 드리며 들판의 쌍무지개는 못 보았지만, 엘리베이터 속에 적혀 있는 시에서 무지개를 보았으니 로또 복권이라도 사야겠다.

내가 평소 무시한 장유유서를 아일랜드에서 배웠다. 잔을 낮추는 시니어의 겸손함이다.

　＃「카타리」라고도 불리는「무정한 마음」들어 본다.


## 신문 읽는 즐거움 　　　　　　　　　　　　　　　　　—

여행 가서 한 가지 아쉬운 게 있다면 신문을 못 보는 것이다. 물론 핸드폰을 통해 간단히 읽을 수 있지만, 신문을 넘길 때의 바스락거리는 소리와 요즘은 거의 없어진 잉크 냄새의 흔적이 좋아서 인터넷으로 보는 신문은 재미가 덜하다.

　"아! 올드하게 요즘도 신문 읽으세요?"라는 분도 계실 텐데 이 신문은 어릴 적 뒷간 갈 적에 보들보들해질 때까지 마구 구겨서 볼일 본 후의 뒤처리를 해결해 주었던 생필품이었다.

　더군다나 어릴 적에 아버지가 신문 읽는 틈을 타 어깨너머로 읽던 『삼국지』, 특히 '청룡언월도'를 휘둘러 대던 '관운장'의 기개와 충정에 재미 들였다가 중학생이 되자 아버지 몰래 힐끗힐끗 보던 최인호의 『별들의 고향』, 그리고 정비석의 기녀열전(?) 『황진이』에서 특히 황진이가 화담 서경덕을 유혹하며 교태 넘치는 '속곳 가랑이' 등을 묘사하는 장면은 아직도 기억이 생생하다. 한편 한자(漢字)를 배우던 시대라 그 당시 신문을 읽으면서 틈틈이 한자 공부도 병행할 수 있었다.

성인이 되어서는 김두한의 『인생극장』에서 김두한과 하야시의 대결 장면 등과 오랫동안 연재된 최인호의 『불새』나 『도시의 사냥꾼』 등도 즐겨 읽었던 기억이 있다.

요즘은 백영옥 작가의 칼럼, 김진영 교수의 『자작나무 숲』과 포스텍 우정아 교수의 그림 해설인 『아트 스토리』, 김지수 작가가 주관하는 석학들이나 유명 작가들과의 인터뷰는 가급적 놓치지 않으려고 노력한다.
또한 약방의 감초 같은 「萬物相」은 사회 전반에 걸쳐 이슈가 되는 토픽을 자유롭게 풀어내어 심심찮게 읽는 편이다.

특히 박진배 교수의 「공간과 스타일」이라는 칼럼에서는 세계 여러 나라의 생활 풍습과 건축 양식, 주거 공간 및 그들의 음식 등 문화 전반에 대한 느낌을 간략하면서도 촘촘히 엮어 내고 있다. 가끔 내가 본 것과 비슷한 느낌을 게재하여 공감하는 즐거움을 느끼기도 한다.

그런데 요즘 분리수거 하면서 신문지의 양이 자꾸 줄어드는 걸 보니 폐지 줍는 분들과 신문사를 울상짓게 하는지도 모른다.

잉크 냄새와 추억이 가득했던 신문… 아버지 어깨너머로 그 신문을 보며 '다음 장면은 어떻게 전개될까?' 하며 기다리는 설렘도, 곁에 계시던 돋보기 끼신 아버지의 모습을 뵌 지 이십 년도 지났으니 신문이 내게 주는 감정은 가끔 슬프기도 하다.

그러니 이런 추억을 갖고 있는 나에게 "아직도 신문을 보시나요?"라는 질문은 내게 꽤 도전적인 질문이지 않을까?

"왜 생뚱맞게 갑자기 신문을 들먹이나?"라는 분이 계시면 다음 페이지를 보시면 아시게 되겠다. 십 리 앞을 내다보는 저자의 혜안에 독자분들은 감탄할지도 모른다. ㅎㅎ

#신문으로 장미를 만들 수 있을까?
아주 오래된 노래 「Paper Rose」 들어 본다.

## 순대를 아침에 먹는 나라  —

나는 보통 하루에 한 번 쌀로 된 밥(식사)을 먹는다. 밥 하기를 싫어하는 탓인지 아니면 건강식을 고집하는 아내의 고약한 버릇 때문인지 아침은 야채와 빵 한 조각으로 때우고 점심은 견과류, 그리고 저녁때야 비로소 제대로 된 밥을 그것도 딱 몇 가지 반찬만 해서 먹는다.

점점 홀쭉이가 돼 가니 불쌍하기 짝이 없다. 그래서 어쩌다 바깥에서 저녁 먹는 날이면 주위 눈치도 살피지 않고 아귀같이 허겁지겁 먹는다. 제일 행복한 순간이다.

당연히 영양이 부족하다. 부족한 영양은 해외에 있을 때 아침을 산더미처럼 잔뜩 쌓아 놓고 먹는 것으로 보충하는데 박진배 교수의 며칠 전 칼럼을 보니 런던서 내가 먹던 아침 식사의 사진과 비슷하다.

내가 런던에서 "아침 메뉴에 궁금증이 있어 누구한테 물어보나?" 했더니 교수님이 용케 알고 칼럼을 게재하였으니 내가 천리안을 내다보는 비상한 재주를 가지고 있는 거 아닌지??
아니면 칼럼니스트인 교수님인지.

런던 도착 첫날 호텔 식당에서 까맣고 하얀 순대를 접하고 이를 즐겨 먹는 영국인의 습성에 놀랐다. 서양인의 식단에 아침마다 소시지와 커다란 베이컨과 함께 늘 순대가 나오다니….
'해가 지지 않는 나라'라고 떠들어 대는 그들도 우리네를 따라 순대를 먹는 것이다.

지구 반대편에서 맛보는 순대는 싱겁고 밍밍했지만 요크셔나 버크셔 종의 돼지를 사용했는지 오동통했으며 순대 속에 잡채는 없었지만 제법 촘촘했다. 그리고 같이 나온 버섯 크기에 놀랐음은 물론이다.

난 이 칼로리 가득한 아침 식사를 배불리 먹고 점심은 생략한 채 저녁때까지 버틴다. 마치 영국의 노동자처럼 말이다.

박진배 교수의 칼럼을 소개한다.

영국식 아침 식사를 뜻하는 '잉글리시 브렉퍼스트(English Breakfast)'는 꽤 널리 알려진 용어다. 전통적으로 영국인의 중요한 끼니이자, 외식의 11%를 차지할 정도로 비중이 크다. "영국에서 잘 먹으려면 하루 동안 아침을 세 끼 먹으면 된다."는 작가 윌리엄 서머싯 몸(William Somerset

Maugham)의 표현에 많은 영국인들도 동의한다.

원래 영국에서 아침 식사는 귀족들 사이에서도 보편적이지는 않았다. 귀족들은 특별한 일과가 없으므로 아침을 든든히 차려 먹을 이유가 없었던 것이다. 단지 집에 투숙하는 손님이 있을 경우, 접대 차원에서 푸짐한 아침 식사를 제공했다. 본격적인 영국식 아침 식사는 '해가 지지 않는 나라'의 별명을 얻게 된 빅토리아 시대에 시작되었다. 산업혁명 이후 공장에서 일하는 노동자들의 칼로리 보충을 위한 요구로부터 토스트와 함께 베이컨, 계란, 소시지, 순대의 일종인 하기스(haggis) 등이 제공되었다. 1, 2차 세계대전 이후에는 구운 토마토와 버섯이 첨가되면서 오늘날 우리가 알고 있는 '잉글리시 브렉퍼스트' 메뉴가 완성되었다.

나는 박 교수 칼럼의 애독자인데 위의 글에 따르면 그만 나는 귀족의 신분을 잃어버리고 평민이 되고 말았다. 순대를 산더미같이 먹고 자랑스럽게 템스강을 걸었으니 말이다.

그런데 영국의 순대 맛은 영 파이다!! 특이한 맛도 없고 겨자를 찍어 먹어도 내 혀의 반응이 신통치 않다. 우리 재래 골목 시장에서 모락모락 김이 나는 갓 쪄낸 순대에 깨소금 찍어서 먹는 그 맛…. 거기다 돼지 간과 편육까지 한 점 맛보면 정말 근사하지 않겠는가?

막걸리가 생각나는 아침이다.

# 베토벤이 햄릿의 『템페스트』에 영감받아 작곡한 피아노 협주곡 「템페스트 3악장」 들어 본다. 윤정희 없는 백건우가 오늘따라 안쓰럽게 보인다.


## 하숙 칩니다

    지금은 거의 볼 수 없지만 대학교 근처를 지나가면 '하숙 놓습니다'라는 전단지를 가끔 보게 되는데 그런 집을 보면 궁금증과 호기심이 동시에 생겼다.

    하숙집에서 학교 다니는 과 친구들을 보고 그들의 자유로움이 부러운 적도 있었다. 한편으로는 영양 부실과 연탄가스 중독이라든지 그런 조심스러운 것도 있었지만 말이다.

    내가 아는 소설 속에서 하숙하면 제일 먼저 떠오르는 것은 주요섭의 『사랑방 손님과 어머니』이다.

    "아저씨가 삶은 달걀을 좋아하는 것을 알고 어머니께 말씀을 드리자 어머니는 아저씨 밥상에 삶은 달걀을 놓아 드렸어요."

두 번째로 생각나는 게 코리안 디아스포라 소설로 밀리언셀러가 된 이민진의 『파친코』이다.

여기에서 주인공 순자의 엄마는 하숙을 치며 생활을 꾸려 나가는 것으로 장편 소설의 서두가 전개된다(그런데 이 소설은 동일 인물을 1권에서는 '순자'로, 2권은 '선자'로 번역했는데 정말 알쏭달쏭했다. 원작자 이민진은 알고 있는지?).

지난주 더블린 문학 박물관에서 기념으로 구입한 『더블린 사람들』을 거의 다 읽었다. 15편의 짧은 단편을 수록한 책이다. 생각날 듯 말 듯 한 거리의 이름이 나오니 내가 마치 더블린의 어느 펍에 앉아 읽는 것처럼 상상되어 e북으로 접했을 때와 느낌이 전혀 다르다.

제임스 조이스의 주변에 대한 일상과 친구들 이야기를 소설화한 것인데 오늘은 『하숙집(The boarding house)』이란 작품을 짧게 이야기한다.

'하숙집' 하면 여러 가지 떠오르는 게 있다. 첫 번째로 하숙하러 온 누군가가 가정교사가 되어 주인집 학생과 눈이 맞아서 결혼하는 수도 있다. 그리고 가끔 있는 경우지만 군 시절 하숙하다가 하숙집 딸과 정분이 쌓여서 그리되는 수도 있다. 또한 영화에는 가끔 하숙집에서 애정 행각을 벌이는 장면들도 보이곤 했다('눈이 맞는다'는 나의 천박한 표현을 용서해 주시기 바란다. 내 자신의 용모에 대해서 눈이 왕방울이라든지 코가 들창코나 벌렁코라고 표현하는 것은 다 이해가 되고 용서할 수 있다. 하지만 내가 남에게 천박하게 보이는 것은 두고두고 후회가 되고 용서가 안 되어 정말 경계한다. 내가 어쩌다 잘나 빠진 유머나 19금 이야기를 하려면 정말 조심하게 된다. 비록 내가 천박하다 할지라도 남들에게는 그렇게 보이기 싫은 까닭이다).

　소설 속에서 와인 샵 점원인 도란은 하숙집 딸인 폴리와 본의 아니게 정분을 맺게 된다. 더블린이 매우 작은 도시라 소문이 빠른 까닭에 잘못하면 직장을 잃을 수도 있고 주변의 평판을 중시하는 도란은 결혼을 할까 도망갈까 고민하게 된다.

　하숙집 엄마는 딸과 하숙생과의 관계를 눈치채고 언제 이야기하나 고민하게 되는데 딸의 임신 사실을 알게 되자 이때부터 본격적으로 하숙생을 밀어붙인다.

　요즘 같으면 어림도 없겠지만 모녀의 계략과 오빠의 죽일 듯한 위협에 굴복해 결국 결혼할 수밖에 없게 된다.

　1910년대 만들어진 제임스 조이스의 첫 작품인데 주위에 있는 실제의 이야기들을 무척 솔직 담백하게 표현하고 그려 냈다.

　시대를 떠나 모든 부모는 딸이 첫사랑과 결혼해 주기를 바라는 것인가? 어느 가수가 부른 「무기여 잘 있거라」의 가사가 생각난다.

　# 팬텀 싱어 중 「Notte stellata(별이 빛나는 밤에)」 들어 본다.
　생상스의 「동물의 사육제」 중 「백조」를 정말 근사하게 노래로 담았다.

조석으로 가을 기분은 완연한데 한낮의 기온은 여름의 끈적함이 가득하다.

선물 받은 코발트색의 작은 술병과 크리스털로 된 앙증맞은 술잔을 보니 '언제 저걸 먹지?' 하며 입맛을 다시는데 일본인의 작은 것들을 말씀하신 이어령 교수님의 『축소지향의 일본인』 생각이 아침부터 가득하다.

컬러풀한 술병 탓인지 아니면 아침 김진영 교수의 칼럼 때문인지 기분이 Up 된다. 왜 신문은 내 글을 따라 하는가? 어제 내 글에서 천박함을 이야기했더니 오늘 칼럼에 '천박함'이 나오고 도스토옙스키의 『백치』가 등장하며 『전쟁과 평화』에서 엘렌이 급사하는 내용과 내 단골 메뉴인 『안나 카레니나』까지 나온다. 죄다 내 예전 글들을 베낀 듯하다.
우리 글쓰기 멤버 중에 스파이, 즉 제보자가 있는 것인가(내 구라와 잘난 척은 보통이 아니고 엄청 세다)? 하지만 칼럼에 공감이 가고 러시아 문학에 애정이 가는 건 사실이다.

주제를 바꾸어 아일랜드 문학으로 넘어간다.

지금 한국에서 천상의 목소리를 가진 소프라노를 꼽으라면 워낙 출중한 성악가들이 많지만, 그중에서도 많은 분들이 조수미를 떠올릴 것인데, 아마도 그녀의 관록과 연륜 그리고 세계 무대에서의 명성 때문에 그럴 것이다.

조수미의 시그니처 곡이 무엇이냐고 물으면 난감한 질문인지 모르겠지만 나는 단번에 「나는 대리석 궁전에 사는 꿈을 꾸었네」라고 거침없이 대답한다. 멜로디가 아름답기도 하지만 신이 내린 목소리 조수미의 청아한 목소리가 자연스러움의 극치를 우리에게 선사하기 때문이다.

조수미의 노래가 그토록 아름답다면 영어로 된 단편 소설 중 가장 아름다운 소설은 무엇일까? 많은 사람이 제임스 조이스의 『더블린 사람들』을 꼽는다고 한다. 그 책을 더듬더듬 그리고 조심스럽게 읽는데 종종 오페라 이야기가 나오며 「보헤미안 걸」이 등장하더니 급기야는 이런 대사가 나온다. 바로 조수미의 시그니처 곡이다.

이 장면은 『더블린 사람들』 중 10번째 작품인 「Clay(진흙)」의 문장이다.
헬러윈 데이를 맞아 어릴 적 양아들처럼 돌본 가정을 방문하는 주인공 마리아가 잦은 실수(트램을 타고 가다 멋진 남자가 있어 사 갖고 온 케이크를 놓고 내린 일 등…)를 하다가 와인을 마신 후 마리아는 이 노래를 부른다.

"나는 대리석 궁전에 사는 꿈을 꾸었네.
신하와 노예를 옆에 거느리고,
그 대리석 궁에 모인 사람들 중에
내가 희망이고 자존심이었다네."

그런데 마리아는 그만 2절을 부르는 것을 잊어버리고, 1절을 두 번 부른다. 보통 우리네들이 가사 모를 때 어물거리며 1절을 다시 부르듯이⋯. 2절에는 결혼하는 가사가 있는데 그것을 빼먹고 말이다(여기서 우연한 일은 조수미도 주인공 마리아도 미혼이라는 것이다⋯).

나는 이 아리아를 정말 좋아하고 작곡가가 발페(Balfe)라는 것도 알았지만 그가 아일랜드 출신이라는 것은 전혀 몰랐는데 이제야 배웠다.
보헤미안은 원래 집시라는 뜻인데 더블린이나 골웨이 어디에도 집시들은 보이지 않고 다만 거리의 악사만이 눈에 띄었다.

\# 「나는 대리석 궁전에 사는 꿈을 꾸었네」 들어 본다.

## 내가 아끼는 와인 ㅡ

"포도주의 온화한 불꽃이 그의 혈관을 불태웠다."
"몸을 달아오르게 하는 포도주가 그의 입천장에서 맴돌다가 꿀꺽 넘어갔다. 버건디 포도를 기계에 넣고 짜는 것이다. 그건 태양열이지. 마치 비밀의 촉감이 내게 기억을 되살려 주는 듯, 그의 감각에 감촉되어 촉촉하게 기억났다."

『율리시스』에서 주인공 블룸이 와인을 마신 후의 느낌과 바람둥이 아내와의 첫사랑 장면의 문장이다. 첫 문장은 간단하고 둘째 문장은 치밀한 묘사가 돋보이지만, 꽤 관능적이다.

그럼 내가 마신 와인은?

헝가리의 토카이(Tokaji)는 뜨거움은 전혀 없었다. 불꽃은커녕 '아주 심할 정도로 달달한 느낌'만 나는, 그야말로 Sweet한 화이트 와인이었다. 와인 애호가들이 이 표현을 보면 잔뜩 비웃겠지만 와인 마신 후의 느낌을 표현할 글재주가 없다.

약 2,800년 전에 쓰인 『오디세이』에도 Sweet wine이라는 표현이 수없이 등장하는데, 그렇다면 이 와인이야말로 세계 最古의 와인인지도 모르겠다. 그래서 루이 14세가 이 토카이 와인을 보고 "왕은 나요, 와인의 왕은 토카이"라고 했는가 보다(와인의 나라에서 그리 말했다니…).

나의 와인 사랑은? '아니올시다'이며 특이한 와인은 보관만 한다.

와인에 대해서 전혀 모르면서 와인 보관 욕심은 유별나서 20년 넘게 보관한 것도 있다. 그사이에 벌써 시어 꼬부라져서 식초가 되어 고약한 맛이 날 것이다. 이 기회에 마시지도 못하는 와인을 자랑하니 독자분들은 너그럽게 봐주시길 바란다.

내가 아끼는 와인

프랑스 노르망디 와인이 하나 더 있다. 몇 년산인지 표시는 안 되었지만 5년 전에 산 기억이 나는데, 애플 와인인 시드르(Cider, 사이더) 아니면 애플 브랜디인 칼바도스(Calvados)일 것이다. 옹플뢰르에서 마셔본 칼바도스는 40도가 넘어서 매우 강렬한 느낌을 받았는데 이 정체 모를 술의 도수는 17%이니 대체 무엇인지 모르겠다.

마지막으로 보관하지는 못했지만 다시 맛보고 싶은 와인이 있다. 그것은 캘리포니아산으로 유명한 진판델(Zinfandel)인데, 『율리시스』에서 나오는 실제의 경주마 이름이 바로 진판델이었다.

이 경주마는 실제로 1904년 개최한 경기에서 우승 후보였으나 간발의 차이로 져서 2위를 차지했다. 어쩌다 미국적 비행기에서만 서빙하는데 유래를 모른 채 그냥 마셨던 진판델을 이 책의 원고를 편집할 즈음 친구 영훈이가 선물해 주어 다시 맛볼 수 있는 즐거움을 누리게 되었다.

와인 이름이 『율리시스』에서 탄생하다니…. 과연 99개국 언어로 출간될 만하다.

# 많은 분이 좋아하는 「여인의 향기」 OST. 그 곡이 바로 '간발의 차이로'란 뜻의 「Por Una Cabeza」이다. 피아노 트리오로 구성된 멋진 연주 들어 본다.

어제는 가슴을 적시는 가을비가 꼬리꼬리한 냄새를 풍기는 은행알들을 사방에 뿌려 놓았다. 쇼팽의 「빗방울 전주곡」보다 젊은 나이에 안타깝게 세상을 떠난 최헌의 「가을비 우산속」이 생각나는 하루였다.

지면에 스포츠 경기의 관람에 대한 기사를 보고 나도 직관(直觀)의 경험에 대해 적어 본다.

교복에 하얀 칼라를 한 누나들의 요란한 박수와 함성이 농구 경기가 열리는 체육관을 흥분의 도가니로 몰아넣으면 나는 묘한 감정을 감출 수가 없었다. 그 누나들은 자기 학교 게임이 끝난 후 친한 남학교를 응원하고 있었다.

수세에 몰린 경쟁 상대는 응원가와 337 박수 등으로 맞불을 놓았지만, 여고생 누나들의 기세에는 못 미쳤다.

우리 중학생 꼬마들은 키가 크고 허여멀건 한 얼굴을 갖은 선수들의 현란한 드리블, 그리고 리바운드를 잡으려는 몸싸움에 열광했고 선수들의 땀과 거친 숨소리는 관중석의 응원 속에 파묻혔다.

그리고 응원을 마치고 재잘거리며 나오는 누나들의 모습에는 늘 공연히 가슴이 두근거렸다.

그런 실내 체육관의 농구와 야구, 아이스하키 등의 응원을 거치며 직관에 익숙해졌고, 고딩 때의 축구 경기 관람은 또 다른 애교심과 단합이라는 열기 속에 응원단장 선배의 자신만만한 동작에 신기해하며 나도 가끔 337 박수 동작을 남몰래 흉내 내었다.

짝짝짝, 짝짝짝, 짝짝짝짝짝짝짝…

한동안 직장 생활에 묻혀 완전히 잊어버리고 있던 직관에 대한 관심은 음악회 공연과 미술관 투어 등을 통해 이루어졌다.

상트페테르부르크의 예르미타시, 스코틀랜드 에든버러의 국립 박물관부터 퐁피두 센터와 베니스의 좁은 골목에 있는 구겐하임 미술관에 이르기까지 20여 곳을 훑으며 돌아다녔어도 늘 "이게 뭐지?" 하며 무감각했다.

최근에 와서야 마네와 모네의 그림이 어찌 다른지 근원과 화풍의 차이를 알게 되었고, 세관원 출신 앙리 루소의 상상 속의 호랑이 그림과 엘 그레코의 초상화도 서서히 눈에 들어오기 시작했다.

막연히 추상적으로 생각하고 인터넷에서 본 그림들을 지난 7~8년 동안 보아 온 직관의 경험이 내게 말문을 트게 해 주듯 이제야 감이 잡히는 것이다.

직접 마주한 현장 체험이 몸에 축적되니 느낌이 달라지고 생각할 수 있는 모멘텀이 되었다. 예를 들면 고흐의 「의자」 그림을 보고 북유럽 사람들은 첫 월급 타면 의자부터 산다는 그들의 라이프스타일과 좋은 삶을 바라는 새로운 의미도 떠올리게 되었으며, 화가들이 왜 비싼 안료를 써 가며 특별한 파란색을 썼고 한편으로는 단순한 전통의 블루와 델프트 블루의 차이점이 무엇인지도 조금씩 이해되기 시작했다.

이제부터는 '아, 이게 누구 작품이지!' 하는 화풍과 붓질의 만져지는 것이 아닌 그림 속에 무엇이 담겨 있는지 가슴으로 느끼며 공감하고 싶다.

오늘은 같은 시대에 거의 같은 장소에서 그렸으리라 추측되는 그림을 옮겨 보았다. 「진주 귀걸이를 한 소녀」로 유명한 요하네스 페르메이르의 작품인데 런던 내셔널 갤러리에서 직관하였으며, 작품에서는 그의 고향인 델프트에서 유행한 델프트 블루의 색을 옷과 의자 등에서 볼 수 있다.

· 「버지널 앞에 앉아 있는 여인」,
1670~72년, 런던 내셔널 갤러리

왼쪽에 무늬 놓은 양탄자 옆에 있는 비올라 다 감바(첼로 비슷한 베이스 비올라)를 들고 그림 속의 화자와 합류하여 듀엣을 유도하는 음악가의 모습이 담겼다.

뒷벽에는 류트를 연주하는 매춘부를 그린 디르크 반 바뷔렌(Dirck van Baburen)의 그림 복제품(보스턴 미술관)이 걸려 있는데, 이는 사랑과 음악 사이의 전통적인 연관성을 일깨워 준다.

그나저나 직관을 많이 해서 쪼그라드는 내 뇌의 뉴런의 밀도가 더 높아졌으면 좋겠고 쓸데없는 눈치 보기나 직관은 퇴화하면 좋으련만….

# 그림과 어울릴 수 있는 피아노곡 들어 보겠다. 오래전 에릭 카멘은 라흐마니노프의 「피아노 협주곡 2번 2악장」을 「All By Myself」라는 노래로 각색해 한국에서도 큰 인기를 얻은 바 있다.

## 처칠 수상은 무겁다

모든 여행이 다 그렇듯이 늘 후회가 남는다. 안 가면 후회막급이고 그렇게 다시 가고 싶어 벼르던 도시들도 미련투성이로 남는다. 그게 모여 Wish list가 되고 또는 반드시 눈으로 직접 봐야 하는 Must see로 둔갑

할 수 있다.

런던 체류 중 워털루역 바로 옆에서 워털루 전쟁의 승리자인 웰링턴 장군의 동상은 유심히 관찰하였으면서도, 바로 밑의 지하철역 터널에 있는 그라피티(낙서 같은 벽화)가 있는지도 모른 채 그냥 지나쳤다. 여행의 사전 준비가 부족한 탓이다.

두 번째는 2차대전의 영웅 처칠 수상의 저택인 차트웰 하우스를 못 가본 것이다. 처칠은 어려서부터 어머니의 사랑을 잘 못 받았고 어머니의 바람기로 인한 집안의 불화로 우울증을 앓았는데, 자신의 우울증을 '검은 개(black dog)'라고 부르기도 했다. 그 검은 개를 물리치기 위해 일부러 유머를 구사하고 글을 썼는지도 모르지만, 아무튼 노벨상 수상자가 되었으며 그림 솜씨도 수준 이상이었다. 한 나라의 수반이 노벨 문학상을 수상하다니….

또한 그가 즐겼던 것이라면 시가와 샴페인인데 영화 「다키스트 아워」에서 보았듯이 그가 아침에 일어나면 비서가 위스키를 준비하고 점심 저녁에 틈날 때마다 샴페인을 마시는 장면이 자주 등장하여 그의 샴페인 사랑을 증명한다.

처칠 수상이 글을 쓰며 그림을 그렸던 잘 가꾸어진 정원을 걸으며 시대의 위인이 마시던 샴페인 한 잔을 맛보는 건 상상만 해도 유쾌하고 멋진 여행일 것이다. 폴 로저 샴페인, 언젠가는 반드시 마셔 보리라!!

가장 가고 싶어 안달이 나고 궁금했던 곳은 버지니아 울프와 그의 남편 레너드 울프의 작업 공간이었고 집필지였으며 삶의 터전이었던 '몽크스 하우스'였다.

『버지니아 울프의 정원』이란 책에는 이들 부부가 100년 전에 집과 정원을 새로 만들고 가꾸며 '언제나 갖고 싶었던 사랑스럽고 멋진 방'에 대한 그들의 설렘과 떨림의 기분을 수록하기도 하였으며, 겨울의 추위에 대해 이렇게 말하기도 하였다.
"중세 시대 같은 겨울이 또 있었나 싶네요."

울프의 작업실이었던 오두막집과 정원 구석진 공간들과 삐걱거리는 나무로 된 출입문 등을 걷는다는 건 마치 비밀의 정원을 걷는 듯한 느낌이어서 황홀하고 신비스러움이 가득한 느낌이 날 것이다.

버지니아 울프는 극심한 우울증과 신경쇠약 등으로 강으로 걸어 들어가 자살하였는데, 레너드는 그 집 정원의 느릅나무 아래에 재를 묻었다.

노벨상 수상자인 처칠은 우울증과 싸우며 이겨냈으나 문학가이며 페미니스트였고 동성연애자였던 울프는 주머니에 돌을 잔뜩 넣고 강물로 들어가 생을 마감했다. 조현병 환자들이 활동하던 곳들이 내가 가고 싶은 Wish list에 들어있다니, 그것참 희한한 일이다(그러고 보니 헤밍웨이도…).

한편 셰익스피어의 생가와 그가 25년 동안 런던에서 극작 활동을 하는 동안 고향집에서 홀로 아이들을 기르며 남편을 기다린 앤 해서웨이의 친정집도 여행객들로 북적인다는데 다음을 기약한다.

처칠의 유머 덧붙인다.

처칠이 총리가 되고 첫 연설을 하고 난 1940년 어느 날, 연설을 마친 처칠이 화장실에서 볼일을 보고 있었다. 그런데 만세를 하는 것처럼 손을 벽에 붙이고 볼일을 보는 것이었다. 이상하게 여긴 사람들이 이유를 묻자 처칠이 말하길,
"글쎄, 의사가 무거운 물건은 들지 말라고 해서 말이오."

# 버지니아 울프가 나오는 '명동백작 박인환'의 「목마와 숙녀」를 박인희 낭송으로 들어 본다.


## 각설탕의 추억       —


동네가 택배로 몸살을 앓고 있다. 명절마다 흔하게 보는 풍경이다.
명절 때면 늘 그렇듯 형제들에게 조금씩 보내고 평소 신세 진 사람에게도 눈곱만큼 보낸다.

또 다른 떠오르는 사람들도 많은데, 이것저것 생각하면 거덜 날 생각에 눈 딱 감고 잊어버린다.

"그래, 여기까지만."

그런데 생각지도 않았던 지인한테 무슨 위스키 상자가 배달되었다.

내가 싱글몰트 애호가임을 눈치챈 까마득한 후배의 뜻하지 않은 선물에 횡재한 듯 싱글벙글거린다. 위스키 회사의 마케팅 전략이 기발하기도 하지만 바야흐로 하이볼 시대다.

"이걸 어쩐다? 다음에 할까?" 하다가 늦기 전에 얼른 추가로 후배에게 보낼 선물을 접수시킨다. 생각날 때 해야지 아니면 잊어버리기 때문이다.

시대에 따라 명절 선물도 변한다. 부모님이 고향 충청도를 떠나 빈곤한 서울살이를 하던 초딩 시절, 부자들이나 먹는 각설탕을 회사 다니던 형이 운 좋게 선물 받은 적이 있다. 그 귀한 사각진 하얀 설탕을 다락방에 두고 구슬치기해서 시커멓게 갈라진 검은 손으로 하나씩 하나씩 빼먹던 생각이 난다. 지금은 찾아보기도 힘든 추억의 각설탕이다.

아파트 새마을 부녀회에서 떡과 기름을 파는 광고가 엘리베이터 안에 보인다. 유용하리라 싶어 몇 병 집어 들었다. 참기름은 상온에, 들기름은 냉장고에 넣는다.

가느다란 떡볶이 떡을 작은 꿀에 찍어 먹어 본다. 옛날 방앗간에서 어머니가 따끈따끈한 가래떡을 갖고 오시면, 간장과 기름을 섞어 찍어 먹던 그 맛은 찾아볼 수도 없다. 연탄불에 구워도 먹었던가?

몇 년째 친히 들깨를 심어 들기름을 짜고 그것을 나눠 주는 친구 생각도 난다. 노화 방지에 좋다니 먹기는 잘 먹지만, 그 힘든 노동의 수고는 말로 표현할 수 없을 것이다. 하지만 땀 흘린 뒤의 희열과 나눔의 즐거움은 그 부부만이 갖는 커다란 기쁨이고 행복 아니겠는가?

그런데 그 친구 올해도 그 깊은 맛이 나는 노란 들기름을 또 보내 주려나?

# 명절 때면 늘 듣는 노래, 박세원의 「고향의 노래」이다.


어느 약시의 프러포즈: 태양인에 관해서 　　　　　　　　　　　—


동네 근처에 3개월마다 한 번씩 가는 약국이 있다.
빠져 가는 머리카락의 복원을 위해 다니던 병원 옆에 있는 약국인데, 연령을 가늠할 수 없는 자그마한 여약사가 몇 년째 운영 중이다.

"아니, 왜 이리 젊어지셨어요?"

"정말요? 감사합니다."

무엇이 필요한지 물어보지도 않고 거의 자동적으로 약이 나오더니 박카스는 덤으로 내민다.

단숨에 들이키며 젊어졌다는 말에 기분이 좋아져서 너스레를 떨었다.

"요즘 좋은 약 뭐 있어요? 난 코로나 예방에 좋다고 우루사를 처방받아 먹고 있는데."

"선생님, 태양인은 우루사 같은 거 먹으면 안 돼요!! 그거 남 주시고 밀크시슬 드세요."

"제가 태양인이에요? 어떻게 아세요?"

"눈썹이 짙으면 태양인이지요. 열도 많고."

"태양인은 '버럭' 하다가도 뒤돌아서 왜 그랬지 하면서 후회하고 고민하지요. 내가 왜 그랬을까? 그러나 뒤끝은 없어요. 정도 많고 어려운 사람을 많이 생각해요."라고 하면서 "소양인은 상체는 크고 엉덩이는 작은 사람인데 그런 사람들은 저만 알고 남들 힘든 거는 모른다."고 한다.

난 그저 속으로 그런 사람도 있나? 하였다.

"아니, 양약사가 한의학도 배우나요?"

"한의사는 아니지만 한의학 자격증은 있지요."라며 어디서 들어본 듯

한 '이제마' 어쩌고저쩌고 하면서 자기도 태양인이라고 한다.

"태양인은 많지 않아요."

집에 돌아와 내가 찾아본 태양인은 다음과 같았다.

체형은 목덜미가 충실하고 머리통이 크며 얼굴이 약간 긴 편이고, 살이 많지 않다. 이마가 넓고 눈에서 광채가 난다. 또 간장이 허하기 때문에 척추와 허리가 약하여 오래 앉았거나 서 있지를 못하고 기대기를 좋아하며 드러눕기도 잘한다.

성격은 남보다 사고력이 뛰어나고 사람과 사귀기를 잘하며 판단력과 진취성이 강한 반면에 계획성이 적고 대담하지 못하다.

특히, 남을 공격하기를 좋아하며 자기가 한 일에는 후회할 줄 모른다. 때로는 지나친 영웅심과 자존심을 가지며 마음먹은 일이 잘 안될 때는 크게 분노하여 병을 초래한다. 머리가 명석하기 때문에 뛰어난 창의력을 가지며, 남이 생각하지 못하는 것을 생각해 낸다.

맞는 것도 있고 틀린 것도 같은데 잘 모르겠다.
독자분들도 심심풀이 땅콩으로 한번 찾아보시라.

약사님이 마지막으로, "가끔 놀러 오세요, 네?"
저 기분 좋은 프러포즈를 받아들여야 하는가?

# 브람스의 「헝가리 무곡 1번」 들어 본다. 곡이 빠르고 경쾌하여 앙코르곡으로 많이 이용되는데, 영상을 보니 정명훈도 앙코르곡으로 연주했다.


## 도시와 그 불확실한 벽      —

첫 발표 이후 43년 만에 무라카미 하루키가 마음에 품어 왔던 장편 소설을 완성했다고 선언한 『도시와 그 불확실한 벽』을 집어 들었다. 6년 만에 새로운 장편 소설이 나온 것이다.

장석주 시인은 하루키를 이리 표현했다. "하루키는 과연 힘이 세다."
책이 시중에 깔리기도 전에 13만 부의 예약 판매를 두고 하는 말이다. 그의 작품들이 전 세계 50개 언어로 출간되고 있다니, 제임스 조이스를 능가할 태세며 그에 대한 전 세계 독자들의 반응은 정말 뜨겁다.

일흔세 살의 작가가 열일곱 살 청춘들의 이야기를 쓰다니, 그가 늙지 않고 시듦을 모르는 비결인가 보다.

둘째 셋째 장을 펼친다. '높은 벽에 둘러싸인, 아득히 먼 수수께끼의 도시에'라는 표현에 가브리엘 마르케스의 『백년의 고독』에 나오는 지상낙원 같은 가상의 마을 '마콘도' 같은 느낌을 받는다.

하루키의 장편 『1Q84』에서는 주인공 아오마메가 초반부에 비상계단을 이용하며 암살자를 향해 잠입하면서 "나는 이동한다. 그러므로 나는 존재한다."라고 하더니 급기야는 1984년도에서 이 세상에서 존재하지도 않는 『1Q84』로 옮겨 오면서 헤어진 두 남녀의 마음이 이어지는 가상 세계를 만들었다.

본 신간 이전의 장편이었던 『기사단장 죽이기』에도 방울 소리 나는 돌무덤과 축축한 우물 속을 파헤치는 신비한 장면이 등장한다.

이 책은 이제 막 읽기 시작했지만, 그가 쓴 장편 소설을 종합해 보면 하루키는 현실과 비현실의 경계선에서 기분에 따라 왔다 갔다 하며 독자들의 시선을 끈다. 하루키를 좋아하는 분이라면 벌써 감을 잡는다.
아… 또 그 세계가 양분되는 가상세계의 이야기??

물론 중간에는 온갖 종류의 클래식과 헤아릴 수 없는 위스키와 반드시 등장하는 재규어와 BMW 자동차와 하루키 자신이 재즈바를 경영했던 기억으로 여지없이 재즈 음악과 재즈바를 펼쳐 놓는다.

그래서 자연스럽게 재즈를 듣다가 하루키를 떠올리는 것은 전혀 낯설지 않다. 어제 친구 영훈이와 재즈 페스티벌에 가서 들었던 음악을 들으면서 하루키의 새로운 책 소개를 마친다.

# 고상지의 「반도네온」은 강렬하고 어둡고 아련하며 무거운 음색이었다. 피아졸라의 「부에노스아이레스의 4季」 중 「항구의 여름」 들어본다.


## 영화 「라 비 앙 로즈」와 작은 거인 _

내겐 생각나는 작은 거인이 세 명 있다. 한 명은 무대를 폴짝폴짝 뛰어다니며 '젊은 그대'를 외치는 가수 김수철인데, 그와는 아주 오래전에 안면을 튼 적도 있다. 또 한 명은 에포크 시대의 주인공인 몽마르트르의 툴루즈 로트레크요, 마지막은 142cm의 단신인 에디트 피아프이다.

가끔 들려오는 에디트 피아프의 「아무것도 후회하지 않는다(Non, je ne tegrete rien)」라는 노래를 들으면 그녀의 인생 이야기로구나 하고 느끼곤 한다.

가을이 깊어지면 우리는 너나 할 것 없이 주변 어디에서나 들려오는 이브 몽탕의 「고엽」을 쉽게 들을 수 있다. 이브 몽탕하면 떠오르는 게 몇 가지 있는데, 그중 하나가 「고엽」보다 더 부드러운 브람스의 「교향곡 3번 3악장」을 노래한 「그대가 잠들었을 때」와 그가 사랑에 빠졌던 아주 작은 외모를 지닌 샹송계의 여왕 에디트 피아프이다.

잘생긴 연하의 미남 배우와 샹송계 스타의 사랑은 미완성으로 끝을 맺지만, 키가 큰 이브 몽탕이 에디트를 사뿐히 안아 주며 사랑이 시작되었으리라 상상해 본다. 에디트의 무엇에 반해 이브 몽탕이나 장 콕도 같은 뭇 사내들이 녹아났단 말인가?

에디트 피아프가 이브 몽탕과 사랑의 감흥에 빠져 15분 만에 작사했다는 곡이 「장밋빛 인생(La vie en Rose)」이며 기내에서 영화를 보면서 화면에서 시선을 뗄 수 없었다.

에디트 피아프는 노르망디 출신인데 그곳은 유독 예술가를 많이 배출한 지방이다. 『마담 보바리』의 저자인 플로베르가 루앙(노르망디 지방의 한 도시) 출신이고 작품의 배경도 또한 루앙의 실화를 소재로 만들어졌다. 『여자의 일생』의 모파상이나 「짐노페디」로 유명한 에릭 사티도 노르망디 출신이다.

왜 노르망디엔 예술가가 많으며 작품 배경이 된 다른 이유가 있을까? 차가운 바닷바람과 항구와 선착장 그리고 강렬한 느낌을 주는 능금술(酒)의 영향 때문이었는지도 모른다. 그런데 작품 속 주인공들의 삶은 한결같이 불운의 연속이었다. 마담 보바리도, 여자의 일생 주인공과 하물며 작곡가인 에릭 사티도….

에디트 피아프도 예외는 아니어서 가혹하리만큼 가난과 고통과 질병에 시달리며 불우한 어린 시절을 보냈다. 창녀촌이 그녀의 보금자리와 같았으니 무어라고 표현할 수 없다.

영화에서는 정상에 오른 에디트가 전설적인 재즈 가수 '빌리 홀리데이'와 같은 해 태어났다고 이야기하는 장면이 나오는데, 빌리와 비슷한 운명을 예견했던 것일까?

빌리와 에디트, 그 두 명의 가수는 우연히 길거리나 나이트클럽에서 픽업되어 아름다운 목소리와 재능을 무기로 장밋빛 인생을 걷다가 둘 다 40대의 나이에 불운한 삶을 거둔다. 그것도 알코올과 약물 중독 등으로 세상과 작별하는 공통점을 지닌 채 말이다. 그들의 사랑 또한 불운했다.

특히 에디트가 사랑한 권투 선수가 그녀를 만나러 미국에서 프랑스로 오는 중 비행기 추락 사고로 숨지는 등 그녀의 인생은 비극의 연속이었는데, 그 연인이 비행기 사고로 죽었다는 소식에 작사한 것이 그 유명한 「사랑의 찬가」이다.

가끔 음악 방송에서 접하는 에디트 피아프. 그녀가 쓸쓸히 세상을 등진 지 60년이 지났지만, 특유의 비음과 목소리는 여전히 우리 귓가에 생생하다. 아주 자그마한 그녀가 들려주는 「장밋빛 인생」과 「아무것도 후회하지 않아요」 등은 우리네 마음을 사로잡고 일상의 피로에 젖은 우리들을 위로하며 감성에 젖게 한다.


## 미래의 찰떡 왕자님께

요즈음 자녀와 손주보다 내 삶이 더 중요하다는 시대에 내가 자꾸 집안 이야기를 하면 어떤 분은 나보고 "저런 푼수, 얼간이, 쓸개 빠진 놈" 또는 점잖게 표현하면 "유니크한 성격을 가진 양반"이라 할 것이다.

다들 프라이버시가 있고 가정사 밝히기를 꺼리지만 명절이 코앞에 있으니 가족의 의미를 새기며 쓴다.

난 다둥이의 막내, 그것도 8남매의 막내다. 부모님이 돌아가신 후 8남매가 다 건강을 자랑하다가 몇 년 전 셋째 형님을 잃었다. 제일 정이 많고 효자인 분이 먼저 가시니 몹시 가슴이 아팠다. 지나가는 이웃을 그냥 보내는 일이 없었고 늘 찾아오는 손님들로 가득했었는데….

아버지는 내가 늦둥이라 가여워서 그런지 늘 "막내 장가가는 것 보고 죽어야지."라고 입버릇처럼 말씀하시더니 내가 낳은 아들을 보시고 돌아가셨다.

병원에서 아이 낳는 소식을 기다리던 중 아들이라는 소식을 듣자마자 공중전화 박스로 달려가 소식을 전해 드렸더니, "장하다."라는 말씀을 계속하시며 새로운 생명의 탄생을 축하해 주셨다. 네 형제가 다 첫 번째 낳은 아이들이 아들이었으니 막내의 첫딸에 서운하셨을지도 모른다.

그 아들의 아들이 아들을 가졌고 5개월 후면 손자를 볼 준비를 하고 있다. 런던 여행 중 손자란 소식을 듣고 눈물이 났다. 딸이라도 좋아했을 것이다. 며느리 친구들이 '찰떡 왕자'라며 축하해 주는 동영상을 보내왔다. 요새 젊은 아이들의 새로운 풍습인가 보다.

그리고 언젠가 영화 「아마겟돈 타임」에서 보았던 벤치에 앉은 할아버지와 손자와의 대화 장면이 떠올랐다. 엘리트 되기를 거부하는 손자에게 친구가 돼 주며 세상을 살아가는 지혜를 가르쳐 주는, 다정하며 늘 손자 편을 들어 주던 할아버지역의 안소니 홉킨스 경.

나는 손자를 대할 때 옳고 그름을 판단하는 분별력을 가르치는 것은 아이 부모의 몫이라 생각하고, 많은 체험을 통해 스스로 깨치는 간접적인 지혜를 선사하는 부드럽고 자상한 할아버지가 되고 싶다.

그리고 언젠가 내가 정말 늙고 그 손자가 많이 성장하면 "할아버지 좀 안아 줄래?" 하는 순간이 올지도 모른다. 마치 홉킨스 경이 손자에게

"Give me a hug."라 하였듯이….

소식을 듣던 날 백화점을 찾아 육아 용품 코너에 들러서 갓난아기 옷을 샀다. 꼬물꼬물하고 있을 손자가 세상에 태어나 처음 입을 배내옷이다.

사돈한테 내 손자를 빼앗기고 싶지 않았던 것일까?
며느리의 친정아버지가 배내옷을 사는 영광을 주긴 싫었다.
그 손자는 바로 내 차지이며 갓난아이가 이 옷을 입고 할아버지와의 긴밀한 유대가 맺어지기를 소망했다.

그리고 며느리와 아들 그리고 미래의 손자인 찰떡 왕자님께도 건강과 안녕을 기원했다.

부모님 돌아가시고 아버지는 잊어버리고 늘 엄마 생각만 났는데, 요즘 가끔 아버지 생각이 나는 건 미래의 손자 때문일까?

독자분들 모두 즐겁고 복된 명절 맞으시길 바란다.

# 보름달을 떠올리며 드보르자크의 오페라 「루살카」 중 「Song to the moon(달님에게 부치는 노래)」 들어 본다.

미래의 찰떡 왕자님께

또 나의 신변잡기를 늘어놓는다.

나는 창문으로 오랫동안 처가로 떠나는 아이들을 바라보았다.

아이들의 손엔 부모에게서 받은 김, 곶감, 약과, 과일 등이 조금씩 들려 있었다. 모든 부모의 자식들 챙겨 주고 싶은 마음은 자식들에게 유산이 되고 전설이 되어 세대를 지나 계속 이어지리라.

부모님 생전에 여덟 남매 중 출가한 누나들을 뺀 다섯 형제의 며느리들은 명절이 되면 늘 고되고 힘들었다. 명절 전날부터 음식하느라 분주히 움직였다. 송편을 빚고 한쪽에서는 전을 부치는 등, 각자의 맡은 바 임무를 수행하며 부산을 떨었다. 좁은 집에 온갖 음식 냄새가 가득했으며 며느리들은 가끔 수다를 떨며 깔깔거렸다. 난 그사이 조카들을 데리고 좁은 골목에서 작은 공으로 축구를 하거나 아이들 뒤치다꺼리에 몰두했다.

명절 아침을 마치고 점심이 되면 다 뿔뿔이 헤어져서 처가로 가곤 했는데 유독 나만 조금 더 있다 가자고 늘 버티었고 때로는 부부 싸움의 빌미를 제공했다.

"누나들 보고 가지? 조금만 있다 가."
"집에 다들 와서 기다린다는데 우리만 늦잖아?"

아버지는 무슨 연유에서인지 "인제 그만 가 봐라." 하시며 늘 빨리 가라고 재촉하셨다. 어느 누가 오건 간에.

어머니는 동구 밖까지 따라 나오시며 우리가 안 보일 때까지 "어이가."라며 손을 흔드셨다. 그 후 아파트에 사실 기회가 되었을 때 기력이 없으시면 창문 너머로 우리 모습이 사라질 때까지 오랫동안 그리 서 계시며 손을 흔드셨다.

오늘은 그 어머니와의 추억에 젖어, 아들과 며느리를 늘 차 앞까지 바래다주었던 습관을 깨고 창문에서 배웅했다. 그리고 예외 없이 엄마의 손짓을 따라 하고 있었다. "어이 가."

· 이렇게 창문은 늘 나에게 어머니에 대한 그리움을 남게 한다.

이제야 "인제 그만 가라."는 아버지 말씀이 이해가 되었다. 너희들도 수고했으니 빨리 가서 쉬라는 뜻이었다.

창문은 예술가들이 바깥세상을 보여 주고 또 공간을 형성하기 위해 그림으로 그려 놓기도 하지만…. 나에게는 사랑하는 자식들을 창문 밖으로 바라보며 오래 가슴속에 담아 두려는 사랑의 연결 고리이기도 하다.

창문으로 우릴 하염없이 바라보셨던 어머니가 그리운 날이다.

# 신영옥의 「Mother of Mine」은 늘 우리를 눈물짓게 한다.


## 베르가모의 달빛
___

이탈리아 밀라노 근방에 베르가모(Bergamo)라고 하는 중세 도시의 풍광이 가득한 곳이 있다. 25년 전 출장으로 가본 도시인데 그 지방을 대표하는 사자 형태의 문장(紋章)이 고성 위에 찬란하게 사방을 비추고 있는 모습이 꽤 인상적이고 돋보여서 아직도 기억하고 있다.

그곳엔 지금은 구석기 시대의 유물이 되어버린 대형 스캐너를 제작

하는 공장이 있었는데, 내가 한국의 제품을 그곳에 수출하고자 한국 업체를 대신해 방문하였다(친척에게 아파트를 소개하는 부동산 업자 같은 역할을 한 셈이다).

밀라노를 거쳐 밤늦게 도착한 공항에서 차를 렌트하며 천신만고 끝에 밤 자정이 넘어서 예약한 호텔에 도착하였는데, 밤늦은 시각이어서 길거리엔 물어볼 사람도 없고 지도를 따라 운전을 하였으니 초행길의 운전은 정말 힘들고 고단했다. 가로등도 없는 밤 자동차의 불빛 말고 또 하나의 빛이 있었으니 그건 바로 달빛이었다. 이국에서의 심야의 늦은 밤에 달빛이 나를 위로하고 있었다.

네비도 없던 시절에 달빛의 도움으로 겨우 찾아간 호텔에 짐을 풀고 다음 날 아침 제조공장을 찾았다. 일을 마치고 저녁 약속한 시각까지 기다리는 동안 시내 구경을 하니 지난밤 볼 수 없었던 오래된 성과 골목길 그리고 한가하고 고즈넉한 이탈리아 중세 도시의 풍광에 매우 신기해하고 감탄한 기억이 있다.

이 조용하고 한적한 도시 베르가모를 여행하다가 밤에 본 달빛의 감흥에 젖어 드뷔시가 작곡한 곡이 「베르가마스크 모음곡」이며 그중 한 곡이 바로 그 유명한 「달빛」이다. 이 곡은 드뷔시가 인상주의파 화가인 모네와 교류하면서 모네의 영향을 받아서 그림뿐만 아니라 음악에서도 달빛이나 햇빛 등의 모습에 따라 영향을 받을 수 있다는 믿음을 갖게 되고 바로 인상주의 음악의 창시자가 되었다.

# 조성진의 연주로 「달빛」 들어 본다.


## 에펠탑의 진실, 영화 「에펠」을 보고 ___


우리 어릴 때 누구나가 다 그러했듯이 영어는 중학교 들어가면서 처음 배웠는데, 모든 과목 중에서 가장 신기했다. 처음 대하는 이 과목을 잘 하고 싶어서가 아니라 잘 쓰고 싶어서 많이도 노력했다. 그때는 제2 외국어의 개념도, 영어의 중요성도 없던 때라 펜으로 스카이블루 잉크를 묻히며 'Penmanship'이라는 노트에 정성껏 썼다. 대문자 소문자 필기체 인쇄체 등으로 어지간히 연습했다. 덕분에 나 스스로 기특하다 싶을 정도로 예쁘게 쓴 기억이 난다.

선생님이 필기체로 칠판에 쓰시면 참 멋져 보였다.

I am a girl. You are a boy.

그 boy 소리는 영어권에서는 감탄사의 의미로 "Oh, Boy." 하며 흔하게들 쓰는데 내가 요즘 너무도 듣고 싶은 말이다. "여보게, 청년."이라는 다른 뜻으로 말이다.

힘을 주며 꾹꾹 눌러쓰며 맨 처음엔 마치 그림 그리기 같았던 알파벳 중 죽을 때까지 잊어버리지 않을 것이 A인 듯하다.

26개의 알파벳 중 제일 먼저 시작하는 게 A이니 말이다. A로 시작되는 단어 중 가장 많이 떠오르는 단어는 Apple인 것 같은데 우리가 요즘 다 알고 있듯이 세상을 바꾼 네 가지 사과가 있다.

아담과 이브의 사과, 뉴턴의 사과, 스티브 잡스의 Apple과 화가 세잔이 "사과 그림으로 온 세상을 놀라게 해 주겠다."던 「세잔의 사과」이다.

한편 140년 전 이 A로 세계를 놀라게 한 것이 있다. 바로 에펠탑인데 빛과 낭만의 도시 파리를 방문하는 사람은 우뚝 솟은 높은 탑과 밤에 내뿜는 환상적인 야경의 모습에 환호할 것이다. 이 에펠탑은 건축가 구스타프 에펠에 의해 디자인되어 세워진 철제 구조물이다. 1889년 프랑스 혁명 100주년을 기념해 열린 제10회 파리세계박람회(엑스포)를 위해 지어졌다고 하는데, 에펠은 에펠탑 이전에 미국의 자유의 여신상을 디자인해서 미국 명예시민이 되기도 하였다.

이 탑은 1민 8천 개의 쇳조각과 2백5십만 개의 리벳이 사용되었으며 탑 꼭대기까지 가는 데 1,665개의 계단(걸음)이 필요하다. 1889년 3월 1일 시작해 약 3억 명이 방문한 에펠탑은 맨 처음 제작 당시에 바티칸에서 노트르담보다 높다며 극심한 반대에 부딪혔고 주변 시민들도 탑이 무너져 주민들이 위험하다고 반대하였지만 결국 한 명의 사고 없이 완공되었다.

324m 높이의 이 탑이 인체의 뼈 단면을 본떠 인체 해부학이 탄생시킨 걸작이라고 하는데….

그 에펠탑이 A자의 형태로 지어진 것을 아는 사람은 많지 않다.


# 「노트르담 드 파리」 중 「대성당들의 시대」 들어 본다.


## 3남매 세계에서 가장 오래된 식당을 가다


'남매는 단둘이다'라며 우애를 자랑하는 3남매 부부 6명이 인천 공항을 출발하여 스페인 마드리드에 닿았다. 막내 누나의 칠순 잔치를 겸해서 벼르던 깐부 남매들의 보름간 유럽 대장정이 시작되는 날이다.
신나서 들뜬 모습은 덜하고 가이드 겸 여행 대장으로서 늘 소란스럽고 정신없던 나조차 차분하다.

남매들의 마음엔 사정이 없어서 함께 못 하는 다른 오빠들과 큰 언니에 대한 미안함과 서운함이 가득할 것이다. 올 초에 대만 여행을 함께했던 두 분도 빠졌다. 걸음걸이를 굳건히 받쳐 줄 무릎이 시원치 않아서다.

마드리드의 한낮 기온은 얼마 전 우리네의 여름같이 뜨거웠지만, 습도가 높지 않아 끈적거림은 없었다. 두 번째 오는 프라도 미술관에서 고야, 엘 그레코와 벨라스케스의 그림을 마음껏 향유했다. 루벤스가 그린 「삼미신」의 그림은 거대했고 세 여신의 모습처럼 풍만했다. 사진 촬영이 금지되었지만 몇몇 작품 앞에서 도촬의 유혹은 이길 수 없었고, 미술관 직원들도 못 본 척 눈감아 주었다.

하루의 여정을 마치고, 1725년부터 오픈해 기네스북에 세계에서 가장 오래된 식당으로 등재된 Botin에서 천신만고 끝에 겨우 자리를 잡았다.

헤밍웨이가 즐겨 먹던 바삭바삭한 '새끼 돼지 훈제구이'와 조미료 하나

없는 마늘 수프의 맛은 경이로웠다. 나의 작은 꿈, '헤밍웨이의 발자취를 따라 스페인 식당에서 새끼 돼지구이 먹는 것'은 생각지도 않게 깐부 누나들과의 여행에서 실현되었다. 그리고 몇 잔의 와인이 몸을 풀어주자 3 남매 부부는 어머니와 아버지를 이야기하며 눈물 콧물을 쏟아 내었다.

· 남대문 시장에서 많이 본
웃고 있는 돼지머리
정말 바삭바삭해서
헤밍웨이가 좋아했던
음식처럼 보였다.

헤밍웨이는 『오후의 죽음』에서 이렇게 말한다.

"죽음이야말로 모든 불행의 으뜸가는 처방입니다. (…) 나는 여기에 앉아 내 친구들이 당하는 사상(死傷)을 생각하기보다는 Botin의 식당에서 돼지 새끼 고기 요리를 먹는 편이 낫다고 생각합니다."

# 스페인이 자랑하는 로드리고의 「아랑훼즈 협주곡」 들어 본다.
그가 알람브라 궁전으로 신혼여행 왔다가 작곡한 곡이다.

추신: 헤밍웨이가 즐겨 찾던 단골 식당의 종업원들은 늘 흰색 제복을 입고 손님을 맞았으며 세계에서 가장 오래된 식당에서 일하고 있음을 자랑스럽게 생각하는 표정이 가득했지만, 그들은 너무 기계적이었다. 베니스의 해리스 Bar도 똑같았다.

## 다정한 올케와 시누이들... ___

깐부 누나들과의 유쾌하고 시끌벅적한 여행의 즐거움에 지쳐서 매일 글쓰기 하는 것을 소홀히 하는 듯해 마음 한 구석이 무겁다. 스토리는 많지만 몸이 지치니 이른 밤에도 저절로 눈이 감긴다.

이번 여행을 통해 '한 살이라도 젊을 때 부지런히 돌아다니고 여행하라'는 말이 절실히 느껴진다. 많은 분들이 '지금 이 순간이 이 세상에서 제일 젊을 때'라고 말하지만, 그 말에 난 고개를 설레설레 저을 수밖에 없다. 이번 여행에서 본 누나들의 발걸음은 그리 가볍지 못하기 때문이다. 김형석 교수님이 백 세 인생에서 말씀하신 "공부하라, 사랑하라 그리고 여행하라." 중 여행만큼은 여건이 되는 대로 실행하라고 적극 말하고 싶다.

각설하고 마드리드에서의 미술관 투어와 헤밍웨이의 단골 식당에서 감격이 넘치는 새끼 돼지의 맛을 본 다음 날 우리는 '톨레도'란 도시로 향했다. 톨레도는 2천 년 넘은 역사를 자랑하며 로마인들이 점령한 흔적이 가득한 고도의 도시이며 16세기 마드리드 이전까지 스페인의 수도였던 도시로 마드리드에서 약 1시간 정도 거리에 있었다. 6명의 인원이 7인승 밴으로 이동하였는데 가이드는 32년간 가이드 경험이 있는 젠틀한 신사였다.

Friend라며 친근함을 표시하고 그의 한결같은 젠틀한 행동에 우리 모두는 감탄했다. 난 여기서 저 가이드를 통해 배운 게 또 있다. 몸에 배지 않은 젠틀은 불쑥 튀어나온다. 유머가 잘못하면 천박해진다. 말이나 글에서도 마찬가지다. 첫째도, 둘째도, 마지막도 젠틀이다.

스페인에서 제일 유명하다는 거대하고 특이한 '톨레도 성당'을 둘러보고 오밀조밀하게 얽히고설킨 미로 같은 성안의 골목길을 누비고 다니는 시누이와 올케의 조잘거림은 참으로 유쾌하다.

· 다정한 올케와 시누이들

　독자분들도 시누이이자 또한 올케일 것이기에 시누이와 올케가 동행하는 여행은 묘한 뉘앙스를 풍기며 때로는 긴장감도 감지될 텐데, 저리 잘 어울리니 아내에게 고마움도 느낀다.

　이어질 여정의 걸음은 늦고 행동은 굼뜨겠지만 혼자 떠나는 고독한 유랑에서는 맛볼 수 없는 가족만의 달콤한 즐거움을 느끼는 가벼운 발걸음이 되길 바란다.

　# 「라 스파뇨라」 들어 본다. '스페인 아가씨'란 뜻이다.

내게 '그리스' 하면 떠오르는 몇 사람의 작가가 있다. 그들은 크레타섬에 묻힌 『그리스인 조르바』의 작가 카잔차키스일 것이요, 그 섬에서 땀을 뻘뻘 흘리며 마라톤을 하며 『상실의 시대』를 일부 집필하였던 무라카미 하루키일 것이고, 또 한 명은 그리스와 스페인이 동시에 사랑하는 16세기의 미술가 엘 그레코다.

내가 엘 그레코의 그림을 처음 대한 때는 8년 전 아테네이다. 크리스마스 시즌에 밤늦게 휘황찬란하게 빛나는 가로수에 비친 포스터에서 그 모습을 볼 수 있었다. 특유의 길쭉하게 인물을 묘사한 그림이 참으로 신기하였는데, 이어진 크레타섬 여행에서 엘 그레코의 고향이 크레타인 것도 알게 되었다.

그 후 2017년 스코틀랜드의 내셔널 뮤지엄에서 그 유명한 그리스도를 그린 그림을 볼 수 있었고, 그의 출신이 '그리스/스페인'이라고 적힌 안내판을 보고 그가 스페인에서 활동했으며 라만차의 톨레도에서 숨졌다는 것도 알았다.

· 「세계의 구세주」, 1600년경,
스코틀랜드 내셔널 뮤지엄

"수척해진 그리스도의 모습은 축복 속에서 오른손을 들고 왼손은 세상의 결정적인 구체 위에 올려진 채로 보인다. 그리스도의 직접적이고 정면에 있는 표현은 엘 그레코의 고향 크레타의 비잔틴 전통을 회상한다. 그 그림은 원래 스페인에서 수도원의 벽장에 걸려 있는 '아포스톨로스'라고 알려진 일련의 그리스도와 열두 사도의 일부를 형성했을지도 모른다(전시장 해설)."

그 옆에는 또 다른 엘 그레코의 작품이 걸려 있었는데 원숭이가 그림 속에 들어있어 생소하였지만 의미가 깃들어진 그림일 수 있겠다고 생각했다.

· 「우화(Fabula)」, 1590년경

"엘 그레코의 이 흔치 않은 세속적인 작품의 정확한 의미는 확실하지 않다. 불을 지피는 소년의 행동은 감각적인 열정의 각성을 암시할 수 있다. 예술에서 원숭이는 종종 악을 상징하는 반면, 미친 듯이 웃고 있는 남자는 어리석음을 나타낼 수 있다. 따라서 이 그림은 욕망이 우리의 어리석고 소박한 본능에 호소하는 단순한 도덕적인 메시지를 묘사할 수 있다(전시장 해설)."

그 후 6년이란 세월이 흘러 지난주 스페인의 프라도 미술관에서 두 번째로 엘 그레코의 「우화」 그림을 보았으나 프라도 미술관의 해설은 스코틀랜드 것과 달랐다. 똑같은 그림을 두고 느낌과 감정이 서로 다름을 보여주는 例일 것인데, 작품 해설은 아래와 같다.

"원숭이를 앞세운 소년과 그의 양쪽 얼굴에 우스꽝스러운 표정을 짓고 있는 남자가 그려진 이 그림은 여러 가지로 해석되어 왔다. 현대의 문학적 주제를 나타낼 수도 있고, 엘 그레코가 플리니우스의 『자연사』를 통해 알고 있던 고대 그리스 그림을 재현한 것일 수도 있다. 어쨌든 빛과 색이 큰 역할을 하는 독창적인 회화 연습이다(전시장 해설)."

위대한 화가의 그림을 다시 보며 예술가들이 표현하고 해소하고자 했던 심리적, 사회적 요소들은 보는 이에 따라 느낌과 해석이 다름을 새삼 느껴 보았다.

# 타레가의 「알함브라 궁전의 추억」 들어 본다.

마르세유

마드리드를 뒤로하고 프랑스 제1의 항구도시 마르세유로 온 지 이틀이 되었다.

"Where are you from?"
"Marseille."

사회 초년생 시절, 기본도 안되는 영어 실력을 늘리고자 구입한 민병

철 영어 카세트에 나오는 영화 「The other side of midnight(깊은 밤 깊은 곳에)」의 첫 장면이다.

주인공 노엘의 발음을 아직도 또렷하게 기억한다.

"마르셸리."

베르사유 궁전이 '베르살리'라 발음하듯 우리가 평상시 발음하는 마르세유란 소리는 들을 수 없고 '마르셸리'로만 들린다. 나도 모르게 발음이 몇 번 꼬였다.

파리 공항의 주변 근처와 비교해 한적함이 돋보이는 마르세유 공항 근처의 공기와 한적함이 상쾌함을 선사하며 호텔 뒤의 가든엔 푸르름이 가득하다. 알록달록한 기린의 모습에서 목이 긴 여인과 노천명의 시 『모가지가 길어 슬픈 짐승이여』를 떠올린다.

청초한 시인께서 모가지라 말씀하시다니.

구(舊)항구의 모습은 7년 전과 비교해 변함없이 요트로 가득했으며 길거리엔 관광객들로 넘쳐났다. 발음도 어려운 '노트르담 드 라 가르드 성당'에서 본 대서양은 거대했고 여기 어디선가 경비행기를 몰다 실종된 생텍쥐페리를 떠올린다.

어느 조간신문에서는 이리 썼다.

"마르세유 남쪽 바다에서 고기를 잡던 어선 그물에 낡은 비행기 잔해와 팔찌 하나가 걸려 올라왔다. 팔찌 안쪽에는 '콘수엘로'라고 새겨 있었다. 콘수엘로는 생텍쥐페리가 가장 사랑했던 여인의 이름이었다."


## 아를의 여인 _____


예술의 나라답게 어디를 가든 피아노 앞에는 늘 연주자가 앉아 있었다. 여행자가 빼곡한 마르세유의 큰 기차역이나 쇼핑몰의 한복판에서도….

사람들의 기분을 때로는 기쁘게 하고 때로는 가라앉게 하며 오랜 세월 동안 인간들의 삶의 여로에 함께했던 이 건반악기는 자신의 건반을 두드려 줄 주인공을 다소곳이 기다리고 있었다.

이름 모를 피아니스트는 알 듯 모를 듯한 선율들을 시끌벅적한 대합실 안에 남기며 여정을 재촉하듯 목적지를 향해 바람같이 사라졌다. 기다렸다는 듯 다음 사람이 뒤를 이으며 낯선 곳에서 피아노의 선율을 남기며 어디론가 훌쩍 떠났다.

7년 만에 다시 찾은 아를(Arles)역은 한가로움이 가득했다. 톨스토이의 마지막 삶을 남긴 시골의 작은 간이역 같은 인상을 남기며 고흐가 사랑했던 도시를 방문하는 방문객들을 반긴다. 선한 사람들이 모여 사는 집단일 것 같은 작은 도시엔 뜨거운 태양이 작열했으며 론강은 변함없이 흐르고 강의 색깔은 파랬다.

조그마한 작은 언덕길 같은 평평한 듯 경사진 골목길을 따라 반 고흐 카페로 향했다. 노란색 해바라기를 연상시키는 카페는 한층 노란색이 더 짙어졌다. 아마도 늘어나는 관광객들을 즐겁게 해 주기 위해 고흐의 해바라기처럼 거친 붓칠을 계속해 대었나 보다. 저기 카페의 주인이 지누 부인이었으며 그의 그림을 그리며 고흐는 아를 여인의 모습을 자랑했던 것일까?

· '밤의 카페'라고도 불리는
반 고흐 카페
노란 색깔이 한층 더 짙어졌다.

· 뉴욕 메트로폴리탄 미술관 소장의 '밤의 카페' 주인 지누 부인
고흐와 고갱의 우정은 애증 관계로 변하는데, 고갱을 아를에 초청한
고흐가 고갱이 도착하자 "나는 아를의 여인들에 홀딱 반했다"고 했다.
그 카페의 주인을 그린 작품이다.

난 드디어 「아를의 여인」의 정체를 알았다. 거기에 살고 있는 모든
여성은 모든 남성의 뮤즈였다. 고흐는 물론 고갱까지 말이다.

그러나 네가 갔을 때 아를의 뮤즈들은 어디다 숨겨놨는지 눈에 띄지
않았고, 여인들을 훔쳐보러 온 관광객들만 활보하고 있었으며 그날 누
나들과 누나의 올케는 아를의 여인이 되어 있었다.

# 비제의 「아를의 여인」 중 「미뉴에트」를 플루트 연주로 들어 본다.

아를의 여인

길 떠난 지 아흐레가 된다. 여행의 중반을 지나 종반전으로 접어들며 일주일 후면 집에 간다. 심바의 얼굴이 생각이 나지 않을 정도로 세 남매는 웃고 떠들며 여행에 탐닉했다. 표현하기 미안하지만, 누나들은 또다시 언제 오겠냐 하며 조금은 럭셔리한 모드의 여행을 택했다.

그리고 먹을 것은 제대로 먹자고 의기투합했다.

조금 비싼 음식을 시킬 때마다 너무 비싸다고 브레이크를 거는 것은 절약이 몸에 밴 아내였는데, 덕분에 나한테 지청구도 몇 번 먹었다. 그러다가 드디어 사달이 났다.

엊그제 친구들에게 달팽이 요리와 함께 떡 하니 사진까지 올리고 헤밍웨이를 들먹이며 자랑질했던 7만 원짜리 샤토 마고는 가짜였다. 와인 샵에 가서 "샤토 마고 있어요?" 하면 와인 샵 주인들은 너무 비싸다며 고개를 절레절레 젓고는 해서 '지난번에 진짜 귀한 술을 마셨구나.' 하면서 횡재한 느낌이 들었다(아는 분은 아시겠지만, 프랑스의 와인 샵이나 슈퍼마켓에 가면 1~2만 원 정도 하는 술이 주종을 이루고 보통 3만 원 이상이면 고급술이라는 느낌을 받는데 샤토 마고를 7만 원에 고급 식당에서 먹었으니…).

누나들을 꼬드겨 지난번의 같은 식당에 가서 자랑스럽게 '샤토 마고'

를 주문했다. 가져온 샤토 마고는 내가 시음했는데 이상하게 신맛이 나고 지난번과 맛이 달라 자세히 상표를 보니, 발음하기도 힘든 'Jacques Boyd 마고'라고 쓰인, 한국에서도 4만 6천 원에 파는 가짜 마고였던 것이다.

우리는 허탈감에 빠졌고 나는 더군다나 제대로 살피지도 않고 '샤토 마고'라는 식당 웨이터의 꼬임에 빠져 식당의 많은 사람들 앞에서 창피한 줄도 모르고 "샤토 마고 브라보!"를 큰 소리로 외치며 건배까지 했으니….

본 글을 통해 허영심 많고 자랑질 일삼는 나를 반성한다.

그래도 샤토 마고라며 외쳐 대던 그때의 분위기와 2백만 원짜리 맛 같았던 7만 원짜리 와인의 향취는 결코 잊을 수 없을 것이다.

· 근사한 모습의 가짜 샤토 마고

가짜 샤토 마고에 속다

뉴욕에는 일렬횡대로 조성된 미술관들이 있다. 센트럴 파크를 중심으로 서쪽에는 뉴욕 현대 미술관(MoMA)이, 동쪽으로는 뮤지엄 마일(Museum Mile)로 불리는 구겐하임 미술관과 메트로폴리탄 미술관 등 세 개의 미술관이 바로 그것이다.

남프랑스에도 이전에 말씀드린 고흐의 도시 아를을 기점으로 일렬횡대 비슷한 형태를 띤 미술과 관련된 도시들이 있다. 세잔의 도시라고 할 수 있는 엑상프로방스의 샤갈과 마티스 미술관이 있는 니스가 그곳들이다(작년 11월에는 마티스 미술관이 문을 열었는데 무슨 연유에서인지 이번에 보니 폐쇄되었다). 세 도시의 공통점은 작은 도시의 아기자기한 모습과 고요하고 한적한 풍광을 간직하고 있는 것이며, 연노랑으로 향연을 이루는 집들은 아늑한 모습으로 관광객들에게 편안함을 선사하고 있는 것이다.

몇 년 전 이곳에 왔을 땐 늦가을의 황량함과 쓸쓸함이 더해 타지의 나그네에게 을씨년스러움을 전해 주었지만, 10월의 엑상프로방스는 이름 모를 꽃들과 곳곳에 있는 라벤더들과 힘차게 뻗어 내는 분수로 활기를 띠고 있었다.

세잔이 활동한 언덕에는 한가로움과 고요함이 돋보이며 평화로움을 더했다. 작은 도시에 사는 시민들의 모습에서 엑상프로방스와 세잔을 사랑하는 모습들이 역력했다. 특히 나이 드신 노인들은 말할 수 없이 친절했고 '화가들의 땅'까지 친절히 앞장서며 안내를 해 주기도 했다.

엑상프로방스 기차역을 지나 그가 죽기 전까지 그림을 그리던 세잔 스튜디오로 향했지만, 그날 인원을 모두 마감하였던 탓에 우리들은 스튜디오 안에 그가 쓰던 작업복과 모자 이젤과 팔레트도 구경 못 하고 그의 정원만 거닐었다.

· 세잔의 아틀리에

세잔의 아틀리에를 나와서 '화가들의 땅'으로 향했다. 그곳은 생트 빅투아르산이 훤히 바라다보이는 언덕인데 하루 종일 세잔이 생트 빅투아르산을 보며 그림을 구상했다고 한다.

몇몇의 관광객들은 이 언덕에서 저 멀리 뾰족이 솟아 있는 산을 보면서 마치 200년 전의 세잔이나 된 듯 감흥에 젖었고, 세잔이 스케치한 산을 보면서 흐뭇한 표정을 짓고 있었다.

· 니스에서의 즐거운 모습

니스는 여러 예술인과 세계 유명인들의 휴양지였다. 니스의 시내를 통해 중세 기사의 성 에즈 마을로 가는 도중 역사에서 수태고지에 나오는 가브리엘 천사의 동상을 보았다.

그리고 환상적인 백조의 다이빙을 보았다. 이걸 본 한국인은 많지 않을 것인데 독자분들과 이 사진을 공유하며 기쁨과 슬픔을 나눈다.

· 사진의 주인공은 누구일까요?

이 사진은 고 다이애나 왕세자비가 서른여섯 살 때 이집트 부호의 초대를 받아 니스의 바닷가에서 휴양을 즐기며 보트에서 완벽한 자세의 다이빙을 하는 순간이다. 그녀의 자태는 아름답고 황홀하다. 이 다이빙은 그녀의 휴양 기간 중 루틴이었다. 이러한 사진이 기사에 나자 당시 왕세자였던 찰스 국왕은 매우 격노했다. 이 휴양지에서의 휴일들이 그녀의 생애 마지막 휴일이었다는 것을 아는 사람은 별로 없었다.

그녀는 과연 백조였다. 백조는 평생 울지 않다가 죽기 전에 아름다운 울음을 뽐내고 생을 마감한다고 한다.

다음 날 안티베 해변을 가던 중 여행 온 영국인 모녀를 만났다.
이 슬프고 아름다운 자태의 모습들을 그들과 이야기하자 그 모녀들도 몹시 슬퍼하였다. 다이애나 왕세자비는 영국인들의 가슴속에 깊이 새겨진 것을 확인한 순간들이었다(그 모녀는 기차표를 역에서 사지 않고 기차 내에서 사려다 8천 원짜리 티켓을 8만 원을 주고 산 억울함을 호소하며 기차표를 꼭 역에서 사라고 당부까지 한 친절한 외지인이었다).

그들은 낯모르는 사람에게도 친절함을 베풀고 있었다. 누가 그랬던가? "낯선 사람을 환대하라. 그는 어쩌면 변장한 천사일지도 모른다."라고….

# 생상스의 「동물의 사육제 13번 백조」 들어 본다.

어렸을 적 우리는 추운 겨울에도 거북이 등처럼 손이 시커멓게 갈라질 정도로 까맣게 터지며 구슬치기를 하였다.

그 후로 중학교에 가면서 여학생들의 눈을 의식해서인지 글리세린을 밤낮으로 바르면서 내 손은 부드럽게 변했는데, 그때부터 깨끗하고 하얀 섬섬옥수를 가진 여성을 동경하게 되었고 그 탓에 눈 딱 감고 손만 예쁜 여자와 결혼하게 되었다.

결혼 후 머지않아 그 섬섬옥수가 바가지 긁는 손이라는 걸 깨닫는 순간 일생일대의 실수를 저질렀음을 알게 되었다. 내가 김정운 교수가 쓴 책 『나는 아내와의 결혼을 후회한다』를 즐겨 읽었던 이유가 거기에 있었다.

거의 1년 만에 다시 찾은 니스, 이곳엔 샤갈과 마티스의 박물관이 있다. 작년에 마티스 박물관 공원에서 구슬놀이 하는 노인들의 신기한 모습을 생각하고 호모 루덴스(놀이하는 인간)를 떠올리며 마티스 박물관으로 향했으나 박물관이 폐쇄되어 노인들은 볼 수 없었다.

그러나 곧 또 다른 호모 루덴스들을 발견할 수 있었으니, 그곳은 바로 생폴드방스였으며 그분들은 이 아담한 마을에서 적절한 공간을 즐기고 있는 '슈필라움'에 익숙한 서구인들이었다.

· 놀이하는 인간, 호모 루덴스

우리 세 남매는 아기자기한 풍광과 좁은 골목들 사이에 아틀리에가 가득한 곳, 그곳의 아름다움에 반해 탄성을 지르며 골목 골목을 누비고 다녔다.

# 피아졸라의 「망각(Oblivion)」 들어 본다. 고상지의 반도네온 연주로 들으면 망각이 다시 살아날지도 모른다.

니스에서의 일정을 마치고 에델바이스의 나라 스위스에 왔다. 취리히 공항 입국장에서 가족들을 선동해 창피한 줄 모르고 「에델바이스」를 불러 댔다. 정말 내가 「사운드 오브 뮤직」의 주인공인 폰 트랩 대령이 라도 된 듯했다.

최종 목적지를 스위스로 택한 이유는 헤밍웨이가 『무기여 잘 있거 라』의 주인공인 헨리 중위와 캐서린이 보트를 타고 이탈리아 국경을 넘 어 탈출한 곳이 몽트뢰이기에 그의 흔적을 찾고 싶었고, 또 다른 이유는 마터호른에서 떠오르는 일출의 장엄한 광경을 보고 싶었기 때문이다.

프랑스 사람들의 표정에서는 거만함과 밝고 화려한 모습과 유쾌함이 보였는데, 스위스 사람들은 무뚝뚝하고 무표정한 표정과 차가움과 똑 똑하게 생긴 뒤섞인 모습들이 보이며 마치 명품 시계를 생산해 내는 나 라다운 치밀한 모습과 철학자 같이 생각하는 사람들의 표정이 엿보였 다. 날씨가 추운 탓일까?

기차의 창밖에서는 스위스 특유의 목가적인 풍경들과 한가함, 목축 업을 자랑하는 낙농국답게 끝없이 펼쳐지는 들판에서는 한가롭게 젖소 들이 풀을 뜯고 있었다.

사실 '몽트뢰' 하면 그리 좋은 느낌은 없었다. 오래전 대만의 비즈니스 파트너와 이곳에 오면서 '시온성'에 들어가서 거대한 스위스 산맥들에 둘러싸인 레만호의 잔잔함과 절경에 감탄한 바 있는데, 그 친구 관광을 끝내며 "이곳은 죄수들이 감옥이었고 사형을 집행하던 곳인데." 하며 나쁜 기운을 받을지 모른다며 찜찜한 표정을 지은 바 있기 때문이다.

우리 남매는 낙조와 레만호의 아름다운 비경에 감탄하면서 프레디 머큐리가 사랑했다는 이 작은 평화로움이 돋보이는 마을에서 레만호를 끼고 산책을 하며 낙조의 아름다움을 만끽하고 몇 가지 예술 작품을 보는 즐거움도 잊지 않았다.

이전 글에서 남긴 『무기여 잘 있거라』의 마지막 부분을 옮겨 본다.

헤밍웨이의 많은 명작이 그러했듯이 소설의 엔딩 부분은 모자이크 처리된 듯 희미하고 암울했다.

"조각상에다 대고 작별 인사를 하고 있는 기분이었다. 조금 뒤 나는 병실을 나와 병원을 뒤로하고 비를 맞으며 호텔로 돌아갔다."

사랑하는 여인과 사산된 아이를 잃은 결말이 참으로 흐릿하다.
이 마지막 페이지가 서른아홉 번을 고쳐 쓴 것인가?
그것은 바로 헤밍웨이다움을 간직하는 부분인지도 모른다.

# 퀸의 「We are the champion」 들어 본다.


『마지막 수업』　　　　　　　　　　　　　　　　　　　　　　　　　—


이번 여정의 마지막 아침, 마터호른으로 향하기 전 레만호 산책로를 걸으며 대자연이 선사한 물과 바람과 공기에 취하며 힘껏 심호흡을 하였다.

　"봉주르." 프랑스 사람인가?
　5분 후엔 "구텐 모르겐." 하며 지나가는 산보객들이 댕댕이를 앞세우며 기분 좋은 아침 인사를 건넨다. 우리는 그네들의 인사에 같은 소리로 합창하듯 명랑하게 화답한다. "봉주르!"

　나는 '음… 휴양지이니 외지 사람들이 많긴 많구나.' 하고 생각했다.
　그러나 내 추측은 한 시간 후 완전히 빗나가고 말았다.

　우리들은 마터호른으로 향하는 기차에 몸을 싣고 있었다. 한 정거장을 지나자 한 떼의 학생들이 우리 앞자리에 앉았는데, 학생들 특유의 끊임없는 조잘거림이 계속되고 있었다. 난 호기심의 발로를 뽐내며 BTS 이름을 팔아 이리 묻고 있었다.

"난 BTS의 나라 한국에서 왔는데…"

호떡집에 불 난 것 같은 그들의 분주함과 왁자지껄함을 잠재우며 이목을 집중시키는 데 성공했다. BTS는 과연 '팍스 로마나(Fax Romana)'였다. 즉, 노래와 춤으로 한국의 전성기를 말해 주는 것이다.

마치 '모든 길은 로마로 통하는' 것처럼.

"스위스는 독일어를 쓰는 것으로 아는데 왜 불어를 쓰나요?"

"우리는 불어를 쓰는데 옆 동네는 독일어를 쓴답니다. 우리도 독일어는 배웠지만 안 쓰고, 옆 동네는 독일어를 쓰는데 우리 동네에 와서는 프랑스어를 쓰지요."

아… 말로만 듣던, 한 정거장 차이를 두고 옆에 있는 한쪽은 불어, 다른 한쪽은 독일어를 쓰고 있는 학생들을 만난 것이다.

난 프랑스 알자스 지방과 알퐁스 도데의 『마지막 수업』을 떠올리지 않을 수 없었다.

"아멜 선생님은 마지막으로 '프랑스 만세!'라고 칠판에 쓰셨고, 마지막 수업은 끝이 났다."

난 이렇게 학생들에게 이야기하는데 '만세'라는 단어가 갑자기 생각 안 나 'France Forever'라며 얼버무리고 말았다.

기차 안에서 유럽의 역사와 문화를 되새기게 된 날이었다.

· 기암절벽과 만년설로 뒤덮인 마터호른의 광경과 내 뒷모습을 담아 보았다.

# 멘델스존의 「바이올린 협주곡 3악장」 들어 본다. 그는 스위스를 여행하며 위의 사진과 같은 그림을 많이 그렸다. 작곡가가 되기 전 화가가 되기 위해 그림 연습을 많이 했다고 전해진다.

## 가족 여행을 마치며

가족 여행 기간 중 안녕을 기원해 주신 독자분들께 감사드리며 10월의 첫 주말을 기온이 뚝 떨어진 서울에서 맞는다. 독자분들이 남매간의 우애가 부럽다고 말씀하시는데 난… '글쎄올시다'이다.

여행 경비를 1/n로 정확히 나누는 치사스러움이 가득하니 말이다ㅋㅋ. 그래도 우리는 늘 외쳐 댄다. "남매는 단둘이야."

마터호른산 정상에 걸린 여행자들을 위한 도구들과 잔뜩 나열된 명품 시계 앞에서 한 치의 오차도 허용치 않는 스위스인들의 장인 정신과 오래된 전통을 떠올리게 한다.

거리의 상점엔 온갖 고급 명품 시계들이 역사와 품위를 자랑하고 한 치의 오차노 없음을 뽐내고 있다. 한때는 저런 시계를 차고 싶은 로망이 있었지만, 지금은 그럴 형편도 못 되고 스마트워치의 헬스 프로그램에 의존하게 되었으니 명품 시계에 대한 내 욕망이 사라진 건지 아니면 삶에 대한 의욕이 사라진 게 아닌가 하여 씁쓸한 맛도 느낀다.

오늘은 앞 문장에 언급한 그 오차, 우리가 살아가는 데 절대 필요한 유연함을 말하려는 것인데, 노벨상 문학상 수상자인 일본 출생 영국 작가 가즈오 이시구로의 '남아 있는 나날'을 짧게 인용하며 톨레랑스에 대한 좋은 例인 듯해 짧게 덧붙인다.

주인공 스티븐스는 늘 오차 없는 빡빡한 삶을 살며 사랑하는 여인과 결혼도 못 하고 아버지 임종도 지키지 못한 채 주인을 위해 충성으로 평생을 바치며 자신에게 주어진 소명을 다하며 살아왔다. 이 에누리 없는 삶을 살던 스티븐스는 주인의 허락으로 6일간의 여행을 떠나는데, 여정의 마지막에 '농담을 주고받는 것이 인간의 따뜻함을 느끼는 열쇠'라며 조금씩 톨레랑스를 찾고 유연하게 바뀌는 것으로 마무리되는 소설이다.

나도 마지막 여정을 오차 한 치도 허용치 않는 시계의 나라에서 마무리하는데 밴댕이 소갈딱지 같은 내 마음도 톨레랑스가 넘쳐 나며 관용의 우산이 활짝 펴지길 바랐다.

## 샤갈 미술관        —

20세기에 성경, 특히 구약성서에 관한 그림을 가장 많이 그린 사람은 다름 아닌 마르크 샤갈일 것이다. 아마도 유대인이라는 배경 때문인가 보다.

샤갈 미술관을 1년 만에 다시 찾았다. 니스 시내에서 20분 정도 걸으면 갈 수 있는 아담한 정원 같은 곳에 있어, 메트로폴리탄이나 내셔널 갤러리 등 다른 대형 박물관의 규모나 시설 등과 전혀 다르다.

규모 면에서 보면 베니스의 페기 구겐하임 미술관과 비슷하다고 할까?

우리에게는 커다란 황소의 눈과 부인 벨라를 안고 날아다니는 모습으로 기억되는 샤갈…. 그는 부인 벨라를 몹시도 사랑했다. 벨라가 원인 모를 병에 걸려 죽자 딸의 소개로(?) 재혼했지만, 늘 벨라를 그리워했다.

마크 샤갈의 박물관엔 주로 성경의 구약을 주제로 천지창조, 에덴동산이나 아담과 이브가 추방되는 장면, 야곱이 천사와 씨름하는 모습, 아브라함이 이삭을 제물로 바치는 장면과 세 명의 천사가 사라를 통해 100세의 아브라함에게 아들을 낳는다고 예언하는 장면의 그림들이 전시되어 있었다.

파리의 예술가들의 삶을 생생히 기록한 세계에서 가장 유명한 미술상인 앙브루아즈 볼라르는 마크 샤갈을 아래와 같이 표현하며 그의 영감과 열정을 칭찬하였다.

"샤갈은 고골이 활동하던 당시 러시아에서 유행했던 루이 필리프 양식을 실감 나게 재현했다. 작업량이 막대했지만, 샤갈의 영감은 결코 마르지 않았다. 성경의 삽화를 부탁했을 때도 그는 늘 풍부한 영감에 젖어 작업했다."

샤갈의 아내인 벨라의 모습이 담긴 그림은 1점만 볼 수 있었고, 오후에 다시 입장하였으나 그쪽 파트는 무슨 이유인지 관람을 금지시켰다.

· 아브라함이 아들을 낳는다고 예언하는 세 천사

# 사라사테의 「카르멘 환상곡」 들어 본다.

상수리 열매에서 가을을 보다

___

지난주 몽트뢰의 산책로를 걷던 중 '톡' 하고 떨어진 한 톨의 상수리 열매에서 가을을 맞았다. 헤밍웨이가 『무기여 잘 있거라』에서 캐서린과 사산된 아기를 떠나보내고 쓸쓸히 걷던 그런 분위기는 아니었다. 하늘은 청명했고 호숫가는 잔잔했으며 백조는 풀잎을 뜯고 있었다.

길거리엔 제법 노란색을 띤 가로수들이 펼쳐져 있었고 저 멀리 언덕
엔 스위스의 전통적인 목재 건물들이 들어서 있다.

"There's a white house in a town⋯."이란 노래를 떠올린다.


한강 변에선 가을의 전설인 '춘마'를 준비하느라 건각들의 마라톤 연
습은 한창일 것이고, 지금쯤은 소마 미술관 근처의 핑크 뮬리도 활짝 피
었을 것이다.


지난 2주가 넘게 책도 멀리했고 매일 들었던 음악 듣는 것도 잊어버

렸다. 심바도 조금밖에 생각이 안 났지만, 남매지간의 정은 더욱 각별해
지고 두터워졌다.


누나들의 손은 오랜만에 많이도 잡았다.
더 늙으면 못 잡을 손, 앞으로도 더 많이 잡아야겠다.


살과 살이 닿는다는 것은
　　　　　　　　　이선관


살과 살이 닿는다는 것은
참 좋은 일이다
가령
손녀가 할아버지 등을 긁어 준다든지
갓난애가 어머니의 젖꼭지를 빤다든지
할머니가 손자 엉덩이를 툭툭 친다든지
지어미가 지아비의 발을 씻어 준다든지
사랑하는 연인끼리 입맞춤을 한다든지
이쪽 사람과 윗쪽 사람이
악수를 오래도록 한다든지
아니
영원히 언제까지나 한다든지, 어찌됐든
살과 살이 닿는다는 것은
참 참 좋은 일이다.


상수리 열매에서 가을을 보다

## 4부

대물림의
서곡

## 문학의 거장 뒤에는 여성이... _

세계를 움직인 작가들 뒤에는 늘 여성이 숨어 있었다.

숨어 있는 많은 여성 중에 내가 아는 사람을 꼽으라면 두 명이 있는데, 한 여성은 미국의 문학가이며 미술 수집가였던 거트루드 스타인이다. 그는 영화 「Midnight in Paris」에 나오는 주인공인 피츠제럴드나 헤밍 웨이 그리고 그가 동경하는 수많은 예술가들이 모이는 파리의 살롱에 서 그들과 만나며 예술과 낭만을 이야기하는데 그 예술가들이 모인 살 롱이 바로 거트루드의 집이었다.

거트루드는 수많은 예술가들을 후원하는데 피카소와 마티스가 그녀 의 영향을 특히 많이 받았다. 잡지사 파리 특파원이었던 헤밍웨이에게 는 어드바이저 역할을 하며 많은 예술인을 소개해 주고 집 떠나 생활하 는 그를 위로하기도 했다. 기자 생활을 접고 작가로 전업하라고 조언해 준 사람도 바로 거트루드 스타인이다.

· 거트루드 스타인

다른 한 명은 아일랜드의 문학잡지 편집인이었던 해리엇 쇼 위버 (Harriet Shaw Weaver)이다. 내게 위버라는 여성은 전혀 생소했으나 더블린의 문학 박물관에서 그녀의 프로필을 보고 그녀가 제임스 조이스의 조력자라는 사실을 알게 되었다.

문학관에서는 그녀를 이리 소개하고 있다.

"1917년 문학잡지 The Egoist의 편집자인 Harriet Shaw Weaver는 익명으로 Joyce의 분기별 수입을 50파운드로 설정했다. 그녀는 Joyce의 작품에 깊은 인상을 받았기 때문에 남은 생애 동안 그를 지원했다."

위버는 문학잡지의 편집자로 있으며 문학에 기여한 새로운 작가를 발굴했는데, 이들 중 한 명이 제임스 조이스였다. 위버는 그의 천재성을 확신하고 그를 지원하기 시작했는데, 처음에는 1914년 「젊은 예술가의 초상」을 문학잡지에 연재하였다.

그리고 율리시스를 문학잡지에 연재하였지만, 논란의 여지가 있는 책의 내용으로 인해 모든 인쇄소에서 출판이 거부되자 그녀는 율리시스가 해외에서 인쇄되도록 준비하기도 했다. 위버는 계속해서 조이스와 그의 가족에게 상당한 지원을 제공했다(지금 돈 약 20억 원). 추후 관계가 나빠지기도 했으나 조이스가 사망하자 위버는 그의 장례식 비용을 지불하고 그의 유언집행인 역할을 하였다.

· Harrier Shaw Weaver

# 겨울과 크리스마스 시즌에 유행하는 오페라 「라보엠」 중 무제타의 왈츠 「나홀로 거리를 걸으며」 들어 본다.

## 오후의 죽음 ㅡ

헤밍웨이의 『오후의 죽음』을 차근차근 읽었다. e북을 통해 얻은 속사포 같은 느낌보다 하드 카피를 통한 촉감은 사뭇 달랐다. 헤밍웨이의 사상을 담은 에세이이며 철학적인 관찰을 담은 다큐멘터리 같은 책인데, 그는 스페인에 간 이유를 이리 설명하고 있다.

"삶과 죽음을, 이를테면 격렬한 죽음을 볼 수 있는 유일한 장소는 전쟁이 끝난 오늘에 와서는 투우장뿐이다. 그래서 나는 투우를 연구할 수 있는 스페인에 몹시 가고 싶었다."

이 책을 통해 그는 죽음을 깊이 연구했다. 투우와 투우마, 그리고 투우사의 죽음을 통해 글을 쓰는 법을 배우려고 하였고, 모든 사물 중에서 가장 단순하고 가장 기본적인 것의 하나는 격렬한 죽음이라고 하였다.

나는 이제야 헤밍웨이의 자살을 이해하고 그의 죽음에 대한 퍼즐이 풀렸다. 그는 대대로 물려받은 조현병으로 자살한 게 아니었고, 글을 더 이상 쓰지 못하게 되어 권총을 자기 머리에 쏜 작가가 아니었다. 그것은 치밀한 계획이었다. 책의 거의 말미에 이런 이야기가 나온다.

"투우사는 아니지만 자살에는 많은 관심을 가진 나에게 있어서 문제는 어떻게 그려 내는가 하는 것이었다."

그리고 그의 위대한 대작들에는 모든 줄거리의 완결을 죽음으로 완결시키고 있었다. 『킬리만자로의 눈』, 『무기여 잘 있거라』와 『누구를 위하여 좋은 울리나』들이 바로 그것이다. 그러나 격렬한 죽음보다는 흐릿하고 애매모호한 죽음을 그려 내며 죽음을 미학으로 승화시켰다(『누구를 위하여 좋은 울리나』에서 조던이 아버지의 자살을 원망하며 "그런 짓은 하고 싶지 않아."라고 하더니 기어코 자살하였다).

글쓰기의 기본은 몸소 보고 느끼는 것을 써야 하는 것이니, 나는 정말 엉터리였다. 그나마 다행인 것은 글쓰기가 본업이 아니고 작은 취미 생활의 한 부분이니 정말 운이 좋은 놈이다.

그러니 새로운 것을 보고 느끼는 여행은 계속될 수밖에 없다.

# 비제의 오페라 「카르멘」의 「투우사의 합창」 들어 본다. 헤밍웨이도 투우장에서 투우사들의 입장을 보며 이 곡을 떠올렸는지도 모르겠다.

## 우아한시 어떤지 모르는

가을에 홀로 쓸쓸히 서 있는 여성의 뒷모습은 외로움과 동시에 우아함이 느껴질 때가 있다. 말쑥하게 차려입고 미술관에 혼자서 그림을 보는 여자를 보면 나도 모르게 "우아하군." 하며 그녀의 뒷모습에 눈길을 보내는 것처럼 말이다(어디 그뿐이랴? 거리를 걷다가 낯선 여자에게 시선이 간 적이 한두 번이 아니다).

이 책은 작가도 그럴싸하지만 제목에 반해서 읽게 된 책이다.

마쓰이에 마사시는 신인답지 않은 글을 써 내려가 우리를 감탄케 한다. 『여름은 오래 그곳에 남아』로 산뜻하고 디테일함과 실제적인 표현이 겹치면서 우리를 환상의 세계로 빠져들게 하더니, 『우리는 모두 집으로 돌아간다』에선 홋카이도견(犬)을 내세우며 세대에 걸쳐 흐르는 잔잔하고 애잔한 글을 쏟아내기도 하였다.

오십이 다 된 사람이 이혼하여 이노카시라 공원 근처에 있는 단독주택으로 세를 들어 집을 취향에 맞게 고치며 새로운 독립적인 생활을 하게 된다(인터넷에 찾아보니 이 공원은 도쿄에 있는 아주 유명한 호수 공원인데, "다자이 오사무가 몸을 던져 떠내려간 상수는 당시만큼 물살이 빠르지 않다."며 마쓰이는 비운의 대선배를 잠깐 소개했다).

주인공은 새로운 삶을 이리 표현했다.

"마흔여덟 살, 다시 독신, 혼자 사는 일상은 마음 편했다. 깐깐하고 솔직한 아내의 눈치를 보지 않아도 되었고 새로 이사한 집은 내 취향대로 단장해도 좋았다. 눈앞에 등장한 고양이와 눈인사하는 여유도, 저녁달 걸린 공원을 느긋하게 걷는 여유도 생겼다."

직장의 상사들과 동료들은 혼자 사는 편안한 삶을 '우아하게 산다'고 표현하는데, 아래는 5년 동안 사귀다 헤어진 여성과 우연히 만나는 장면이다. 마지막에는 이 여성과 병에 걸린 그녀의 아버지와 옆집에서 함께 살게 되며 그저 우아하게 살 수 있으리라 생각했던 그 궁극의 차분함과 아름다운 꿈은 사라지고, "이웃집 아주머니가 담장 너머, 창문 너머로 말을 거는 장면이 있잖아요?" 이런 관계의 삶이 시작되게 되는데, 결국은 사람과 사랑을 찾아가게 되며 그는 마지막에 이리 말한다.

"우아하다는 말은 그만 듣고 싶다."

그러고 보니 세상에 우아한 남자는 없다. 우아한 여자만 있을 뿐.

그리고 현실에 우아한 것은 잠깐 보이는 것이고 우아함의 대부분은 그림 속에만 존재하는지도 모른다.

· 달라스 미술관에서 본 에드와르 마네의 「머프를 쓴 이자벨 레모니에의 초상화」
1879~1880년경 그린 작품으로 레모니에는 마네가 말년에
가장 좋아하던 모델이었다. 우아한 여인같이 보이지 않는가?

혼자만의 우아함이 있을까? 둘이 혹은 여럿의 가족들과 살면 우아할까?

우아한 상상의 꿈을 갖고 있다가 망한 사람이 '보바리 부인'이고 '진주 목걸이'의 주인공이며 생의 끈을 놓은 '안나 카레니나'이다.

비발디의 「사계」가 300년 가까이 사랑받는 건 우아함 때문일까?

#「가을」들어 본다. 지금 11월은 사계의 3악장과 같을 것이다.


## 색채 없는 남자　　　　　　　　　　　　　　　　　　　　　　—


세상 사람들의 절반쯤은 자기 이름에 만족하지 않는다는 통계가 있다. 발음하기가 쉽지 않은 내 이름 〇〇〇은 시쳇말로 후진 이름이다('후지다'는 품격이 의심되는 표현이나 이보다 더 어울리는 표현은 없다). 그래도 초등학교 친구 '순자', 또는 '철수'보다는 있어 보인다.

그런 내가 닉네임 하나는 정말 그럴싸하게 잘 만들었다. '조르바'는 그냥 부티 나게 있어 보인다. 뻥튀기 잘하고 속 빈 강정의 실속 없는 허풍선이들이 즐겨 쓰는 전형적인 이름이다.

자기가 평범하며 특별한 색채가 없다고 생각하는 친구의 이야기를 그려 낸 소설이 있다. 10년 전 출간, 7일 만에 100만 부가 팔리며 전 세계에 유명해진 무라카미 하루키의 『색채가 없는 다자키 쓰쿠루와 그가 순례를 떠난 해』에 대해 간략히 정리해 본다.

주인공 다자키 쓰쿠루를 포함한 다섯 명은 고등학교에서 소울메이트처럼 지내는 긴밀한 그룹이다. 그중에 네 명은 이름에 색깔이 들어가 있고 이름에 색이 안 들어간 다자키는 스스로 색채가 없이 밍밍한 사람이라고 생각한다.

친하게 지내던 친구들이 갑자기 연락을 끊으며 고립되고 단절된 세상을 살게 되는 주인공 다자키는 감정의 상처를 받으며 외로움의 극치를 느끼다 자살 단계에까지 이르렀으나, 우정의 단절에 대한 고통과 자살의 유혹을 극복하고 평소 일하고 싶은 직장인 기차역에서 근무하게 된다. 16년 후 중년이 된 다자키가 과거의 우정을 나눈 친구들을 다시 만나며 순례하는 여정 속에 색채가 없는 다자키 쓰쿠루가 삶의 성찰을 느끼게 된다는 내용이다.

"프란츠 리스트의 「르 말 뒤 페이」예요. 『순례의 해』라는 소곡집의 '첫 번째 해, 스위스'에 들어있죠."

"르 말 뒤…?"

"Le Mal du Pays. 프랑스어예요. 일반적으로는 향수나 멜랑콜리라는 의미로 사용되지만 좀 더 자세히 말하자면 전원 풍경이 사람의 마음에 불러일으키는 영문 모를 슬픔. 정확히 번역하기가 어려운 말이에요."

소설의 내용은 어쩌면 하루키의 공전의 히트작 『상실의 시대』와 비슷한지도 모른다. 그 책에선 친구의 자살과 대학 친구와의 우정과 상처를 입고 도망친 여자친구, 비틀즈의 음악과 위스키 등을 등장시켰다.

여기서도 하루키 특유의 음악적 모티브를 통해 깨지기 쉬운 우정의 경험과 복잡한 인간의 감정 등을 전개하며 꿈과 현실 속의 미묘한 스토리 텔링을 엮어 나가는 가슴 아프고 아름다운 이야기다.

독자분들도 상처 난 감정이 있다면 치유를 위해 순례를 떠나고 싶을지도 모른다.

#『순례의 해』스위스 편 중 「발렌슈타트 호수에서」 들어 본다.

리스트의 연인 마리 다구 부인은 성난 파도가 치는 것과 리듬에 맞추어 노를 젓는 것을 보고 이 곡을 들을 때마다 흐느끼지 않을 수 없었다고 전해진다. 또 어떤 평론가는 이 곡이 베토벤의 「월광 소나타」를 본받았다고도 한다.

추신: 리스트는 6살 연상의 백작 부인 마리 다구와 파리에서 사랑에 빠졌으며 야반도주하여 스위스 제네바로 삶의 근거를 옮기고 스위스 각 지방 및 이탈리아 등으로 연주 여행을 다니며 작곡하였고, 그중 하나가 『순례의 해』 1권이 '스위스'이며 2권이 '이탈리아' 편이다.

## 짜깁기하기

지난번에는 가상 속의 마음 세탁소를 이야기하며 『메리 골드 세탁소』 란 책을 소개해 드렸는데, 오늘은 현실 속의 세탁소를 이야기한다.
여러분들은 '짜깁기'란 말을 아시는가? 바로 내가 이 책 저 책의 내용들을 이어 붙여서 어쩌다 한번은 그럴싸한 글을 탄생시키는 그 짜깁기 말이다.

불과 20년 전까지만 많은 사람이 세탁소에 가서 짜깁기를 한 경험이 있었을 것이다. 단골 양복이나 자기가 아끼던 옷이 흠집이 났을 때 그 옷의 일부분을 이용해서 감쪽같이 티가 안 나게 고쳐 주는 일종의 복원술 같은 것이다. 양말을 기워서 신고 다녔듯이 짜깁기 해서 입고 다니던 재미는 사라진 지 오래며, 양복 안쪽을 잘라 내 공들여 수선하는 세탁소집 주인은 볼 수도 없고 세탁소 간판엔 짜깁기란 단어조차 찾을 수 없다. 가끔가다 보이는 간판엔 '명품수선'이란 간판만 있을 뿐이다.
가난이란 역사가 남긴 흔적이 없어진 것일까? 기억을 감출 수는 있어도 역사를 바꿀 수는 없겠지?

영국 왕인 찰스 3세가 왕세자 시절 스코틀랜드의 전통 의상인 치마를 입은 모습도 드러내며 또한 빈티지한 옷이 짜깁기되어 왕실의 고전적인 패션이 기삿거리가 된 적도 있지만, 때로는 그런 인간적인 모습에 환호하는 영국인들도 있을 것이다.

짜깁기 하던 소재들도 줄어들고 교묘하게 위장하며 편집 기술을 자랑하던 내 솜씨도 점점 거덜 나며 바닥을 드러내는 요즘, 사라진 짜깁기 기술이 떠올라 적어 보았다. 나도 자연적으로 드러날 수 있는 짜깁기한 빈티지 글을 쓰길 갈망하면서….

내 책 1권에 들어가 있던 영화 「까밀 리와인드」를 짜깁기 해 붙여 본다.

까밀 리와인드(Camille Rewind)

마흔 살이 된 여자가 25년 전 나이로 돌아가면서 벌어지는 이야기다. 다시 앞으로 어떤 삶을 살게 될지 알고 있는 까밀은 다시 돌아갈 10대 시절에 잃고 싶은 것과 잃고 싶지 않은 것을 구분하기 시작한다.

남편과 사랑에 빠지지 않으려고 무진장 애쓰고 엄마에게 매 순간 사랑을 고백한다. 부모님의 목소리를 녹음하고 수업도 꼬박꼬박 열심히 듣는다. 그럼에도 불구하고 남편과 사랑에 빠지는 것을 막을 수가 없다. 엄마는 말괄량이 딸이 갑자기 다 늙은 여자처럼 자신을 소중히 여기는 것을 보고 머쓱한 반응을 보인다. 까밀은 모든 걸 되돌리고 싶다.
그런 일은 예정된 수순대로 남편과 사랑에 빠지고 엄마는 돌아가시고 만다. 운명은 달라지지 않았다.

그럼에도 그녀는 달라졌다. 그녀는 엄마를 사랑할 줄 아는 딸로서 엄마를 떠나보낼 수 있었다. 남편과의 첫 만남, 사랑에 빠진 순간을 다시 한

번 겪으면서 까밀은 더 이상 그를 미워하지 않을 수 있었다. 고장 난 시계를 고쳐 주어 그녀를 과거로 돌려보낸 시계방 주인은 현재로 돌아온 까밀에게 이렇게 말했다.

"용기를 주렴. 바꿀 수 있는 것을 바꿀 수 있는 용기와 바꿀 수 없는 것을 받아들이는 마음의 평정을. 그리고 그 차이를 아는 현명함을 말이야."

과거의 것들은 여전히 우리의 인생을 좌우한다. 물리 시간에 배운 것처럼 우리가 보고 있는 별은 현재 존재하는 것이 아니라 40억 년 전에 만들어진 것이다. 우리를 고통스럽게 만든 원인이라 주목하는 과거의 상처도 이미 지나간 것일 뿐이다.

바꿀 수 있는 것을 바꿀 수 있는 용기, 바꿀 수 없는 걸 받아들이는 마음의 평정, 그리고 그 차이를 아는 현명함. 돌아가신 엄마 목소리를 녹음한 테이프를 듣는다. 엄마는 집 안으로 잘못 날아든 작은 새를 사로잡아 밖으로 내보내면서 이렇게 말했다.

"처음엔 많이 추워도 따뜻해질 것이란다. 너의 집을 찾아가렴.... 행운을 빈다."

어른으로서 혼자 살아가는 일은 추위 속에 집을 짓고 맨몸으로 던져지는 것과 같다. 하지만 엄마의 말대로 우리는 따뜻한 곳을 찾아낼 것이다.

그것은 행운이 필요한 일이며 우리는 반드시 행운이 찾아올 거라 믿고 힘을 내어 살아갈 수밖에 없다.

"과거에 얽매여 있으면 인생의 다음 장으로 넘어갈 수 없다."는 글을 떠올리며 글 읽으시는 분들이 늘 따뜻한 곳에 계시기를 바란다.

# 보로딘의 「현악 4중주」를 들으면 이 영화를 본 느낌처럼 따뜻해진다.


# 축구를 사랑했던 예술가들　　　　　　　　　　　—


시간이 바람처럼 날아가지만 행복하다는 기분은 별로 못 느끼는 요즈음, 일주일 간격을 두고 기분 좋게 들려오는 좋은 소식들이 있다.

"뭐니 뭐니 해도 손흥민이야."라며 "그것참!"을 연발케 해 주는 토트넘의 캡틴 손흥민의 골 소식은 늘 우리를 기분 좋게 하며 '카이저'라 불리는 황제 김민재의 맹활약 스토리도 늘 놓칠 수 없다.

군대와 운동 이야기와 군대에서 축구하는 이야기를 여성들이 제일 듣기 싫어한다는데, 그것은 전설이 된 이야기다. 왜냐하면 여성들이 이제는 '축구' 하면 사족을 못 쓰기 때문이다.

이게 무슨 소리냐? 지금부터 잘 읽어 보길 바란다.

『첫사랑』으로 유명한 투르게네프의 소설 『아버지와 자식(아들)』엔 주인공과 주인공의 아버지 사이에 이런 대화가 나온다.

"정말 미남이 됐구나!"
"뭐, 미남인지 아닌지는 중요하지 않아." 바실리 이바노비치가 말했다. "하지만 남자, 사람들이 흔히 말하는 대로 옴므페가 됐군."

여기서 옴므페(Homme Feit)는 '진정한 남자'라는 프랑스어를 러시아어로 발음한 것이다. 소설가 한은형은 이 진정한 남자 옴므페를 너무도 좋아한다며 이리 표현했다(이름이 비슷하여 이해하시길 바란다).

"음바페 그는 왕자였다. 탄력이라는 나라와 리듬이라는 나라의 왕자. 신체를 구부렸다가 뻗으면서 공을 조율하는 음바페의 몸짓을 보면서 나는 좀 놀랐다. 축구 선수의 몸짓이 저렇게 우아할 수 있나 싶어서. 또 저렇게 우아할 것까지 있나 싶어서. 우아함이란 사람들이 축구 경기에서 원하는 덕목이 아닐 텐데 말이다. 폭발할 것 같은 속도로 팍 치고 달려 나가는 것도 놀라웠지만, 갑자기 속도를 늦춰서 따라오던 수비수의 스텝을 꼬이게 한 후 다시 가속도를 폭발시키는 걸 보면서 입을 다물지 못했다."

한편, 진짜 축구를 좋아했으며 축구 때문에 인생의 힘든 고비를 넘긴 예술가들이 있는데 한 사람은 카뮈이고 또 다른 한 사람은 쇼스타코비치이다.

카뮈는 알제리 태생으로 아침저녁으로 전차를 타고 통학하게 된다. 자기 집의 가난을 더욱 뚜렷하게 의식한다. 훗날 이 점을 수치스럽게 생각했다고 고백한다. 학생 대부분이 백인들로 아랍인은 드물었다. 그러나 적어도 축구 덕분에 아랍인 친구들과 어울리면서 같은 팀의 우정을 맛볼 기회를 얻었다.

처음에는 고등학교 축구팀에서, 나중에는 몽팡시에 스포츠회의 알제 팀에서 골키퍼로 맹활약한다.

"내가 우리 축구팀을 그렇게도 사랑한 것은 결국, 열심히 뛰고 난 후에 뒤따르는 나른한 피곤과 더불어 맛볼 수 있는 저 기막힌 승리의 기쁨 때문이었고, 또한 패배한 날 저녁이면 느끼게 되는 울음이 터져 나올 것만 같은 그 어리석은 충동 때문이었다." (알제 대학교 주보)

여름이면 그는 알제 중심가 철물점의 점원, 해변 대수로 변 선박 회사의 사원으로 일하여 생활비를 보탠다(그는 『이방인』에서 화자 뫼르소를 통해서 이때의 경험을 기억하게 된다).

20세기가 낳은 위대한 러시아 작곡가 드미트리 쇼스타코비치는 축구에 열광한 사람이었다. 그는 축구를 예술에 비유해 "대중의 발레"라고 했다. 그리고 발레를 평생 사랑했다. 축구 발레곡을 쓰기도 했고 신문에 글을 쓰기도 했다. 심판 자격도 있었고 선수들을 집에 초대해 식사하고 노래를 부르기도 했다.

그는 천재적인 작곡가였다. 일찍부터 인정과 존경을 받은 것은 우연이 아니었다. 그는 국가적 영웅이었다. 그러나 그의 삶이 순탄한 것만은 아니었다. 모든 것을 통제하려고 했던 스탈린 때문이었다. 예술도 예외가 아니었다. 숱한 사람들이 사형과 유형에 처해진 것은 그래서였다. 그에게도 위기가 있었다. 그가 작곡한 오페라 「므첸스크의 맥베스 부인」을 스탈린이 보다가 중간에 떠난 적이 있었다. 그러자 공산당 기관지 『프라우다』지에 신랄한 기사가 실렸고 그는 '민중의 적'이 되었다.

그는 언제 경찰이 들이닥칠지 몰라 문을 두드리는 소리에 귀를 기울이고 옷을 입은 채 잠을 잤다. 그리고 그러한 상황에서 쓴 교향곡 4번의 초연을 포기해야 했다.

그의 숨통을 트이게 한 것은 축구였다. 그의 아들 막심 쇼스타코비치에 따르면 그는 교수직을 박탈당하고 음악원에서 쫓겨났을 때 축구로 관심을 돌림으로써 일시적이나마 긴장을 해소하고 안정을 찾았다.

일반 사진과 달리 축구장에서 찍은 사진들 속의 그가 그토록 해맑게 웃고 있는 이유다. '대중의 발레'가 예술의 장인을 구했다.

아래 글을 보면 발레하는 사람들이 축구를 좋아하는 것을 이해할 수도 있다.

"무릎 펴세요. 갈비뼈 모으세요. 어깨에 힘 빼세요. 목은 길게. 팔꿈치,

팔꿈치(절박한 목소리로)! 귀와 어깨 사이에 축구공 하나는 들어갈 수 있어야 해요.... 발을 손처럼 쓰세요. 골반 세우고, 엉덩이에 힘을 주고, 납작하게 만드세요. 아랫배! 턴 아웃!"

- 박연준 시인 글에서


이제 독자분들은 축구 이야기라면 ok 하실 것 아닌가?


#가을비 우산 속의 가사가 생각나는 어제와 오늘 아침, 첼로 연주로 「가을을 남기고 간 사랑」 들어 본다.


추신 : 신문에 난 카이저 김민재에 대해 이야기한다(독일로 이주하기 전이다).

나폴리에선 "김민재는 커피에 물을 타도 된다."라는 농담도 나왔다.

축구와 커피는 이탈리아에선 정통이란 자부심이 있다. 2015년 나폴리 한 카페를 찾은 프란치스코 교황이 에스프레소에 물을 부었다가 "지금 커피를 망치고 계십니다. 우리 나폴리인이 마시는 대로 드세요."라는 핀잔을 들었다는 일화가 있을 정도다. 그런데 나폴리 시민들은 김민재에게 '커피 까방(까임 방지)권'을 준 셈이다.

어저께 여우가 시집을 몇 번이나 가던 날, 하루에 몇 차례 태양이 비추더니 금세 먹구름이 쌓이고 하늘에선 소낙비가 쏟아졌다.

혼자 나가서 독립해 결혼을 안 하며 가끔씩 애를 태우던 딸이 조금 큰 평수로 전세를 옮기던 날이었다.

박완서의 『나목』에서 딸이 엄마와의 야릇한 원망과 갈등을 나타내듯, 늘 못생겼다는 둥, 돈이 없다는 둥, 코 수술을 다시 해야겠다고 투덜거렸다. 전세 보증금이 부족해 대신 내 주겠다고 했더니 한사코 거절하며 보증금을 융자받고 이럭저럭 부모의 도움 없이 이사하게 된 것이다. 혼자 사니 살림이라 해 봤자 이삿짐센터 트럭 한 대뿐이다.

오래전 내가 중학교 꼬맹이 시절 바로 위의 형이 리어카에 짐을 싣고 이사 가던 날, 교복을 입고 뒤에서 리어카를 밀어 주던 생각이 났다. 그때는 악귀를 쫓아낸다고 어머니는 팥죽을 쑤셨다.

마치 새집처럼 싹 고친 집에 입주하고 방도 자율 난방이라 따뜻해서 다행이었다. 이삿짐센터에서 짐 정리를 다 해서 도와주지도 않은 채 서성거리다 집에 늦게 왔다. 소파라도 사라고 통장에 부쳤더니 오히려 돈이 얹혀 돌아왔다.

"오늘 와 주셔서 감사해요. 드디어 집다운 집에 안착해서 너무 행복합니다. 아빠에게 감사한 마음을 전하고자 송금 완료."

욕이 나왔다. "못돼먹은 년, 그냥 받지."
꿈 잘 꾸고 좋은 배필 만나길 기원했다.

투르게네프의 『아버지와 아들』 중 한 대목 옮겨 본다.

3년 만에 집으로 돌아왔다가 3일 만에 다시 집을 나서는 의사이자 자연과학자인 주인공 바자로프를 보고 그의 어머니는 이리 말한다.

"아들은 잘려 나간 조각인걸요. 그 애는 매예요. 마음이 동해 날아왔다가 마음이 동해 날아가 버린 거예요. 하지만 우리는 한 나무 구멍에 돋은 버섯들처럼 나란히 앉아 꼼짝하지 않죠. 나만은 언제까지나 변함없이 당신 곁에 있을 거예요. 당신도 똑같이 내 곁에 있어 줄 테죠."

바실리 이바노비치는 얼굴에서 두 손을 떼어 자신의 아내를, 자신의 벗을 꽉 끌어안았다. 젊은 시절에도 그처럼 힘차게 그녀를 안은 적이 없었다. 슬픔에 잠긴 그에게 그녀가 위안을 주었던 것이다.

그 꽃들이 우리에게 말하는 것은 영원한 평화, '무심한' 자연의 위대한 평화만이 아니다. 그것들은 영원한 화해와 무한한 생에 대해서도 말한다....

딸 전셋집 이사 가던 날

# 엘가의 「사랑의 인사」가 어울릴지도 모르는 날이다.


## 꽃바구니를 든 소녀

인간이 어떻게 35년 전의 기억을 자세하게 회고록으로 쓸 수 있는지? 헤밍웨이가 1921년도부터 1926년까지의 파리 생활을 회고하며 1960년 도에 쓴 기록이 『파리는 날마다 축제』이며 난 그가 뤽상부르 공원이나 셰익스피어 & 컴퍼니 서점에서 돈에 구애받지 않고 책을 빌려보던 시절의 그가 움직였던 동선을 따라 걸으며 느낀 감정을 앞 페이지에 기록 한 바 있다.

또한 『오후의 죽음』을 언급하면서 '글쓰기의 기본은 몸소 보고 느끼 는 것을 써야 하는 것'이고 투우를 보기 위해 헤밍웨이가 스페인에 갔다 고 앞장에서 말씀드렸다. 그의 글쓰기 철학은 한결같아 『파리는 날마다 축제』에서 또 이렇게 말하고 있었다.

"수사적인 표현이나 과장된 문장들을 다 지워 버리고 내가 쓴 첫 번 째의 간결하고 진솔하며 사실에 바탕을 둔 문장을 출발점으로 삼아 다 시 썼다. 나는 경험을 통해 알고 있는 주제에 대해서만 글을 쓰기로 작정했다. 나는 작업실에서 글을 쓰는 동안 언제나 그 결심을 지키려고 애썼다. 그리고 그것은 엄격하고 유용한 나만의 글쓰기 원칙이 되었다."

나도 결심하였다. "그래, 수사는 없고 꼭 느낀 대로만 쓰리라."
그런데 한 가지 재미있는 사실이 있다. 헤밍웨이는 정말 솔직하며 느낀 대로 썼다.

"글쓰기를 시작할 때 글의 실마리를 잃어버릴 위험이 있기 때문이었다. 이럴 때 운동을 해서 몸을 피곤하게 하는 것도 좋은 방법이었고, 아내와 사랑을 나누는 것은 더 좋은 방법이었다. 아마도 그것은 다른 어떤 방법보다도 가장 좋은 방법이었을 것이다."

제기랄…. 나는 내가 좋아하는 헤밍웨이를 원망하기 시작했다. 왜냐하면 운동에는 자신 있지만 이 나이에 아내와 사랑을 나누는 것은 '글쎄올시다'이기 때문이다. 이렇듯 헤밍웨이는 첫사랑 여인처럼 나를 웃게 하고 때론 울게 하니 좋아하지 않을 수 없다!!!

'문학적 사장'이자 친구며 멘토였던 거트루드 스타인의 집에서 그가 보았던 피카소 헤밍웨이의 누드화 「꽃바구니를 든 소녀」를 저작권 때문에 이 책에 옮기지 못해 매우 안타깝다.

꽃바구니를 든 소녀

## 모과는 신에게 바친 향기로운 제물

아파트 단지 내 작은 숲 같은 공간에서 낙엽 사이를 헤집고 무엇을 부지런히 찾는다. 공중에서 보물이라도 쏙 떨어지기를 바라는 것처럼 하늘을 보기도 하고 모과나무도 바라본다. 마치 암퇘지가 송로버섯을 찾으러 탐험하듯 나도 우리 댕댕이와 함께 쿵쿵거리며 두리번거린다.

어쩌다 운이 좋아 낙엽 속에 숨은 노란 모과를 발견하면 남들이 볼세라 얼른 주머니에 넣는다. 나와 함께 부지런히 탐색하며 움직이는 강아지의 옷에서 다가오는 겨울과 크리스마스를 느낀다.

로시니는 송로버섯을 즐겨 먹었는데 땅속에 있는 송로버섯의 냄새를 잘 맡는 암퇘지를 사육하느라 작곡을 포기했다는 말이 있다. 그 덕에 지금도 파리에는 로시니의 이름이 붙은 스테이크가 있다고 한다.

그리고 로시니는 일생에 딱 세 번 울었다는데 「세비아의 이발사」 초연이 실패했을 때, 파가니니 연주를 들었을 때, 그리고 뱃놀이 중 송로버섯을 채운 칠면조가 물속에 빠졌을 때라고 한다.

그 사이 모과가 몇 개 쌓였다. 그중에는 달짝지근한 것도 있고 향기가 없는 것도 있다.

　모과를 그려 낸 화가가 있다. 우정아 교수의 아트 스토리에서 옮긴 내용이다. 이 울퉁불퉁한 보잘것없는 모과가 '신과 영혼들에 바치는 향기로운 제물'이라니.

　"은접시에 잘 익은 황금빛 모과를 괴어 담았다. 눈으로 보기만 하는데도 모과 특유의 단단한 과육과 왁스를 바른 듯 끈적이는 표면이 만져질 것 같다. 틀림없이 파란 하늘 아래서 가을바람과 뜨거운 햇볕을 듬뿍 받고 자라났을 텐데, 깊이를 알 수 없는 어둠을 배경으로 정갈하게 놓인 그림 속 모과에서는 시끌벅적했을 바깥세상의 공기가 전혀 느껴지지 않는다. 이토록 잘 익은 모과를 따다가 접시에 곱게 담아 둔 그 누군가조차 어디론가 사라져 버린 지 오래된 것처럼 주위가 온통 적막하다. 이 모과는 살아있는 이들을 즐겁게 할 음식이 아니라, 신과 영혼들에 바치는 향기로운 제물이다."

\# 로시니의 「윌리엄 텔 서곡」 중 마지막인 「스위스 군대의 행진」 들어 본다. 말발굽 같은 소리에 곡이 경쾌하고 신나기도 하지만 정명훈의 몸동작과 열정이 섞인 지휘로 일본 교향악단을 지배하는 모습에 더 신명 난 아침이다.

## 잃어버린 세대 —

미술학자나 그림을 좋아하는 사람들은 파란색 톤이 잔뜩 섞인 피카소의 그림을 보면 "전체적으로 우울한 색채의 기분이 드니 '청색 시대' 작품이야."라고 할 것이다. 친구의 자살이 피카소에게 영감을 주어 대부분의 그림이 우울한 색을 띠던 기간의 그림들을 두고 한 표현이다(대표적인 것이 뉴욕 구겐하임 미술관에 있는 「다림질하는 여인」이다).

피카소가 몽마르트르의 작업실에서 22세의 모델 페르낭드 올리비에를 만나며 그림의 톤은 빨강, 주황 및 분홍색으로 변하게 되는데, 그런 그림들을 '장미 시대'로 분류하게 된다. 한 여자와의 사랑이 그림의 색깔을 바꾼 것이다.

"피카소는 10년 동안 그의 작품에서 사용했던 부피적 선입견을 버렸다. 대신 이 그림에서는 앙리 마티스의 작품을 연상시키는 밝은 색상의 곡선 형태와 평면에 초점을 맞췄다. 모델의 양식화된 옆모습, 풍만한 몸매, 편안한 자세는 피카소와 모델의 개인적인 관계를 연상시킨다. 이 그림은 피카소가 열일곱 살이던 1927년에 처음 만난 마리 테레즈 월터(Marie-Thérèse Walter)의 초상화다. 월터와 피카소는 곧 사랑을 맺게 된다. 월터는 1930년대 그의 작품에서 끊임없는 주제가 되었을 뿐만 아니라, 피카소가 가장 친밀한 사이에 묘사하는 자고 있거나 우아한 휴식을 취하고 있는 모습으로 자주 등장한다."

이러한 그림들에서 불리는 '×× 시대'와 연관된 세대(Generation)에 대해 잠깐 이야기하려고 한다. 대한민국은 불과 20년 전까지도 나이에 우선한, 나이에 집착한 사회였다. 출생 연월을 기준한 그 생물학적 나이로 우리 같은 꼰대를 '5060세대' 또는 '386세대'라 부르며 밀레니엄에 태어난 청년들을 'MZ세대'라고 분류하기 시작했다.

그러면 '세대'라는 말을 유행시킨 작가는 누구일까(또는 미술 수집가라 하자)?
어제의 반복된… 설익고 과장된 표현을 빌리자면 바로 거트루드 스타인이다.

스타인 여사가 '잃어버린 세대(Lost Generation)'라는 용어를 처음 사용한 것은 우리 부부가 캐나다에서 돌아와 노트르담 데샹 거리에 살면서, 아직 그녀와 좋은 관계를 유지하고 있을 때였다. 당시 여사가 몰고 다니던 낡은 T자형 포드의 점화 장치가 고장 났는데, 그녀 차의 수리를 맡았던 군인 출신 젊은 정비공은 솜씨가 없었는지, 혹은 정해진 순서대로 고지식하게 정비하려고 했는지 모르겠지만, 곧바로 수리를 끝내지 못했다. 어쩌면 그 젊은이는 차를 즉시 수리해서 대령할 만한 영향력이 있는 그녀의 차가 얼마나 중요한지를 파악하지 못했는지도 모른다. 결론적으로 그 젊은이는 성실하지 못한 정비공이 되어 버렸다.

스타인 여사의 거친 항의를 받은 정비공장 주인은 그를 심하게 꾸짖으며 말했다. "자네들은 모두 잃어버린 세대(génération perdue)야."

"맞아. 그게 바로 자네들 모습이야. 자네들 모두의 모습이지."

여사가 말했다. "전쟁에 참가했던 젊은이들 모두가 바로 '잃어버린 세대'라고."

- 헤밍웨이의 『파리는 날마다 축제』에서


나는 이 글을 대하며 이리 생각했다. 모든 정열과 열정을 바쳐 일하다 졸지에 직장을 잃고 정처 없이 떠돌아다니며 실의에 빠진 5060, 우리들의 세대는 무엇일까?


가끔 좋았던 시절을 그리워하며 "옛날에 밤도 새우며 참 열심히 일했지, 놀기도 잘 놀고, 가오도 잘 잡고."

'Old but goodies'라고 하면, "음, 드디어 '라떼' 나타났군." 하며 매섭게 쏘아붙이고 꼰대라며 비상구나 탈출구 없는 코너로 몰아붙이는 인정머리 없고 공감 못 하는 젊은 MZ 친구들.

그들이야말로 '잃어버린 세대' 아닌가?

철없던 시절, 동네 골목길에서 몰래 담배를 피우다 어른들이 나타나면 후다닥 도망갔던 그 까까머리 총각들이 이제는 머리가 다 빠져 진짜 대머리가 되어 본의 아니게 까까머리가 되었다.

그 불쌍한 세대들은 아파트 담벼락에 모여서 아무렇지도 않게 태연히 담배 피우는 학생들을 피해 다니며 젊은 애들에게 꼰대라고 지탄받는 억울한 세대가 되었다.

그러나 "라떼는 말이야(Latte is a horse)." 이 말을 즉시 이해할 수 없어도 우리 기죽지 말자. 그네들 2030, 3040세대와 그리고 꼰대 세대… 우리 모두는 어쩌면 상실의 시대에 갇혀 사는 거대한 '잃어버린 세대'일지도 모른다. 그런데 자꾸 발음하니 '잃어버린 세대'라는 표현 하나는 정말 아름답고도 슬프게 들린다. 마치 'Old but goodies'처럼….

# 과거는 흘러갔지만 「Yesterday once more」 들어 본다.

# 기다리는 마음　　　　　　　　　　　　　　　—

추석이 지나도 한참 지났는데 계속되는 지인들의 선물 공세에 요즘 난 싱글벙글 웃고 있다. 세상 물정 모르는 남자들은 참기름 뚜껑이 빨강인지 노랑인지 들기름 뚜껑이 노랑인지 빨강인지 구분 못 하지만, 들기름을 애용하는 나는 쉽게 구별한다.

최근 몇 년간 이맘때면 노란색 병마개를 한 들기름이 여지없이 집으로 배달된다. 난 아침마다 이 들기름을 노화 방지에 좋다고 한 숟가락 입에 넣는다. 들깨를 경작하는 농부들의 수고를 떠올리기도 하고 이 들기름이 만들어지기까지 애쓴 분들의 노고와 수확하고 난 뒤 그분들의 희열의 순간을 떠올린다. 그리고 오래전 햇볕이 쨍쨍 내리쬐는데 들깨 나무를 탁탁 털었던 어머니 타작하시던 모습도 생각한다.

들기름을 한 숟가락 입에 넣는 순간 입안 가득 고소함이 퍼진다. 내가 좋아하는 미역국에도 한 술, 콩나물무침에도 한 술… 그 친구의 네모난 얼굴이 떠오르는 순간들이다.

또 한쪽 편엔 사과 박스에 고구마가 잔뜩 들어있다. 이 고구마는 나와 댕댕이가 맛있게 먹는 공용의 간식이기도 하다.

"올해는 작년과 비교해서 더 맛이 있을 거예요." 울퉁불퉁한 게 제멋대로 생겼어도 보내 준 사람의 성의와 나를 기억하고 있음에 감사할 뿐이다.

또 한 친구는 우리 강아지 간식을 사 달라고 부탁했더니, 돈을 안 받겠다고 손사래를 치길래 나는 모른 척하며 회심의 미소를 지었다.

"짜식…. 내가 공짜 좋아하는 건 알아가지고…."

뜻하지 않게 추석 명절 때 받았던 값비싼 '한우 갈비'나 '생활필수품'과 '김' 같은 꼭 필요한 것들과 특히 예상치도 않게 받은 겨울에 필요한 뜻밖의 근사한 선물들은 나를 환하게 미소 짓게 하며 추워지는 날씨에 보내주는 분들의 따뜻한 마음씨를 떠올린다.

어제 추운 날씨에 갑자기 생굴 생각이 났다. 안면도 근처에서 생굴 채집하시는 분께 전화를 하니, 요즘은 날씨가 더워 굴 알이 탱탱하지 않다는 것이다.

날씨가 추워지기를 기다리는 마음, 선물 받기를 기다리는 마음, 선물 주기를 기다리는 즐거움, 연인의 손편지를 손꼽아 기다리는 애타는 마음 등….

이렇듯 주는 것과 받는 것, 그리고 기다리는 마음은 슬프기도 하지만 아름답기도 하다.

#「기다리는 마음」 들어 본다.

세상은 요지경이다. 빈대 등쌀에 빈대 전문가가 등장해 우리를 긴장시키게 하더니 몇 년 전 올림픽에서 우리의 손에 땀을 쥐게 하며 응원했던 메달의 주인공이 우리를 슬프게 한다.

스물일곱 살의 여성도 아닌, 아니 여성일지도 모르는, 어쩌면 남성일 수도 있는 여성이, 대한민국 최초의 올림픽 펜싱 여자 메달리스트인 애가 딸린 15살 연상과 벌인 사기극에 경악을 금치 못한다.

이 스토리는 성 정체성에 대한 문제인가 아니면 한 여성이 사기극에 휘말린 스토리인가? 성 정체성이라면 그에 해당되는 수많은 작가들, 예를 들면 차이콥스키나 레오나르도 다빈치 그리고 오스카 와일드 등이 있고 우리 주변에는 커밍아웃을 선언한 연예인들도 있어 별로 대수롭지도 않은 이야기이다.

그런데 재벌 2세라는 사탕발림의 유혹과 몇억짜리 자동차에 녹아난 전직 펜싱 선수가 저지른 여러 가지 석연찮은 언론 플레이와 행동이 우리의 눈살을 찌푸리게 하는 것이다.

연말이면 어김없이 생각나는 삿포로 우동집의 소박하고 따뜻한 이야기인 구리 료헤이(栗良平)의 『우동 한 그릇』과 불우이웃을 위해 남몰래 거금의 돈을 놓고 가는 『키다리 아저씨』가 떠오르는 요즈음….

우리는 돈으로 남자와 여자의 성별마저 바꿀 수 있는 엽기적인 세상에 살고 있지는 않은지…. 최근 벌어지는 일련의 사태에 개탄하며 난생처음으로 사회적인 이슈를 몇 자 적었다.

# 차이콥스키의 「四季」 중 「11월 트로이카」을 임윤찬의 연주로 들어본다.


## 『어서 오세요, 휴남동 서점입니다』                                    ___

공대 출신들은 글이 굵어 나름의 멋짐이 있다고 친구가 말하던데, 내가 지금 소개하는 황보름 작가는 소프트웨어 엔지니어다. LG전자에서 개발자로 일하며 몇 번의 입사와 퇴사를 반복하면서도 매일 읽고 쓰는 사람으로서의 정체성을 잃지 않고 있다며 본인을 소개한다.

필명이겠지만 이름에서 짐작되듯이 젊은 티가 나는 황 작가의 책이 20만 부 이상이 팔려 베스트셀러 작가 반열에 올랐고, 책이 전 세계로 번역되었다. 더군다나 번역자는 싱가포르 사람이라니 맨부커상 도전에 실패한 천명관의 『고래』와 더불어 K-문학을 선도하고 있다는 말이 과언은 아니다.

잠깐 옆길로 새 보자. 'K' 하면 K는 『심판』이나 『성』에 나오는 카프카가 즐겨 썼던 이니셜일지 모르는데, 그것은 도스토옙스키의 『죄와 벌』에 나오는 'K 다리'를 흉내 낸 것인지도 모른다.

KTX. K-방산무기, K-문학, K-컬쳐…. 대한민국은 K의 천국임이 틀림없다.

잠깐 『고래』를 돌아본다. 『고래』에서 주인공의 이름은 춘희(春姬)인데, 번역가는 발음과 뜻을 함께 써서 'CHUNHUI- or Girl of Spring-'이라고 번역했다. 번역가는 단순히 언어와 언어가 아닌 문화와 문화를 소통하게 하는 또 다른 '제2의 공동저자'인지도 모르겠다.

각설하고 『어서 오세요, 휴남동 서점입니다』의 책날개에 적힌 문장이 내 마음을 끌어당긴다. 표현도 좋지만 내가 추구하고 싶은 것들이 책 안에 가득 담겨 있었다.

글들을 읽으며 창피했다. 특히 『그리스인 조르바』의 작가인 니코스 카잔차키스의 대목이 나오는 장면에선 나를 지적하는 듯해 섬뜩했다. 뒷담화라니….

페이지를 넘기는 동안 젊은 작가의 따사로움이 넘쳐나는 글에 내 마음은 창피함으로 흔들렸고 때론 온화함으로 가득 찼다. 글쓰기 모임도 따사로움이 넘치는 공간이 되길 기원했으며 나도 읽기와 쓰기에 대한 성실함과 근면성이 솟아나길 바랐다 물론 글의 따뜻함도 말이다.

# 베토벤의 「바이올린과 피아노를 위한 소나타 5번」 중 「봄」은 이 책과 잘 어울리는 밝고 따뜻한 곡이다.

추신: 글을 읽으며 성의 없이 출간된 내 책에 대해 한없이 후회했다.
다음 편은 정말 잘 만들어야겠다…. 그런데 후속 에세이집은 영어로 만들 것을 기획하고 있는데 포기할 수밖에 없다. 내 문장 중에 '쪽이 팔린다' 또는 '귀신 씻나락 까먹는 소리 하고 있네' 등 요상한 말들이 등장할 것인데, 영어도 초짜인 엉터리 번역가인 내가 그걸 무슨 수로 똑같이 표현한단 말인가?

## 겨울 나그네 ___

아침 일찍 일어나 오랫동안 심바를 쓰다듬었다. 눈을 지그시 감고 주인의 손길을 즐기는 모습이다. 사람이나 동물이나 저를 아끼는 주인의 손길을 늘 기대하고 있는지도 모른다.

모처럼 아침 일찍 휘트니스로 향했다. 가끔 마주치는 유명 탤런트가 눈에 들어온다. 심하게 헛구역질을 하면서 양치질을 하는 모습과 천장이 떠나갈 듯 "횡" 하며 코를 푸는 모습에 인간적인 모습을 느낀다. 얌전하게 칫솔질하고 코도 안 푸는 나와 참 대조적이다. 목욕탕에서 사람을 관찰하는 내 모습이 참 구차해 보인다.

지난번보다 조금 근육이 빠진 듯한 그의 엉덩이와 뒷모습에서 세월의 흐름을 감지한다. 어찌 몸 근육뿐이랴? 마음 근육까지 쪼그라들어 가끔가다 막힐 줄 모르는 연극의 대사와 영화의 대본을 걱정하고 있는지도 모른다. 배우의 생명을 유지하고 깜빡깜빡하는 정신 줄을 놓지 않기 위해 부단히 연습하고 있을 것이다. 그리고 90이 다 된 나이에도 '방탄노년단'으로 불리는 대선배인 이순재와 신구의 끊임없는 열정을 본받기 위해 노력하고 있는지도 모른다.

나도 체력단련장으로 가서 철봉에 매달려 "하나, 둘, 하나, 둘." 거친 숨을 몰아쉰다. 한때는 다부지다고 자부했던 내 근육도 저 탤런트와 별다를 것 없다. 점점 쇠퇴해 가고 있다. 몸도 마음도.

거리에 나서니 노란 낙엽은 가득하고 경비 아저씨들의 빗자루질은 바쁜 듯 분주하다.

영하권 같은 날씨, 동갑내기 강석우가 주연한 「겨울 나그네」와 그가 오랫동안 진행했던 음악 방송이 떠오른다. 그는 이런 날 아침에 길 떠나는 나그네를 노래한 슈베르트의 「겨울 나그네」를 종종 들려주었다.


#「겨울 나그네」 중 「보리수」 들어 본다.




## 물레방아 인생 —


날씨는 흐리지만 바람이 없고 온화하여 가을의 기분을 한껏 느낀다.

낯선 도시에서 호텔 문을 나서며 한적한 아침을 맞는 묘한 기분과 그 감흥은 무어라 표현하기 어렵다. 오래된 도시를 걷는 이 순간만큼은 다분히 철학적이며 낭만적인 느낌도 갖는다…. 철학이란 고결한 이름을 팔다니???

시내 중심부 주변엔 루앙 대성당 같은 모습을 한 고딕 양식의 성당이 눈에 띄었다. 대로변의 서점에선 크노소스 궁전의 미로에서 탈출한 이카루스가 태양에 너무 가까이 다가가 날개가 타 버려 추락사한 「이카루스를 위한 애도」란 그림으로 장식된 그리스 신화의 책들이 전시되어 있었다.


조금 길을 걷자 멀리 벤치에 책을 읽는 사람의 모습이 보인다.

일요일 아침 채소와 과일을 늘어놓는 재래시장에서 지구촌 곳곳의 사람들은 다 사는 것이 고만고만함을 느낀다. 저들도 우리와 같이 닭똥집을 좋아하고 통닭구이를 즐겨 먹는 모양이다. 자그마한 밤을 잔뜩 쌓아놓고 파는데 저걸 어떻게 먹으려는 것일까? 그렇게 생각하자 사람들이 순박하며 정겨워 보인다.

10시가 지나자 사람들이 움직임이 눈에 띈다. 거리의 두 명의 노숙자는 다정한 형제같이 기대며 서로의 어려움을 나누고 있다. 누군가와 서로 기대고 있는 것은 위안을 주고받으니 참 행복한 것이다.

강 건너의 풍경은 지구촌 어디를 가도 고즈넉한 분위기가 넘쳐흐른다. 보르도강의 유속은 빠르지 않았고 템스강이나 센강과 강폭은 비슷하지만 우리 한강에는 어림없다. 멀리 널려 있는 유람선들은 세계 어디를 가든 늘 낯선 관광객을 유혹한다.

끝없이 뛰며 조깅하는 모습은 세계 어디서나 마찬가지다. 뛰고 걷는 그들의 한쪽에선 뺨을 갖다 대며 비쥬로 인사하는 사람들과 키스하는 청춘남녀의 모습이 눈에 보이니 프랑스에 온 것은 틀림없나 보다.

보르도의 명물이라는 '물의 거울'엔 물은커녕 바닥이 메말라 있다. 아마도 지구 온난화 때문일 것이다. 여기는 노랑 은행잎은 덜 보이고 약간 붉게 단풍 든 나무의 모습이 곳곳에 깔려 있다.

SOS 구조대의 활약상을 전시한 사진들을 보고 있자니 생명의 존엄성과 미래를 짊어질 어린아이들을 우선하는 프랑스인의 사상을 느끼게 된다.

시내 오페라 근처에 오자 빙빙 도는 회전목마를 발견한다. 다른 프랑스의 어느 도시에서도 볼 수 있는 흔한 모습이다. 어쩌면 이 놀이 기구는 아이들의 유희만을 위한 것이 아닐지 모른다. 노래 가사처럼 인생은 회전목마 같은 '돌고~ 도는 물레방아 인생'인지도 모른다.

물레방아 인생을 떠올리니 괜히 집에 덩그러니 있을 아내가 안쓰러워진다. 푸아그라와 거위 가슴살 요리에 눈독 들여 예약했던 맛집 가기

를 포기했다. '얌체 세대'에 '얌체 인간'으로 살면서 아내한테만은 절대로 얌체 인간이 되긴 싫었다.

"맛있는 건 절대 혼자 먹어서는 안 된다."

허름한 흑인 부부가 운영하는 베트남 식당에서 짜디짠 국수로 허기짐을 달랬다. 맞다. 베트남은 프랑스의 속국이었다.

베트남을 배경으로 한 프랑스 영화 「연인」에서 슬픈 소녀의 오열하는 장면과 뱃고동 소리가 떠올랐다.

# 쇼팽의 「왈츠 10번」 들어 본다.

## 보르도 와이너리 투어 ___

사시사철 변치 않고 주인의 발소리를 기다리는 것이 있다면 그것은 무엇들일까? 몇십 년간 같이 살고 있는 배우자일까?

오래전, 장가들기 전에 술 마시고 늦게 들어오는 날에는 어머니가 막내아들의 비틀거리는 인기척을 애타게 기다리셨다. 40년이 훨씬 지난 요즈음 하루 종일 애타게 기다리며 나를 반갑게 맞아 주는 것은 조강지처가 아닌 우리 강아지이다(거짓말 하나 안 보태, 엊그제 그 말 못 하는 미물이 꿈속에 나타나서 나를 울렸다).

주인을 학수고대하며 기다리는 것이 어찌 댕댕이뿐이겠는가? 내가 신혼 시절 퇴근 후 일찍 집에 오면 일 끝내고 돌아오는 아내를 힘껏 안아 주기 위해 계단 올라오는 소리에 귀를 쫑긋거리며 기다린 적도 있었다. 비록 오래가지는 못하였지만….

주인의 발소리를 정말 애타게 기다리는 또 다른 것이 있으니 그것은 바로 농부의 따뜻한 보살핌을 기다리는 온갖 농작물이고 추수가 시작되기를 기다리는 성숙한 포도알일지도 모른다. 그 포도는 주인과 타지에서 온 일손들의 눈과 손에 의해 한 알 한 알 검사되어 걸러지고 으깨지며 오크통에 저장되어 숙성을 기다리는 와인일 것이다.

"농부에게 아침은 매일 매일 다르다."라고 시작된 와인 영화에서는 '포도밭의 가장 좋은 비료는 주인의 발소리'라며 인간과 와인의 친숙함을 단순하고 아름답게 표현한 대사도 있다.

그 영화를 보고 영화의 배경인 부르고뉴 지방이나 보르도를 한 번 꼭 가 보리라 생각했는데, 나의 오래전 계획된 밀라노 여정에 이정표 하나를 추가하며 보르도를 방문하는 '겨울 나그네'가 된 것이다.

보르도행 비행기는 만석으로 가득 찼고 입국장엔 설치된 커다란 와인 모형과 여러 가지 사진에서 와인의 성지임을 알 수 있었다.

다음 날 '와이너리 투어'란 이름하에 생면부지인 각양각색 차림의 외지인, 6·25 전쟁 때 고통을 함께 나눈 튀르키예(터키)인 3명과 미국인 부부, 우리를 속박했던 일본인 1명, 그리고 나, 일곱 명이 한 차에 올랐다. 난 일본인의 기선을 제압할 목적으로 맨 앞에 앉아 대장이라도 된 듯 의기양양하게 떠벌렸다. 한 가지 분명한 것은 이날의 주제는 와이너리 투어였으며 얽히고설킨 관계에 있는 우리들은 '와인'이라는 공통의 어젠다에 묻혀 함께 웃고 떠들었다. 우리를 태운 가이드는 보르도의 동북쪽에 있는 생테밀리옹(Sainte-Emillion)의 와이너리를 향해 출발했다.

1632년부터 9대에 걸쳐 가업으로 전통을 계승한 이 와이너리는 9월 말부터 추수가 시작되어 약 2달간의 작업을 마친 끝에 와인들은 오크통 속에서 익어 가고 있었으며, 1년 넘게 암벽 안의 와인 창고에서 숙성되기만을 기다릴 것이다. 한 해에 만들어지는 와인은 만 오천 병 정도밖에 안 된다.

오크통은 하나에 150만 원 정도 하는데 포도의 품종만큼 품질이 중요하며 2~3번을 쓴 후에 싼값으로 팔린다고 가이드는 설명한다(놀라운 것은 포도밭도 토양을 뒤집어엎는 객토 작업을 하는데 소가 쟁기질을 하듯 말들을 훈련시켜서 작업을 하는 것이다).

암반 밑 오크통 안에서 숙성되는 과정들을 보면서 본격적인 레드 와인 테이스팅이 시작되었다. 다섯 가지 종류의 와인을 시음하였는데, 난 2018년산 메를로 80%, 카바르네 프랑 20%의 다크 초콜릿 맛이 나는 와인에 호감이 갔으나, 솔직히 말해 다섯 종류의 와인 맛을 구별하고 무슨 느낌인지 표현하는 것은 불가능했다.

포도를 착즙한 후의 와인의 색은 하루하루가 다르게 변해 간다. 와인의 색이 변해 가는 과정을 사진으로 남겼다. 참으로 신기하지 않을 수 없다.

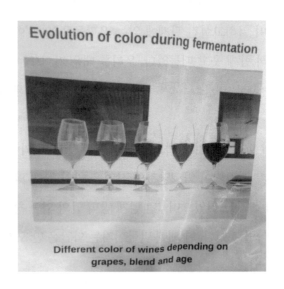

호텔에 돌아와서 국물이 있는 컵라면을 저녁으로 택했다.

와인 성지에서 맛본 '신의 물방울'과 컵라면…. 그 둘은 결코 어울리지 않는 조화이며 컵라면은 그날의 실패작이었다.

# 라나 델 레이가 부른 「썸머 와인」은 느낌이 다르다.

## 메르시 마담(Merci Madame)

보르도에서 이틀을 신나게 보내고 부르고뉴로 향하려다 이번 여행의 이유는 와인이 아니었음을 깨닫고 계획했던 밀라노로의 여정을 조금 앞당겨 밀라노로 향하는 보르도에서의 어제 아침 이야기다.

담장에 매달려 있는 이름 모를 넝쿨에서 아직 가을이 살아있음을 느끼고 산타클로스에서 스크루지 영감을 떠올린다.

친절하고 자세하게 공항 가는 길을 가르쳐 주는 중년 여성에게 "메르시 마담."이라고 인사하니 활짝 웃으며 손을 흔들어 준다.

주요섭의 『마네모네 마담』이란 단편 소설이 있었던가? 나도 가끔은 '무슈'라고 부르는 그네들의 상투적인 호칭에 "오, 내가 진짜 신사인가?" 하며 되물은 적도 있었다. "멀쩡하게만 생기면 신사?"

탑승장에서 사람들을 구경한다. 저들의 모습에서 각양각색의 사연들이 느껴진다. 미모와 지성이 넘쳐 보이는 백인 여성이 입양한 듯 보이는 피부색이 전혀 다른 몇 개월 안 된 고수머리 어린아이를 꼭 안고 있는 모습에서 탤런트 김혜자의 인류애를 떠올린다.

어제 Paul 카페 앞에서 같이 커피를 마시며 담소한 보르도에 유학 온

딸을 보러 온 세네갈의 동갑내기처럼 보이는 여성, 그리고 80세 정도 보이는 할머니임에도 불구하고 꼿꼿함을 잃지 않으려고 노력하는 할머니의 모습 등에서 보이는 게 있고 배우는 게 있다.

그래… 일부러 노력할 것까지는 없지만 신사는 나이가 들수록 혼자 있을 때나 사람들이 많은 공공의 장소에도 무엇인가 잃지 않도록 신경 써야 한다. 그것은 똑바른 자세와 놓지 않으려는 정신 줄과 볼일 보고 나서 바지 지퍼 똑바로 올리는 것 등 사소한 것들을 포함해서 말이다.

게이트가 오픈되며 탑승이 시작된다. 헤밍웨이의 『무기여 잘 있거라』의 배경인 밀라노가 어떻게 변했는지 궁금해진다.

# 오랜만에 베르디의 오페라 「라 트라비아타」 중 「파리를 떠나며」 들어 본다.

추신: 비행기 안에서 승무원에게 "메르시 마담."이라고 했더니 과자를 하나 더 준다. 고소한 깨 과자다. 마담은 참 여러모로 쓸모 있는 호칭이다.

메르시 마담(Merci Madame)

## 내 별명이 알 파치노?

내 고향 이탈리아에 왔다!!! 내 동기들은 바뀐 나의 뒤로 넘겨진 머리 스타일을 보고 가끔 "이탈리아 놈"이라고 놀려 대며 영화 「대부」에 나오는 말론 브란도나 알 파치노 비슷하다고 장난친다. 뭐 그리 듣기 싫은 호칭은 아니지만 조폭 두목 같은 느낌이 드는 것도 사실이다.

'대부'에는 여러 가지 뜻이 있다. 절대적으로 복종해야 하는 신과 같은 존재가 대부이기도 한데 후배 한 분은 우스갯소리겠지만, 나 보고 몇 번 '꼭 교주 같다'고 말한 그 교주와 비슷한 의미이다. 교주는 하나님을 영접하게 해 주는 신적인 존재이니⋯ 내가 교주라면 모든 것을 바치어 충성을 다해야 하는 거 아닌가??

그건 그렇다 치고⋯ 『무기여 잘 있거라』에서 헤밍웨이는 헨리 중위를 통해 최고의 와인은 '카프리'라며 이렇게 말하고 있다.

다른 와인들도 여러 차례 시도해 봤지만 카프리가 최고였다. 전쟁 중이라서 와인 전문 웨이터가 없어 내가 프레사 같은 와인에 대해 물어보면 조지는 부끄러운 듯 미소를 지었다. 그가 말했다.
"와인에서 딸기 맛이 나다니, 그런 와인을 만드는 나라도 다 있나 생각하신다면⋯."
캐서린이 물었다.

"딸기 맛이 어때서요? 멋있게 들리는데요."

부부가 함께 카프리섬을 여행했다는 내 친구의 이야기와 이탈리아 민요 「돌아오라 소렌토」로 유명한 남쪽의 소렌토가 나를 따스한 남쪽 지방으로 유혹했으나, 내 본연의 임무, '밀라노에서의 헤밍웨이 흔적 찾기'는 잊지 않고 있었다.

오랜만에 지하철을 탔다. 밀라노의 지하철은 타기도 편하고 비교적 깔끔해서 기분이 상쾌했는데 우리처럼 열차 안에서 핸드폰을 보는 사람은 그렇게 많지는 않은 것 같다. 밀라노 중앙역에서 내려 이전 글에서 언급했던 베르가모(Bergamo)로 향했다. 프랑스 인상파 작곡가인 드뷔시가 이 지역을 관광하다가 감흥에 젖어 작곡한 곡이 「베르가마스크 모음곡」이고 그중에 「달빛」은 피아노곡으로 연주되며 백미를 자랑하는데, 드뷔시 때문에 왔다고 해도 과언이 아니다.

베르가모는 조용하고 한적한 중세 시대를 연상케 하는 자그마한 도시이며 유럽 어디서나 볼 수 있는 건물 전체의 노란색과 특유의 벽돌색 지붕들은 도시의 고풍스러움과 아름다움을 한층 더해 준다. 한 떼의 야외 수업 나온 학생들을 통해 이곳 사람들의 현장 실습의 중요함을 감지케 한다.

길거리를 지나가다 깜짝 놀랐다. 삼십 년 전 회사에 있을 때 출장왔던 그 호텔 옆으로 지나가고 있었기 때문이다. 아직도 이 호텔이 있다니!! 그리고 나의 기억력에 신통해했다. 그때는 해외 가는 게 벼슬한 듯 폼 잡고 다니는 시절이었고, 더군다나 초짜이니 어리바리해져서 호텔에 여권을 맡기고 깜빡하고 그대로 공항으로 갔다가 찾으러 다시 와야 했던 그런 추억이 있었기 때문이다.

'푸니쿨라', 바로 케이블카를 두고 하는 말이다. 밝고 희망찬 곡 때문에 음악 방송에서 연초만 되면 끊임없이 나오는 명랑한 그 노래의 주인공인 푸니쿨라를 여기서 보다니….

정상에 가서 오래된 성당과 베르가모 시내의 전경을 보고 「남몰래 흐르는 눈물」로 유명한 「사랑의 묘약」 작곡가인 도니체티의 박물관 앞을 서성거리다 쉬는 날이라 겉만 살펴보았다.

베르가모에서 가장 자신 있게 권한다는 대표 음식인 라비올리를 시켰다.
특이하게 경사가 진 접시에 담긴 열 조각도 안 되는 라비올리의 색다른 맛에 반하면서, 30년 만에 다시 찾은 중세풍이 가득한 소박한 도시 베르가모 여행은 그렇게 막을 내렸다.

# 「푸니쿨리 푸니쿨라」 들어 본다. 중간에 나오는 귀에 익은 가사 "얌모 얌모 눕빠 얌마 야"는 "가자, 가자, 꼭대기로 가자"란 뜻이다.

새로운 것들을 보고 느끼는 것은 여행에서 얻는 기쁨이요, 즐거움이다. 오늘은 여행 도중에 먹은 음식에 대해서 잠깐 적어 본다.

음식의 품위는 바로 이런 것들이다. 호텔에서 아침을 먹으면서 계란 프라이 두 개를 주문했더니 멋진 장식의 계란 프라이가 등장했다. 별거 아니지만 장식 하나가 '참으로 섬세하다'는 느낌을 주면서 식욕을 돋우었다. 마치 종려나무 표시가 담긴 커피의 장식처럼 말이다(칸느 해변에 덮여 있는 종려나무를 본떠서 칸느 영화제 우승자에게 황금종려상이 주어진다).

한편 종업원들도 이름을 모르는 빨간색이 뒤덮인 인디언 푸드는 소프트한 느낌을 물씬 풍기며 자극은 하나도 없었다.

오늘 처음 가본 오래된 문화를 자랑하는 음식의 본고장인 볼로냐에서 맛집을 찾았다. 이 지방 대표 음식인 라자냐를 먹기 위해 30분 넘게 기다렸다. 생전 처음 와 보는 낯선 도시에서 남녀노소 구분 없이 줄을 서서 먹는 맛이 어떨지 매우 궁금했는데, 과연 시간을 낭비한 가치가 있는 음식이었다. 메뉴를 적으라고 내놓는 판에 내 닉네임 조르바를 적어 주문한 라자냐와 화이트 와인 한 잔에 희열감을 느낀 시간이었다.

.

귀족의 저택을 개조한 호텔에 체크인했다. 특정한 호텔 한곳에 계속 머무르니 포인트가 쌓였고 VIP 대접을 받아 스위트룸으로 업그레이드 되었다. 글 올리기 창피하지만 이런 호사스러움을 누린다. 서울에서 머문다면 꽤 큰 돈을 지불했을 것인데, 적은 돈을 지불하고 귀족 대접을 받았다. 더군다나 방 안에는 전쟁과 지혜의 여신인 아테나 같은 흉상까지 놓여 있었다.

맨날 컵라면만 먹는 거 같아 호텔의 식당을 이용했다. 관자 요리의 맛과 비주얼이 품위를 자랑한다. 이탈리아 트렌티노 화이트 와인도 함께 시켰다.

40년 결혼기념일을 맞은 사우스캐롤라이나에서 온 미국인 부부와 친구가 되어 우리 아내와 우연히 겹친(한국 시간 어제) 기념일을 서로 축하해 주었다. 아내는 어찌 내팽개치고 혼자 왔냐고 해서 2주 전까지 유럽에 같이 있었다고 했고, 돈으로 퉁쳤다고 하니 껄껄 웃는다.

나의 쫄자 같은 성격에 난생처음 보는 모르는 사람과 어울리고 희희낙락거리고 있으니 난 유별난 인간임이 틀림없다. 한쪽은 촐랑거리는데 그들 부부는 점잖다. 그러나 저음의 굵직한 바리톤 목소리의 주인공은 나보다 더 작달막하다.

헤밍웨이와 피츠제럴드에 대해서 한바탕 연설을 한 후 내가 여기에 온 목적에 대해서 얘기했다. 그리고 헤밍웨이가 즐겨 먹던 그라파를 디저트 와인으로 시켰다. 43%의 위용을 가진 강한 향의 브랜디이다.

그라파용 술잔을 보며 싱글몰트 위스키 마실 때 잔을 갖고 나왔던 후배도 생각한다. 그리고 안중근과 그의 동료가 배갈 한 잔과 양고기로 마지막 식사를 하며 하얼빈에서 이토 히로부미를 저격 모의하던 김훈의 「하얼빈」도 떠올린다.

계산을 하려고 보니 잔 네 개가 나란히 놓여 있다. 컵라면만 먹다 밀라노의 오래된 식당에서 천상의 맛을 보았다. 오랜만에 한 끼에 5만 원 이상의 거금을 나에게 투자했던 하루였다.

# 이탈리아 칸초네 「마음은 집시」 들어 본다.

## 라 스칼라 극장과 마리아 칼라스

헤밍웨이 탐사의 마지막 날이다. 그가 10년 동안 살았던 키웨스트나 몇 년 동안 신문사 기자로서 머물렀던 파리와 베니스의 단골 카페, 그리고 집필했던 많은 도시 등 그의 흔적을 따라다닌다는 그럴싸한 핑계를 대고 참으로 많이도 다녔다.

이렇게 저렇게 엮으면 헤밍웨이에 관해 얇은 에세이를 만들어도 될 분량의 글이 될지도 모르겠는데, 편집하자니 글이 허접해서 엄두가 나지 않을뿐더러 내가 끄떡하면 대문호의 이름을 끄집어내었으니 그의 명성에 누가 될까 대단히 조심스럽다.

스칼라 극장은 『무기여 잘 있거라』의 중반부에 등장한다.

"난 스칼라 극장에서 노래할 거야. 10월에 「토스카」를 부를 거라고."
에토레가 부영사에게 말했다.
"꼭 보러 가야지. 갈 거지, 맥? 이 친구들을 보호해 줄 사람이 필요할 테니 말이야." 부영사가 말했다.

나는 혼자서 마티니를 한 잔 마시고 값을 치른 뒤 건물 밖 카운터에서 초콜릿을 받아 병원을 향해 걸었다. 스칼라 극장에서 조금 올라가다 보면 나오는 작은 술집 야외 자리에 내가 아는 사람이 몇몇 있었다.

예전에 무심코 지나쳤던 스칼라 극장이 다시 눈에 들어왔다. 공연을 보려고 며칠 전부터 예약하려고 하였으나 이미 만석이 되어 직접 가 보았어도 허탕이었다. 대신 스칼라 극장 안의 박물관에 들어가서 박물관 안의 모습과 공연 전에 직접 배우들과 오케스트라의 연습 장면을 보는 것으로 위안 삼았다.

오래전 푸치니가 토스카니니의 지휘로 오페라 「나비 부인」의 초연을 이 극장에서 공연하다 실패하고, 관객들의 야유로 중간에 도망치는 역사적인 사건의 발생 장소인 이 박물관에는 푸치니와 당대의 명 지휘자 토스카니니와 로시니 그리고 불멸의 성악가인 카루소 등 여러 유명한 성악가와 작곡가들의 활동 모습과 사진 등이 있었다.

스칼라 극장을 빛내며 백미로 손꼽히는 것은 역시 마리아 칼라스였으며 그의 공연에 관한 모든 것이 박물관에 전시되어 있었다. 뉴욕의 메트로폴리탄 오페라 공연장 입구에 전시된 모습들과 똑같아서 '마리아 칼라스 위의 마리아 칼라스가 없다'는 그녀의 전설을 증명하고 있었다.
그녀의 모습은 도처에 깔려 있었고 그가 입던 의상을 비롯해서 칼라스의 전기에 대한 내레이션을 계속 내보내고 있었다.

　관람을 못 했지만 저 아래 펼쳐지는 관현악단과 연습하는 모습들 그리고 빨간색으로 장식된 좌석들이 눈에 들어왔다. 오케스트라는 자유롭게 연주하고 있었고 현장에서 무대 장치가 동작하는 모습도 볼 수 있었다.

　「마리아 칼라스」라는 전기 영화에서 '운명은 운명'이라며 '벗어날 길은 없다'고 하고, 본인의 별명을 호랑이라고 소개했던 그녀도 스승에게 보낸 편지에선 '수줍고 예측하기 어려운 성격을 가졌다'며 일반 시민이 쳐다보면 부끄럽고 민망해 고개도 못 들었다고 했다. 세상 사람들을 웃기게도 하고 울리게도 만들었던 세기의 디바가 마음만은 가냘픈 소녀 같은 감성을 가지고 있었던 것이다.

# 오페라 「토스카」 중 「사랑에 살고 노래에 살고」 들어 본다.


코모(Como)호수에서 헨리 중위와의 작별을 고하다

밀라노에서 기차를 타고 50분 정도 가면 코모라는 휴양 도시가 있다. 스위스와 근접해 있고 도시가 호수로 덮여 있어 마치 스위스의 루체른이나 몽트뢰에 온 듯한 착각에 빠지게 된다.

이 호반의 도시를 찾은 이유는 바로 마조레 호수라는 곳에서부터 시작되었다. 헤밍웨이가 『무기여 잘 있거라』를 이탈리아의 마조레 호수에서 집필했는데, 마조레 호수가 스위스의 접경지역이고 물안개를 동반한 호반의 호젓하고 아름다운 풍경을 지니고 있어 여기 코모호수와 거의 비슷하다는 이유에서다(『무기여 잘 있거라』에서 헨리 중위는 캐서린과 마조레 호수에서 보트를 타고 스위스 몽트뢰로 탈출하게 된다).

또한 내가 선호하는 호텔이 바로 호숫가 옆에 위치해 있고 특히 베컴의 별장이 여기 있으며 오래된 건축물들이 있다는 구글의 안내가 나를 이곳에 오도록 부추기는 데 한몫했는지도 모르겠다.

　기차에서 내려 호수를 끼고 걷는 길은 너무나 환상적이었으나 곧 어둠이 내려 호텔의 테라스에서 적막한 밤의 호수를 볼 수밖에 없었다.
　몇 점의 굴과 화이트 와인, 그리고 하얀 연기 같은 드라이아이스의 비주얼로 호반의 도시에 대한 새로운 모험이 시작되었으며 내 가슴은 요동쳤다.

　운동장같이 넓은 호텔 로비엔 전 세계가 사랑한 공주와 성악가의 '아듀'를 알리는 책들이 널려 있었다.

· 아듀 파바로티···

아침 날씨는 우리의 10월처럼 맑고 화창했으며 태양은 환하게 호수를 비추었다. 잔잔한 바람이 수면을 스치며 내 얼굴에 와 닿았다. 혼자만의 기쁨에 도취해 있는데 야외 수업을 나온 열대여섯 명의 초등학생들과 마주쳤다. 인솔 온 여교사와 이런저런 이야기를 하며 아이들에게 "Good Teacher?"라 물으니 "Bad Teacher."라 웃으며 대답한다.

아이들의 말투에도 어려서부터 유머가 배어 있다. 유머가 있는 세상에 온 것이다.

그들과 작별하고 한적하고 고즈넉한 풍광에 압도당해 계속 걸었다.

저 언덕 어디 베컴의 별장이 있으려나? 로마와 피렌체나 밀라노를 몇 번 와 봤지만 이렇게 편한 마음으로 혼자 느긋하고 여유 있게 새로운 것을 보고 느끼는 것은 실로 오랜만이다.

물과 녹색의 풍경이 어디에나 펼쳐져 있었고 오래된 궁과 넓은 정원으로 둘러싸인 두오모도 곳곳 눈에 띄었다.

리베카 솔닛이 "여행은 마음의 발걸음이기도 해서 다른 장소에 가면 다른 생각이 떠오른다."더니, 낯선 곳에서 자연만을 바라보며 근사한 풍광에 사로잡히니 다른 것을 생각할 여유도 없었다.

비록 짧은 기간의 여정이었지만 마음속에 『무기여 잘 있거라』를 되새기며 헤밍웨이와 헨리 중위에게도 아듀를 고하였다. 그가 즐겨 마셨을 것 같은 브랜디도 기념품으로 구입하는 것도 잊지 않으며….

코모(Como)호수에서 헨리 중위와의 작별을 고하다

# 그리그의 「페르 귄트 모음곡」 중 「아침의 기분」 들어 본다.


## 브레라 미술관 ⸻


지난주 이탈리아 3대 미술관의 하나인 밀라노 시내에 있는 브레라 (Brera) 미술관에 들렀다. 미술관에 가는 경우는 계획적인 것과 시간이 남아 무턱대고 가는 두 가지 경우가 있는데, 요즈음 글이 막히기 일쑤이고 자신감이 떨어지니 미술 쪽으로 관심이 자꾸 돌려진 탓인지도 모르겠다. 그날따라 날씨는 쌀쌀했고 미술관 가는 길엔 바람이 가득했다. 이번 여행에서 그림 보러 가는 날은 우연히 비 내리고 바람 부는 날이었다. 미술관 근처 카페엔 많은 사람들로 북새통을 이루고 있는 것을 보니 우리네들이 비 오는 날 파전과 막걸리를 즐겨 먹는 것과 별반 다름없이 보였다.

이 미술관은 1776년 오스트리아의 마리아 테레사 황후가 미술 아카데미 학생들을 돕기 위해 설립되었고 1809년 나폴레옹 보나파르트 황제의 요청으로 공공 미술관이 되었다. 외세 침입을 받은 나라의 보물이 점령자들에 의해 보존되다니 다소 의외였다. 브레라는 14세기부터 19세기까지의 주로 종교적인 주제의 작품을 전시하고 있는데, 피렌체의 우피치 미술관보다는 규모가 작은 미술관이다.

전시된 그림 중 가장 주목을 많이 받는 한 편의 그림을 소개한다.

· 시몬 피터자노, 「비너스와 큐피드와 두 사티로스의 풍경」, 1570

"티치아노의 공방에서 훈련을 받고 1582년부터 밀라노에서 활동했던 시몬 피터자노(Simone Peterzano)는 카라바조의 스승이었다. 이 그림은 그의 희귀한 세속적 그림 중 하나로 티치아노의 작품에서 영감을 받았다. 작품 주제의 강렬하고 노골적인 에로티시즘은 아마도 자연의 생산력과 육체적 사랑의 즐거움을 찬양하는 것을 목표로 한 것이다. 사랑의 여신 비너스는 아들 큐피드와 함께 잠을 자고 있고, 방종과 사치를 상징하는 두 사티로스(반인반수 괴물)가 그녀를 깨우려고 한다.

무엇보다도 푸르름이 깊은, 자연 깊은 풍경과 초원의 풀잎 하나하나에 대한 그의 정확한 자연주의적 묘사가 돋보인다. 씨앗이 가득한 이 과일은 비너스 여신과 관련된 번영과 다산의 상징이며 여신의 포즈가 드러나는 정교한 미술 작품이다(전시장 해설)."

　　시간에 쫓기듯 급하기만 했던 브레라 미술관 투어.. 이 글 끝내는 것처럼 급하기만 했다...


　　# 「O Holy Night」 들어 본다.


## 암스테르담 국립미술관에서 　　　　　　　　　　　　—


11월 늦가을에 이런 고즈넉한 풍경을 볼 수 있음이 나를 즐겁게 한다. 지난봄과 다르게 암스테르담 국립 미술관이 더 고고하게 느껴지니 하는 말이다. 오늘도 반 고흐 티켓을 놓쳤지만, 저녁 비행기 탈 시간까지는 아직 시간이 많이 남아 고흐 미술관 바로 옆에 있는 국립 미술관으로 향했다. 근원이 어딘지 알 수 없는 주변의 풍부한 물과 고풍스럽게 느껴지는 건물, 그리고 한적한 가을의 기운만으로도 행복함을 느끼며 흐린 날씨에 사진이 더 잘 나올 거 같다는 생각에 마구 찍어 댄다.

　　그냥 맞아도 적시지 않을 비지만 호텔에서 우산을 빌렸다. 미술관 가기 더없이 좋은 날이다. 비 오는 날에는 미술관에 가라고 노래에 나왔던가? 휴일을 맞아 사람들은 미술관으로, 미술관으로 향한다. 지난번에 못 보았던 미술관 후문은 낯익은 듯 낯설다. 비발디의 「사계」를 거리의 악사가 연주한다.

페르메이르의 유명한 작품인 「우유를 따르는 하녀」를 못 보아 늘 아쉬움이 컸는데, 그 그림 외에도 또 다른 세 점의 작품을 볼 수 있다니 심박수가 높아지며 발걸음이 빨라진다. 장욱진 화가는 "그림은 마음의 생략"이라고 했는데 과연 그림들 속에 담긴 생략은 무엇일까?

· 페르메이르, 「우유를 따르는 하녀」, 연대 미상

"일에 열중한 하녀가 우유를 따른다. 하얀 우유의 흐름 외에는 아무것도 움직이지 않는 것 같다. 페르메이르는 이러한 일상적인 행동을 인상적인 그림으로 압축했다. 그 인물은 조각상처럼 빛의 공간에 자유롭게 서 있다. 페르메이르는 수백 개의 다채로운 점으로 이루어진 물체 위에 빛이 어떻게 작용하는지 관찰했다(전시장 해설).”

반 고흐의 「자화상」 앞에는 역시 많은 사람이 몰려있는데 ‘임시 전시회’라 이름 지어진 특별관에서 본 그의 작품 한 점을 소개한다.

몇 년 전 애니메이션으로 상영된 영화에 나오는 고흐의 친구인 ‘우체부’의 아들인 아르망 룰랭을 그린 그림이다.

· 빈센트 반 고흐, 「아르망 룰랭」, 1888

“아맛빛 콧수염을 기른 이 소년의 모습은 신비로워 가늠하기 어렵다.

그는 내성적이고 다소 우울하며 슬픈 것 같고, 아무것도 관심 없는 듯 어깨가 축 늘어져 있어 그 무엇도 그의 관심을 끌 수 없다는 듯 보인다. 반 고흐는 성인이 된 프랑스 남부 아를 출신의 우체부 조셉 룰랭의 17세 아들을 그렸다(전시장 해설).”

　오늘 많은 그림을 다시 보았고 느낀 것도 많다. 그림도 보면 볼수록 더 많이 가슴에 와닿으며 보는 맛을 느끼게 된다. 마치 음악을 듣는 맛처럼 말이다.

## 브로커

      —

일본 감독이 메가폰을 잡고 한국 배우들이 주연한 이색적인 영화 「브로커」를 기내에서 보았다. 베이비 박스에 맡겨진 갓난아이를 팔기 위해 데려간 두 명의 남성과 그 아이를 다시 찾으러 온 여성. 이런 인신매매범들을 여성 경찰 두 명이 쫓으면서 온정이 깃든 동반자적 관계를 맺는 해피엔딩 스토리이다. 여기서 ‘브로커’란 ‘사는 사람이 있으니 판다’는 수요와 공급의 법칙에 편승해서 바로 無에서 有로 관계를 맺어주는 ‘거간꾼’이다. 가끔가다 지면을 커다랗게 장식하며 사회를 떠들썩하게 만드는 희대의 사기꾼들이 있어서 그렇지, 평범한 용어인 것이다.

잠시 집안 이야기로 화제를 돌린다. 허풍으로 하는 말이 아니라 우리 집은 3대에 걸쳐 '브로커'란 명목으로 집안을 유지해 왔다. 내 아버지는 복덕방(부동산 소개소)에서 복비를 챙기시며 집을 중개하셨고 나도 그 피를 물려받아 지난 몇십 년간 IT 관련 하드웨어를 거간질하여 구전(口錢)을 챙기고 있다. 내 아들도 기업의 재무나 회계 관련된 일을 진단해 주며 그 대가로 월급을 받고 있고 지금도 용역을 제공하기 위해 이 고객, 저 고객을 찾아 두리번거리고 있으니 확실한 브로커라 말할 수 있다.

어찌 우리 가족뿐이랴?

우리 동네에 있는 '총각네 야채 가게'도 , 휘황찬란한 '백화점'도 구전 먹는 브로커이며, 그리고 여성들의 미를 아름답게 가꾸어 주는 '피부과' 원장님도 다 마찬가지인 것 아닌가?

이런 내 이야기가 사실임을 증명이라도 하듯 이탈리아의 한 거리에 있는 와인 샵에서도 '브로커'란 이름이 버젓이 걸려 있었다.
그렇다… 허풍선이지만 나는 사실을 이야기한다.

우리 앞에 남은 생과 후손들이 살아갈 세상에 좋은 브로커들이 가득하길 바라며 엉터리 글을 남긴다.

#15년 전 김연아의 모습을 보며 겨울 준비를 한다. 생상스의 「죽음의 무도」를 배경 음악으로 연출해 이 곡이 더 유명해졌다.

11월의 마지막 날인 어제, 환하고 푸근하던 보름달이 그믐달이 되어가며 서서히 사그라드는 모습을 보니 왠지 모를 공허함과 초라함이 느껴진다.

길거리의 노란 은행잎은 낙엽이 되어 버린 지 오래고 가지들만이 앙상한 모습을 드러낸다. 소나무, 단풍나무는 본래의 모습을 지니고 있으며 달포 전까지만 해도 푸르름을 자랑하던 모과나무는 연노랑의 색깔로 물들며 마지막으로 단풍이 든다.

땅에 떨어진 모과 3개를 주워 들었다. 올해 마지막으로 수확한 것이며 더 이상 가지에 달려 있는 것들이 없다. 오직 감나무에 매달려 있는 홍시가 되어 버린 감들만이 마지막으로 1월 말까지 남아 까치에게 보시하며 겨울을 보낼 것이다. 외롭게 남아 있는 장미 몇 송이에서 오 헨리의 『마지막 잎새』를 떠올린다.

"몇 시에 해요?"
"9시 반이요."
"저도 끼워 주실래요?"

공원에서 줄을 그어놓고 족구를 하며 가을을 즐기던 노년의 선수들에게 함께하지도 못하면서 동갑내기 비슷해 보여 객쩍게 물어본 적이 있다. 그들도 추워지니 자취를 감추었고 뒹구는 낙엽만 을씨년스럽다.

길동무 겸 말동무를 해 주는 강아지와 늘 앉아 휴식을 취하던 벤치에 잠깐 앉는다. 엉덩이에 한기를 느낀다. 만약에 우리 강아지가 길을 잃는다면 이곳으로 와 주기를 바라며 '만남의 장소'로 정해 놓은 우리 둘만의 무언의 약속 장소다. 영화 「냉정과 열정 사이(Between Calm and Passion)」에서 주인공들이 만나기를 약속한 장소가 피렌체의 두오모 근처였던가?

비행기 날아가는 소리에 내 옆의 동반자가 하늘을 바라보자 나도 덩달아 하늘을 보았는데, 계절은 변하고 겨울이 왔음을 느낀다.

어제의 가을은 오늘의 전설이 되어 버렸다.

창조적 시선
—

단행본 한 권의 책값이 물경 십만 원이다. 망설이다가 주저 없이 주문을 했다. 약 40년 전 군에 있을 때 24개월 월부로 산 읽지 않은 백과사전 전집 등을 산 이후 두 번째로 고가인 책이다. 두께도 천 페이지에 달해 엄청 두꺼워 다 읽을 수 있을까 했지만, 읽으려고 산 책이기에 끝까지 독파할 예정이다.

김정운 교수의 『Editology』란 책을 읽고 그가 TV에 나왔던 인기 있는 스타 강사나 삼성 사장단 대상 강연자가 아닌 지식인으로서 그를 좋아하게 되었다. 물론 그의 아버지 김선도 목사님은 올해 소천하셨지만 어쩌다 교회에 나갔을 때나 운동하러 피트니스에서 뵙게 되면 반갑게 맞아 주셔서 조금 더 애정이 갔을지도 모르겠다. 김 목사님은 목사 이전에 나라를 사랑하는 애국자였고 군목(軍牧)으로 오랫동안 군에 계셨으며, 그 박식함과 유창한 몇 개국 언어의 구사와 가끔은 유머가 섞인 말씀으로 신도들을 설교하셨던 기억이 난다.

책의 프롤로그 이전 맨 앞장에 김선도 목사님께 바친다는 글에 공연히 조금 슬퍼졌다.

인류 최초의 창조학교인 바우하우스 이야기를 다룬 『창조적 시선』은 이렇게 과감하게 이야기하고 있다. "지식 생산의 권력은 이제 대학에 있지 않다."고 하며 "누구나 논문을 건너뛰고 경계를 넘어서는 사유를 할 수 있게 되었다. 학술지나 학위 논문의 독점적 지위는 말끔하게 사라졌다고 공표하고 있다. 그리고 우리가 연대까지 알았던 18세기 산업 혁명의 본질은 증기기관이 아니라 그것은 지식 혁명이 산업 혁명의 본질이라고 이야기하고 있다."

그가 발간한 책 『Editology』와 『가끔은 격하게 외로워야 한다』, 『나는 아내와의 결혼을 후회한다』 몇 권을 통해 나는 장님 코끼리 만지는 것에서 벗어나 코가 어디에 있는지, 어떻게 생겼는지 조금씩 눈을 뜨게 되었다. 마음대로 할 수 있는 자율과 여유의 공간인 슈필라움에 대해서도 배웠고 그가 라이프치히의 게반트 하우스를 몇 번이나 이야기해서 궁금증이 치밀어 올라 라이프치히와 드레스덴도 탐험해 보았다.

이 책을 읽으며 이미 알고 있던 바우하우스의 창시자 그로피우스가 알바 말러의 몇 번째 남편이었다는 흥미 위주의 단편적인 지식 습득에서 벗어나 시대와 의식의 흐름이 어떻게 변했으며 창조학교인 바우하우스는 어떻게 창시되었는지 배워 볼 참이다. 그리고 소제목에서 예견할 수 있는 김정운 특유의 솔직함과 유쾌함이 잔뜩 담긴 재미있는 스토리, 예를 들면 '훔쳐보는 것을 훔쳐본다'는 등의 흥미진진한 내용도 슬쩍 기대해 보며 무엇을 하며 어느 도시를 가야 노년의 헛헛함이 채워질지 알아봐야겠다.

# 김효근 작곡 「눈」 들어 본다. 그는 대학 가요제에서 1등을 한 적이 있는 경영학과 교수인 작곡가이다.

엊그제 지면에 국회 의원직 상실을 선고받은 정치인이나 한동안 사회를 떠들썩하게 했던 위인들이 "십자가 메고 가시밭길⋯." 운운하는 것을 보고 아래와 같은 생각이 들었다.

"기가 막히네? 저 정치가들은 엘 그레코나 벨라스케즈 등 거장들이 그린 예수가 십자가에 못 박힌 그림들이나 그 주변 사람들의 표정과 모습 등 수난의 장면들을 보기나 하고 자기가 성인이나 된 것처럼 '십자가' 이야기를 하는 걸까??"

때마침 나는 100명이 넘는 예수의 그림이 있는 뉴욕메트로폴리탄 미술관(메트)의 경비원 출신이 쓴 신간, 「나는 메트로폴리탄 미술관의 경비원입니다」를 읽고 있었으며, 며칠 전 브레라 미술관에서 본 죽은 예수와 슬퍼하고 탄식하는 마리아와 사도 요한의 그림을 감상한 바 있어 위의 정치가들을 떠올렸는지도 모르겠다.

이 책은 10년 동안 메트에서 일한 경비원의 글이다. 이 세상에서 가장 아름다운 곳이 미술관인지 모르지만 그 아름다운 곳에서 가장 단순한 일, 경비원을 했다. 그의 말대로 신선과 세속을 오가는 환상적인 곳이니 아름답다는 게 맞는지도 모르겠다.

이 책의 뒤 표지에 쓰인 문구가 독자들의 관심을 끌어들인다.

"나의 결혼식이 열렸어야 했던 날, 형의 장례식이 거행되었다. 그해 가을, 나는 다니던 '뉴요커'를 그만두고 메트로폴리탄 미술관의 경비원으로 지원했다. 그렇게 한동안 고요하게 서 있고 싶었다."

"세상을 살아갈 힘을 잃어버렸을 때 나는 내가 아는 가장 아름다운 곳에 숨기로 했다. 세상에 그런 곳이 있는가? 가장 경이로운 세계 속으로 숨어 버린 한 남자의 이야기다."

한편 일간지의 편집자 레터를 기고하는 한 기자는 아래와 같이 말하고 있다.

"인적 없는 회랑을 순찰하며 그림과 대화를 나누는 저자의 발길을 따라 나는 다시 메트에서 낯선 고독을 어루만지던 그 시절로 되돌아갔다. 이 책은 미술관의 그림을 지킨 이야기 같지만, 사실은 예술을 통해 제 마음의 소중한 부분을 경호한 이야기일지도 모른다."

2백만 개의 위대한 걸작과 유물 속에 파묻혀 지낸 경비원 출신의 예술에 관한 문장은 나를 한참 생각에 빠지게 하며 예술로부터 배우는 것의 중요성을 느끼게 한다. 책 속의 몇몇 장면들을 아래와 같이 옮겼다.

"예술은 평범한 것과 신비로움 양쪽 모두에 관한 것이어서 우리에게 뻔한 것들, 간과하고 지나간 것들을 돌아보도록 일깨워 준다."

페르메이르의 그림에 대한 저자의 느낌이다.

"내 시선이 페르메이르가 즐겨 그렸던 조용한 집 안 풍경으로 가서
멈춘다. 뺨을 손으로 받치고 졸고 있는 하녀「잠든 하녀(A Maid Asleep)」
가 보이고, 그 뒤로는 잘 정돈되고 텅 빈 듯한 집 안의 모습이 모든 것을
특별하게 만드는 작가 특유의 빛을 받으며 펼쳐진다. 그림을 보다가 페
르메이르가 포착한 것이 무엇인지를 깨닫고 나는 깜짝 놀랐다. 가끔 친
숙한 환경 그 자체에 장대함과 성스러움이 깃들어 있다는 느낌이 들곤
하는데, 그가 바로 그 느낌을 정확히 포착한 것이었다."

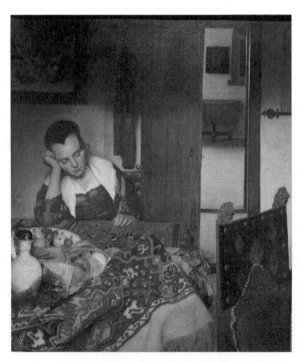

· 요하네스 페르메이르, 「잠자는 하녀」, 1656-1657

와인 잔 옆에서 졸고 있는 젊은 하녀를 묘사했는데 감독을 받지 않는 하녀의 행동을 그린 것은 17세기 네덜란드 화가들의 공통된 주제였다. 그러나 와인 잔 옆에서 졸고 있는 젊은 하녀를 묘사하면서 페르메이르는 평범한 장면을 도덕적 교훈을 대체하는 빛, 색상, 질감에 대한 조사로 변형시켰다.

나는 아래의 대목을 읽고 마치 도둑질하다가 들킨 사람처럼 멈칫했다. 왜냐하면 저자가 말한 바로 그 장소에서 그리고 비슷한 유물이 가득 있는 런던의 '내셔널 갤러리'에서 눈요기만 하고 무엇인지 모르는 오래된 미라에 겁에 질려 도망치듯 쏜살같이 딴 전시관으로 향했으니 말이다. 람세스와 마지막 파라오인 클레오파트라에 대해서는 흥미 있어 하면서 그들이 남긴 몇천 년 전의 이집트적 유물에는 시선을 외면한 것이었다.

모든 유물이 아주 본질적으로 그리고 강력하게 이집트적이다. 고대 이집트인들만큼 3천 년이 넘는 긴 시간 내내 그들답게 존재한 인류는 없었을 것이다. 관람객들은 전시실에 들어서는 순간 이집트 특유의 미학을 알아본다. 무엇보다도 이집트는 우리의 상상력에 마중물을 붓는다. 왕가의 계곡, 피라미드들, 주기적으로 범람하는 나일강... 모든 것들이 지어낸 것처럼 느껴지지만, 실재했던 것들이다. 이곳은 메트의 전시관들 중 가장 다양한 방문객을 끌어들이는 곳이다. 청소년들, 트위드 재킷을 걸친 교수들부터 명상가들과 만화가들까지 혼재해 있다. 이곳의 경비원이라면 방문객들이 던지는 가장 상징적인 질문을 귀에 딱지가 앉도록 자주 듣게 된다. "저기요, 이거 진짜예요?"

또 다른 일인 여행 가이드 일을 시작하게 된 작가는 이리 말하며 미술관을 떠난다.

"삶은 군말 없이 살아가면서 고군분투하고, 성장하고, 새로운 것을 창조해 내는 것이기도 하다."

비가 왔던 날 보았던 거대한 궁전 같은 메트와 그 앞의 계단들을 떠올리며(정말 이상하다… 비가 왔을 때 늘 미술관에 있었다) 다음번에는 내가 좋아하는 그림 앞에 한참 동안 서 있고 싶어진다. 가능하면 조용한 아침에 말이다.

\# 미샤 마이스키의 연주로 「그리운 금강산」 들어 본다. 내가 사모하는(?) 백혜선 교수가 반주하니 명인들의 연주라 할 수 있겠다.

「리스본행 야간열차」      —

"모국어가 뭐지요?"
"포르투게스(Portugues)"

「리스본행 야간열차」에 나오는 이 두 마디의 문장이 여러 것들을 생각게 한다. 책을 배경으로 만들어진 영화와 그리고 이 말을 쓰는 두 국가를 떠올린다. 하나는 가장 많은 축구 팬을 거느린 호날두의 고향 포르투갈이요, 남은 하나는 열정의 나라인 펠레의 고향 브라질이다.

똑같은 언어를 사용하는 두 나라의 공통점은 열정이다. 포르투갈인들은 드러낼 듯 말 듯 은은한 정열이 있고, 브라질 사람들은 거리낌 없이 마구 드러낸다. 남녀노소 차이 없이 거리 아무 데서나 껴안고 쪽쪽거리며 사랑을 표현한다. 아이를 두셋 낳은 여성들도 가라오케에 나와서 부업을 한다.

그들의 화폐인 레알은 변동이 심해 한눈팔다간 폭망하기 쉽다. 책상 밑으로 주고받는 '언더 테이블 머니'가 성행하여 말단 세관원의 집에는 현금이 몇억 원씩 잔뜩 쌓여 있는 경우가 허다하다. 중국과 합작해 현지 공장을 세우려고 예닐곱 번씩 왔다 갔다 했으나 포기했다. 덕분에 지구를 몇 바퀴 돌듯 장시간 비행기만 많이 타서 마일리지만 늘었다.

기억에 남는 건 아마존강의 수풀과 전직 대통령들이 묵었다는 강 속의 별장, 그리고 짹짹거리는 분홍색 돌고래들뿐이다.

그러나 무엇보다도 크리스마스를 앞두고 오늘 생각나는 것은 브라질 작가가 쓴 『나의 라임오렌지나무』에 나오는 5살짜리 주인공 제제이다. 그 아이는 크리스마스 선물 사줄 아빠도 실직했고 엄마는 힘들게 공장에 다니며 오직 놀아 주는 친구는 뜰에 있는 라임오렌지나무와 제제를 드라이브시켜 주며 친구가 된 뽀르뚜가 아저씨다. 그러나 그렇게 가깝게 지내던 뽀르뚜가 아저씨가 교통사고를 당하자 슬퍼하면서도 그 속에서 아이는 성장을 하고 가족들은 점차 빈곤에서 벗어나게 된다.

영화 「라스트 크리스마스」에서는 자기에게 심장 이식을 하고 떠난 한 남자를 통해서 천덕꾸러기였던 여주인공의 인생이 올바르게 변하며 자기가 못살게 굴던 언니, 친구 그리고 엄마 등에게 따뜻한 마음을 전하며 삶을 열심히 살기 시작한다.

이맘때면 우리는 그 영화 음악의 주제가를 무척 즐겨 듣는데 그 첫 번째 가사는 다음과 같다.

"Last Christmas
지난 크리스마스에

I gave you my heart
난 당신께 내 마음을 주었지요"

가사에는 마음을 준다고 했지만 실제로는 심장을 준 것이다.

소설 속에서 주인공 문두스는 "자기 영혼의 떨림을 따르지 않는 사람은 불행할 수밖에 없다."며 스위스에서 언제 돌아올 줄 모르는 리스본

「리스본행 야간열차」

행 야간열차를 타며 몽파르나스와 보르도역을 지나간다. 나도 거닐었던 반가운 이름들이요 거리들이다.

현대고전으로 자리매김했다는 이 책을 읽으며 저자 파스칼 메르시어의 고향인 브라질에서 맛본 실패의 추억 그리고 같은 언어를 쓰는 포르투갈의 와인 천국 포루토와 리스본의 골목들과 자유스러운 거리를 떠올리며 짧은 글을 쓰다.

인생 그림책 ___

인생을 나이별로 간단한 글과 함께 그려 낸 『100 인생 그림책』을 펼쳐 들었다. 남모르는 친근감에 위안마저 느낀다.

"너도 이제 예순이구나. 하지만 어릴 때 보았던 60대 할머니가 너 자신이라는 생각은 전혀 안 들지?"

60살이 넘더니 금방 지하철 무임승차권과 공연 할인 혜택이 주어지는 나이가 되었다.

"… 그건 말하자면 고향일까?"

100세 인생을 사시는 김형석 교수님을 떠올린다. 100세가 넘는 사람이 비행기를 탈 때면 나이가 1살로 인식된다고 한다. 몇 년 더 지나면 초등학교 입학 통지서를 받을지 모른다는 교수님의 유쾌한 유머에 웃음이 절로 나왔다. 나도 그런 유머를 자유롭게 구사하면 좋으련만......

1살 드신 그분의 가르침 '공부하라, 사랑하라 그리고 여행하라'를 무턱대고 흉내 내려고 했다. 사실은 어찌하다 보니 그리된 거겠지? 그런데 난 돼먹지 못했는지 공부는 제쳐 놓고 고삐 풀린 망아지처럼 여행에 매달렸다. 코로나가 풀리자 올해 번 돈을 다 여행에 바쳤다 해도 틀린 말이 아니다. 아마도 곰곰이 계산해 보면 올해 적자 살림인지도 모르겠다.

이국의 사람들을 보고 두리번거리며 낯익은 듯 낯선 거리를 걷는 재미, 기찻길에 하염없이 평평히 펼쳐지는 풍광과 때로는 산악 열차를 타고 높이 올라가 보았던 알프스의 산맥들, 그림을 보며 와인을 마시고 공항에서 가족들을 모아 놓고 에델바이스를 부르며 깔깔대며 웃었고, 이국 사람들과의 밤의 행진 그리고 호숫가를 몇 번이나 걷던 가족들과의 잊지 못할 추억도 있었다. 그 많던 여행들을 좋게 표현하면 조금은 **진화된 한 해**였는지도 모른다.

공부라면… 다른 것도 할 것들이 많았을 텐데 건성으로 책 권수만 채우며 대충대충 스캔해서 읽었다. 무슨 내용인지 적어 놓지 않으면 하나도 기억이 나지 않았다. 주위에서 어학을 끈질기게 배운다거나 다른 공부를 하는 성실한 친구들을 보면 "이 나이에 무슨 어학?" 하면서도 그들의 자세가 부러웠다. 나도 어떨 땐 셀프 위안하며 이리 말해 본 적도 있다.

"조금씩 읽다 보면 가랑비에 옷 젖듯이 조금씩 조금씩 배우겠지."

마지막으로 사랑이다. 사랑 타령은 식은 지 오래며 그렇다고 줄리아 로버츠의 「먹고 기도하고 사랑하라」에 나오는 것처럼 이탈리아에서 어떤 사람을 만나 사랑할 30, 40 나이도 아니고 그럴 기회도 없을 것이니, 내 새끼 같은 강아지를 사랑하고 내년이면 태어날 나보다 귀한 새 생명을 사랑하게 될 것이다.

이제 남은 몇 번의 송년 모임이 스치듯 지나가고 케이크를 먹으며 크리스마스를 보내면 올해는 과거의 추억으로 떨어져 나가고 내일의 미래를 맞이할 것이다. 순수한 마음으로 케이크를 먹듯 문득 내 마음이 열

다섯 살의 소년 같은 순수함이 남아 있더라면 좋겠다는 어리석은 생각을 해 본다.


## 정훈희의 「안개」 ___


글쓰기 밴드를 없애고 나니 많은 사람들한테 미안하다. 마치 의무 회피나 또는 직무유기라도 한 듯 거북하고 찜찜하다. 새로운 것 없이는 살아남지 못하는 세상에 늘 반복되는 무미건조한 글에 독자들은 식상해할 것 아닌가?

일 때문에 꽤 들락거렸던 홍콩에 오니 낯익듯 낯설다. 밤바다들과 하역 작업을 멈춘 크레인과 홍콩 영화에 나온 무술 영화들과 「헤어질 결심」의 탕웨이와 박해일 그리고 정훈희의 「안개」를 떠올린다. 난 언제부터 우리 글쓰기 모임과 헤어질 결심을 했는가?

택시를 타고 호텔로 향했다. 나보다 10살도 더 나이 들어 보이는 노인이 꾸부러진 자세로 운전을 한다. 96살의 신영균이 떠올랐다.

수없이 와 본 이곳. 그때는 잘나가던 회사를 때려치우고 연봉의 두

배가 되는 수입에 눈이 어두워 아내 하나만을 믿고 독립했다. 고객들을 위해 수없이 술을 마시고 링거를 맞는 게 아니라 마시라고까지 했던 시절들. 시련의 순간들이었다.

바깥에는 영상 14도의 기온에 푸르름이 있고 반대 방향으로 차들이 씽씽 달린다. 서머싯 몸의 소설 『인생의 베일』에 나오는 메이탄섬이 홍콩 어디에 있었던가? "죽는 것은 개였어."란 문장이 유명했었지….

아침에 오랜만에 동그란 라운드 테이블에 앉았다. 동그라미를 유달리 좋아하는 중국인의 습성 때문인지 한국에서도 수없이 앉았을 텐데 느낌이 다르다. 볶은 면과 죽을 보니 반갑기 그지없다.
옛날 먹던 생각이 나 썩은 두부와 땅콩과 장아찌 같은 짭조름한 것을 넣어 오랜만에 하얀 죽의 맛을 보았다.

계란 프라이와 간장을 보니 중국의 계란 프라이를 말했던 영훈 친구가 생각난다. 내 글들을 참 즐겨 읽던 친구다.

한국 결혼식장에서도 흔하게 맛볼 수 있는 딤섬을 집어 들었다.
낮에 침사추이의 딤섬집에라도 들를까?

# 정훈희의 「안개」가 잘 어울리는 홍콩의 아침이다.

그제 대륙으로 길 떠날 채비를 하면서 무슨 벨트를 할까 고민하다가 딸이 오래전 사준 벨트를 집어 들었다. 몇 번 사용도 안 했는데 벌써 해져서 누군가 보면 망신살이 뻗칠 텐데, 겨울이니 안에 입으면 누가 볼까 싶어 그냥 허리에 매었다.

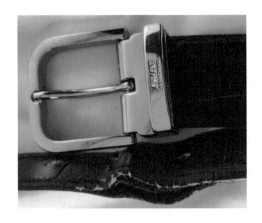

　15년 전에 딸이 중국어 잘하면 장래가 창창하다는 망상에 젖어 전공인 영어를 팽개치고 중국어 공부하러 상해에 갔다가 마치고 들어올 때 사 온 것인데 아까워서 고이 간직하고 있었다. 기숙사에서 궁핍한 생활을 했던 시절 몇십만 원 주고 샀을 텐데 아무 때나 막 차기 쉽지 않았다. 그런데 몇 번 착용하자마자 해져서 그놈의 뱀 가죽인지 악어 가죽인지… 빌어먹을 엉터리 중국산을 못 믿게 되었다.

원래 입이 짧은 딸이라 잘 먹지도 않는데 기숙사에서 간식도 없이 뭘 먹을까 하며 2주일에 한 번씩은 우체국에 내려가 라면상자 같은 것에 멸치, 깻잎, 김, 김치 등 이것저것 바리바리 싸서 국제 특급 EMS로 보낸 기억들이 있다.

그 후 '바리바리'라는 말을 듣기만 하면 그 옛날 생각에 젖곤 했다.

딸이 돌아와서 꽤 괜찮은 성적을 냈는데 자신 있게 안암골에 있는 학교를 지원하더라면 지금은 훨씬 상황이 달라질 수 있었을지도 모른다며, 어학 전문인 대학교에 편입해 늘 잘못 갔다고 안타까워했던 딸이었다.

아버지 생전에 늘 "막내아들 장가가는 거 보고 죽어야지." 하시더니, 요즘 내가 아버지 마음과 똑같다. 시집은 둘째치고 연애라도 멋들어지게 한번 해 보면 좋으련만.

저 벨트를 보고 해져 없어질 때까지 꼭 하고 다녀야 되겠다고 다짐하는 아침이다.

그들, 오랫동안 함께 일해 왔던 파트너들은 나를 한국의 '마피아 두목'이라고 불렀다. 뒤로 넘겨진 새로운 헤어 스타일과 머플러와 까만 터틀넥을 보고 하는 말이다. 나는 한술 더 떠서 '알 파치노'라고 불러 달라고 했다. 사실 내 고등학교 동기 누구는 나를 알 파치노라고 부르기도 한다. 그리고 'God Father'가 아닌 실제로 몇 달 후면 그랜드파더(Grandfather)가 된다고 했더니 사방팔방에서 축하 인사와 함께 이 잔 저 잔이 건네왔다. 일본에서 온 친구가 가져온 고급 사케와 와인 등 여러 술이 가득했으며 13가지가 넘는 메뉴들이 들어왔다.

그들과 인연을 맺은 지도 이십 년이 지났다. 엄살을 떨며 "아, 나 이제 그만 쉬어야지." 했더니 무슨 소리냐며 자기들을 위해 계속 함께 일하자고 한다. 나는 속으로 그렇지 애들이 뭐 별수 있나 하면서 마지못해 고개를 끄덕거리는 척했다.

올해부터 미국의 주도로 중국에서 탈피하려는 중국 고립 작전이 펼쳐지는 어려운 환경에서도 나름대로 선방을 했고 직원들 보너스도 줄 수 있어서 참으로 다행이다.

새로운 공장이 태국과 중국의 깊숙한 내륙에도 세워지는데 계속 부단히 들여다보고 감독하지 않으면 품질이 엉망이 되어 버린다. 내년은 비즈니스 때문에 여행이 많아질 거 같다. 야구의 神인 김성근 감독 말대로 직구와 변화구를 이곳저곳 던져야 한다. 출장 오기 전 아래 기사를 읽기 잘했다.

"죽었다 깨어나도 나이를 먹었다 해도 계속 성장하지 않으면 자리가 없다. '나는 안 될 거야'라는 그 속에서 혹시 될까 하는 조그마한 희망을 만드는 것, 그게 좋은 인생이다."

책 『어서오세요, 휴남동 서점입니다』에서는 글을 잘 쓰려면 '솔직하게 그리고 정성이 담긴 글이면 좋은 글'이라고 했는데, 정성은 없어도 김성근 감독 말대로 계속 성장하지 않는 자리가 없다고 하니 이 자리에 눌어붙으면 안 된다.

오늘도 96세의 신영균 배우가 떠오른다. 그런데 그분의 열정보다도 배우가 입은 수트와 빨간 넥타이가 떠오르는 건 무슨 일인가?

# 알 파치노 주연의 「대부」 들어 본다.

몇 달째 베스트셀러 반열에 리스트를 올리고 있는 클레어키건의 『이처럼 사소한 것들』을 읽으니 아일랜드 특유의 페치카와 소설에 나오는 아이들의 크리스마스 선물과 어릴 적 빈곤했던 시절과 조개탄 때던 교실의 풍경들이 눈에 들어왔다. 크리스마스가 되면 떠오르는 찰스 디킨스의 『크리스마스 캐럴』이 이 책 안에도 나온다. 어릴 적에 헌책을 크리스마스 선물로 받아서 눈물이 찔끔 난 주인공이 이 책을 읽고 모르는 단어들을 익혀 맞춤법 대회에서 1등을 하게 되는데, 나도 5~6년 후에는 손주에게 겨울이 되면 이 책을 선물해 주는 기쁨을 맛보고 싶고 그 아이가 따뜻한 인성을 가진 아이로 자라나길 소망한다.

며칠 전 다섯 명도 넘은 지인들이 모여 한 움큼 건네받은 문화 상품권. 상품권이 너무 많아 작은 흑임자떡을 내밀은 나의 손이 부끄러웠다. 미안하고 고맙고 창피한 감정이 교차했다. 그다음 날 세밑에 후배가 집 근처로 찾아왔다. 나중에 만나자고 했더니 올해를 넘기기 전 꼭 봐야겠다면서 나에게 올해도 신세를 졌다고 한다. 신세는 무슨 신세. 기껏해야 명절에 굴비 한 상자 보내고 사업이 어렵다고 하자 술 한잔 사 주며 용기를 주려고 했을 뿐인데 말이다.

따뜻한 손을 가진 그 친구는 대학 졸업하고 6년 만에 집 근처에서 나를 보자 눈물까지 나왔다고 한다. 학교의 ROTC 모임이 이어져 20년간 만남이 이어지고 있다. 골프 공에 산타클로스가 새겨져 있어서 내 생각이 나서 골프공을 사 갖고 내게 찾아왔다. 나는 와인이나 한잔하려고 했더니 속이 불편하다며 생선구이 집에 가서 먼저 계산을 한다. 나는 공주떡집에 들어가 흑임자 한 박스를 사 갖고 나갔는데, 왠지 모르게 부끄러웠다. 흑임자는 요새 내 선물의 대명사가 된 것일까?

최근 몇몇 얌체 같은 친구들의 행동이 눈에 거슬리고 미워 정을 베풀기 싫었다. 그들을 바라보는 나의 시선이 계속 과거에 머물러 있어 한심하다고 생각해 뇌를 백지로 돌리고 싶었는데, 이 친구가 내 손에 쥐여준 작은 골프공은 내게 커다란 위안으로 남았다.

어제는 때늦은 크리스마스 선물을 받았다. 이것저것이 잔뜩 담긴 선물이 택배로 도착했다. 미국에서 온 것으로 택배비만 7만 원이다. 크리스마스 전에 도착하게끔 노심초사한 흔적이 역력했고 배려가 가득했다.

탈모 비타민, 따뜻한 목도리와 아내를 위한 특수 화장품과 가족사진이 담긴 카드 등…. 함께 일하던 동료 직원이 미국에서 보낸 선물이다.

십여 년 동안 종적을 감추었더니 미국에서 회계사를 하다 오랜만에 한국에 와서 연락했길래 따뜻한 점심과 몸을 보호해 주는 환약과 가족들 같이 식사하라고 미국 달러를 조금 주었더니 돌아간 후 어떻게 내 주소를 알아내서 선물을 보냈다. 되로 주고 말로 받았으니 참으로 민망하다.

같은 날 백화점 봉투에 무엇을 한 움큼 싸 들고 횡단보도를 건너는 가끔 마주치는 말쑥한 차림의 노인 같은 신사를 보았다. 나보다 나이는 7~8살 많아 보이는데 머리카락은 풍성하다. 말없이 카운터에 그 봉투를 두고 피트니스로 입장한다. 라커룸 안에서는 일하는 청년을 슬며시 불러 세우더니 작은 봉투를 건네는 듯하다. 한 해를 보내면서 주변에 있는 사람들에게 감사의 표시를 하는 것이다.

　　지난 며칠 동안 나는 따뜻함이 넘치는 선물을 받았고 감사를 전하는 주위의 사람들을 보고 지냈다. 세밑을 맞아 몇 가지 생각을 해 본다.

　　감사함을 전하기, 작고 소박하고 따뜻한 것들에 욕심 내기, 내 인성 한 뼘 키우기, 가치 있는 것에는 천천히 도달하기 등 나에게 셀프 인사 하며 내 사랑 심바에게도 새해 인사를 나눈다.

　　Happy New Year!


세탁부
　　　　　　　　　　　　　　　　　　　　　　　　　　　　　　—


아일랜드 작가가 쓴 짧은 단편 소설을 읽으면서 힘들게 인생을 살아왔던 사람들과 고된 일에서 한숨을 내쉬고 창밖을 바라보는 로트레크의 「세탁부」란 그림이 떠올랐다. 세탁부의 한숨 돌린 시선에서 그 일이 얼마나 고되고 힘든지 상상할 수 있다.

· 툴루즈 로트레크, 「세탁부」, 1889

　타락한 여성들을 보호하고 수용한다는 명목으로 어린아이를 포함한
고아와 각양각색의 여성들, 특히 어린 소녀들을 수녀원의 세탁소에 감
금하고 노동으로 착취하고 학대한 실제의 이야기를 허구로 구성한 짧
은 단편은 읽는 독자를 슬프고도 따뜻하게 만든다.

　어려운 살림을 하는 주인공이 수녀원에 갇힌 맨발의 아이를 구출하
여 집으로 데려오며 예상되는 수녀원의 보복에 두려움을 느끼지만, 그
는 자신이 받은 호의와 사랑을 누군가에게 베풂에 말할 수 없는 행복을
느꼈다.

　벌써 저 문 너머에서 기다리고 있는 고생길이 느껴졌다. 하지만 일어날
수 있는 최악의 일은 이미 지나갔다. 하지 않은 일, 할 수 있었는데 하지

않은 일- 평생 지고 살아야 했을 일은 지나갔다. 지금부터 마주하게 될 고통은 어떤 것이든 지금 옆에 있는 이 아이가 이미 겪은 것, 어쩌면 앞으로도 겪어야 할 것에 비하면 아무것도 아니었다. 자기 집으로 가는 길을 맨발인 아이를 데리고 구두 상자를 들고 걸어 올라가는 펄롱의 가슴속에서는 두려움이 다른 모든 감정을 압도했으나, 그럼에도 펄롱은 순진한 마음으로 자기들은 어떻게든 해 나가리라 기대했고 진심으로 그렇게 믿었다.

슬프고도 따뜻한 이야기…. 로트레크의 그림을 보러 가고 싶은 생각이 치밀어 올라 참을 수가 없지만, 개인 소장이 되어서 볼 수가 없는 안타까움이 있다.

로트레크의 세탁부뿐만 아니라 세탁소를 운영하는 코리안 디아스포라의 주인공들은 어려움을 갖고 살아왔고 지금도 그럴 것이다. 그들, 내 지인과 후배들을 포함한 그들이 지금은 조금 여유를 갖고 살아가길 바라 본다. 그중 가장 좋은 세탁소는 안 좋은 기억과 나쁜 추억의 흔적을 지워 주는 '메리골드 마음 세탁소'이겠지???

오랫동안 몇백 년의 압박을 받아서 늘 고난과 기근에 시달렸던 아일랜드인… 마치 젖을 짜줄 사람이 없어 고통에 '음매' 우는 젖소들의 울음소리 같은 그 고통과 슬픔을 느껴 보는 2023년의 마지막 날이다.

2024년 1월 20일(음력 12월 10일), 겨울치고는 그렇게 춥지 않은 날에 손자가 탄생했다. 왠지 모를 감동 같은 쓰나미가 밀려오며 목에 무언가 걸린 듯했다. 어머니 아버지도 나와 같은 심정이셨으리라.

사내아이의 울음은 우렁찼고 제 아버지를 똑 닮았다. 주변 사람들도 이구동성으로 동원이를 쏙 빼닮았다고 한다.

집안의 막내인 내 아들이 아들을 낳다니. 대견스럽고도 기특하며 바야흐로 대물림의 서곡이 시작된 것이다.

이 세상에 첫선을 보인 우리의 오늘이며 내일의 미래인 그 아기의 건강을 위해 축원하였고 새로운 가족의 축복이 가득하길 진심으로 바랐다.

아기의 이름을 지어 주는 뜻깊은 일에 집안의 돌림자를 쓰자는 나의 제안을 기쁘게 받아 준 아들 부부에게 대견스러움을 느끼며 펄 벅의 『대지』에서 아들을 낳고 기뻐하여 달걀에 물을 들여 동네 사람들에게 선사했던 주인공 왕릉의 기분을 인제 와서야 이해했다.

심바를 데리고 나가며 그 녀석한테도 동생이 태어났다고 귀띔해 주며 간식을 원하는 대로 주었다. 왠지 모르게 심바 녀석의 발걸음도 오늘따라 경쾌한 듯했다. 우리집 파수꾼이 새로운 식구가 된 찰떡 손자 예준

㈜瀋)이를 조우하면 어떻게 짖을지 자못 궁금하다.

오늘 있을 딸아이의 중매 만남이 술술 풀리길 바란다. 인도 출장차
공항 가는 길에 바라본 유리창 밖의 풍경들은 오늘따라 정겨워 보인다.
그리고 보니 세상은 참 살 만한 곳이다.

# 행복한 날 「Oh Happy Day」 들어 본다.

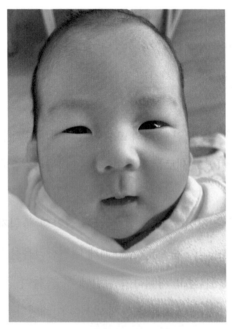

· 생후 20일 된 예준이의 모습